KB072729

전능의 팔찌

THE OMNIPOTENT BRACELET

김현석 현대 판타지 소설
FUSION FANTASTIC STORY

전능의 팔찌 10

김현석 현대 판타지 소설

초판 1쇄 찍은 날 § 2012년 4월 23일
초판 1쇄 펴낸 날 § 2012년 4월 30일

지은이 § 김현석
펴낸이 § 서경석

편집부장 § 권태완
편집책임 § 박우진

펴낸곳 § 도서출판 청어람
등록번호 § 제1081-1-89호
등록일자 § 1999. 5. 31
어람번호 § 제 1-1371호

주소 § 경기도 부천시 원미구 심곡2동 163-2 서경B/D 3F (우) 420—822
전화 § 032-656-4452 팩스 § 032-656-4453
http://www.chungeoram.com
E-mail § chungeoram@chungeoram.com

ISBN 978-89-251-2847-4 04810
ISBN 978-89-251-2596-1 (세트)

전능의 팔찌

THE OMNIPOTENT BRACELET

⑩

FUSION FANTASTIC STORY
김현석 현대 판타지 소설

CONTENTS

CHAPTER 01
코리안 빌리지의 성자

전능의팔찌
THE OMNIPOTENT
BRACELET

"바샤 아스토우 할아버지 계십니까?"

현수의 조심스런 부름에 늙수레한 음성이 대꾸한다.

"누구슈?"

"저는 한국에서 온 의료봉사원입니다."

"한국에서……? 아, 한국! 어서 들어오슈!"

어두컴컴한 생철 집 안에 발을 들여놓으니 후끈한 열기가 느껴진다. 들어서면서 보니 참으로 열악한 환경이다.

한국으로 치면 도둑이 들어와도 훔쳐 갈 물건이 하나도 없는 그야말로 거지 같은 집구석이다. 모든 것이 낡고 볼품이 없다.

얼마나 가난한지 한 눈에 알아볼 수 있을 정도이다.

현수가 방문한 바샤 아스토우는 셀라시에[1] 황실 근위대 출신으로 한국전에 참전했던 용사이다.

2011년에 한국의 의료봉사대로부터 안과 수술을 받아 거의 잃었던 시력을 되찾은 분이기도 하다.

현수가 바샤 아스토우 할아버지를 찾은 이유는 코리안 빌리지에서 가장 위급한 상황이라는 말을 들은 때문이다.

안으로 들어가 보니 야전침대 비슷한 것에 노인 하나가 누워 있다. 병마와 씨름하느라 바싹 말라 미이라처럼 보인다.

"끄으응……! 손님이 왔는데……."

"아! 아닙니다. 그냥 누워 계세요."

"미안하우. 힘이 없이 일어나질 못하겠어."

등잔불로 치면 기름이 다 떨어져서 가물가물거리는 상황과 비슷하다. 병마가 생명력을 갉아먹어 노쇠할 대로 노쇠해진 것이다.

"잠깐 살펴보겠습니다."

"그러슈!"

이전에 한국 의료진으로부터 안과 수술을 받은 경험이 있어 그런지 전혀 의심하지 않는 모양이다.

"흐음, 마나 디텍션!"

---

1) 하일레 셀라시에 1세:1950년 한국 전쟁이 일어나자 자신의 군대를 파견하여 대한민국을 지원하였다. 전후, 아프리카 통일 기구(OAU, 현 AU)의 창설에 기여했으며, 외교 면에서 능력을 발휘했다. 1968년에 대한민국을 방문하여 대통령이었던 박정희를 예방하였으며 한국 전쟁 당시 한국을 지원한 경력이 있어서 서울 시민들로부터 열렬한 환호와 박수를 받았다.

샤르르르르릉—!

현수의 마나가 바샤 아스토우 할아버지의 체내로 스며들었
다. 그리곤 전신 곳곳을 누비기 시작했다.

그것을 느끼는지 편안한 표정으로 눈을 감고 있다.

'으음! 노쇠한 데다 신부전증까지 있나 보구나. 폐 기능도
조금 약하고, 비장과 위장 기능도 많이 떨어졌네.'

진단을 마칠 즈음 바샤 할아버지의 가족들이 들어왔다. 그
중 스물네댓 살쯤 된 어여쁜 처녀가 묻는다.

"누구세요?"

"아……! 저는 한국에서 온 의료봉사대원입니다."

"그래요?"

"제가 살펴보니 할아버지에게 신부전증이 있습니다. 지금
치료를 해야 하는데 해도 되겠습니까?"

"신부전증이 뭐예요?"

"그건……."

현수는 천천히 신부전증에 대한 설명을 해주었다.

신부전이란 신장이 혈액에서 노폐물을 제거하고 몸 안의 수
분량과 전해질 농도를 적절하게 유지하는 기능을 상실한 상태
를 의미한다.

이렇게 되면 신장에서 만들어지는 소변량이 점차 감소하다
가 완전히 만들어지지 않게 되기도 한다.

그 결과 몸 안에 수분이 축적되면 울혈심부전증(Congestive
heart failure) 상태와 같이 폐에 물이 차서 목숨이 위태로울 수

도 있고, 노폐물이 몸 안에 축적되면 심장이나 뇌 기능이 손상받는다.

현수의 설명을 들은 가족들은 걱정스런 시선으로 바샤 할아버지를 바라보았다.

"그래서 지금 치료를 해야 하는데 해도 되겠습니까?"

"여기서 수술을 할 건가요? 아무런 장비도 없잖아요."

"한국의 의술 가운데 침술이라는 것이 있습니다. 몸을 째지 않고 병을 낫게 하는 의술입니다."

현수가 침을 꺼내 보여주자 의아하다는 표정이다. 쇠로 만든 침 몇 개로 다 죽어가는 사람을 살려내겠다는 뜻으로 받아들인 것이다.

"그걸로 할아버지를 고쳐요?"

"네! 침을 쓰면 아마 많이 좋아지실 겁니다."

가족들이 뭔가 말을 하려는데 바샤 할아버지가 먼저 입을 연다.

"이보게, 젊은이!"

"네, 할아버지."

"그냥 치료해 주게."

현수는 대답 대신 가족들을 바라보았다. 천천히 고개를 끄덕인다. 환자 본인의 의사를 존중하겠다는 뜻일 것이다.

현수는 크게 고개를 끄덕이며 대답했다.

"네, 할아버지! 조금 따끔할 수도 있지만 많이 아프진 않을 거예요. 그러니 조금만 참아주세요."

"그래. 아무튼 고마우이."

기력이 다한 듯 힘없는 목소리였다.

현수는 가방 속에 담아두었던 회복 포션을 꺼냈다. 한 병만으로도 말기암을 치료하는 놀라운 효능을 가진 것이다.

뚜껑을 따고 조심스럽게 그것을 복용시켰다.

가족들은 폐부를 청량하게 하는 향기를 느끼곤 호기심 어린 눈초리로 현수를 바라보고 있었다. 냄새만으로 의심을 떨군 것이다.

회복 포션 한 병을 모두 복용시킨 현수는 마나를 끌어모았다.

그리곤 단전에 침 하나를 꽂으며 나직이 중얼거렸다.

"마나여! 모든 것을 원상으로 회복시켜라. 리커버리!"

샤르르르르릉—!

서늘한 푸른빛 마나가 단전에 꽂힌 침을 통해 바샤 할아버지의 체내로 스며들었다. 물론 가족들의 눈에는 소리도 들리지 않고, 서늘한 푸른빛도 보이지 않는다.

현수가 단전을 택한 이유는 그곳이 몸의 중심부이기 때문이다. 신체 전체에 골고루 리커버리 마법이 구현되길 바라는 마음에서였다.

지속적으로 이어지던 마나의 유출이 중단되자 현수는 한시 바삐 기력을 회복하라는 뜻으로 시침을 했다.

가족들은 천주교에서 '미사[2]'를 집전하는 신부의 경건함과

---

2) 미사(Mass):가톨릭의 제의(祭儀) 중에서 가장 중심이 되는 제식(祭式). 이 말은 로마시대에 통용된 말로, 법정에서 'Ite, missa est(재판이 끝났다)'라고 선언한 데서 비롯되었다고 한다.

같은 모습으로 시침하고 있는 현수를 보았다.

왠지 믿음이 가서 그런지 어디에 침을 놓든 묵묵히 지켜만 보고 있을 뿐이다.

그러는 사이에 소문이 났는지 몇몇 사람들이 들어와 기웃거린다.

하지만 가족들이 소리 내지 말라는 무언의 신호를 보내 실내는 몹시 조용했다.

"휴우~!"

현수가 긴 한숨을 내쉬곤 소매로 이마의 땀을 닦아냈다. 가족들이 본 것처럼 정성을 다해 시침하느라 심력을 소모한 탓이다.

쿨—!

바샤 아스토우 할아버지는 편한 듯 코까지 골며 잠을 자고 있다.

"어머! 할아버지가 잠에 드셨어."

손녀의 말에 현수가 시선을 돌렸다. 무슨 뜻이냐는 말이다.

"지난 열흘간 아프다면서 한잠도 못 주무셨어요. 근데 너무 달게 주무시네요. 몸이 편해지셨나 봐요."

"그럼 조금 주무시게 밖으로 나갑시다."

현수의 말에 모두 고개를 끄덕이고는 조용히 밖으로 나갔다.

"컴퍼터블 템퍼러처!"

마지막으로 나서던 현수가 입술을 달싹이자 실내 기온이 내려간다.

인간이 느낄 수 있는 가장 쾌적한 온도가 될 때까지 내려갈 것이다. 그리고 적어도 서너 시간은 유지될 것이다.

덕분에 바샤 아스토우 할아버지는 단잠을 더 달게 주무실 것이다.

"그런데 의료봉사대 본부는 어디에 있어요?"

"어떤 질병을 치료받을 수 있는 거죠?"

"우리 할아버지는 복수가 차서 임산부처럼 배가 부른데 그것도 치료 가능한가요?"

"우리 할아버지는 결핵이라는데 치료해 줄 수 있는 거죠?"

밖으로 나오자 쏟아진 질문들이다.

현수는 강렬한 햇빛을 손으로 가리며 입을 열었다.

"급한 분부터 치료할 생각입니다. 누가 가장 급한지 알려주십시오."

"우리 할아버지요."

"아냐, 우리 할아버지가 더 급해."

"무슨 소리! 우리 할아버지도 급하다고."

"근데 할아버지들만 치료해 주는 건가요? 우리 할머니도 많이 편찮으신데……."

현수는 코리안 빌리지에 이틀을 머물렀다. 첫날엔 30여 명을, 둘째 날엔 46명을 치료했다. 셋째 날엔 환자 61명과 씨름했다.

보유하고 있던 회복 포션을 아낌없이 썼다. 컴플리트 힐과 리커버리, 그리고 큐어와 힐 마법은 몇 번이나 썼는지 그 숫자를 잊었다.

마나가 고갈되기 일보 직전까지 마법을 구현하고 또 구현시켰다.

그리곤 밤새 결계 안에 들어가 마나를 모았다.

단 사흘이었지만 현수에 관한 소문이 아디스아바바 전역으로 번졌다. 한국에서 의술의 신이 왔다는 것이다.

그러자 바늘 몇 개로 못 고치는 병이 없는 신기한 의술을 경험하기 위해 환자들이 모여들기 시작했다.

하지만 현수는 가야 할 길이 있는 사람이다. 그렇기에 나중에 다시 방문할 것을 약속하고야 떠날 수 있었다.

아무튼 병마에 시달려 오늘내일하던 바샤 할아버지는 현수를 만난 덕에 수명이 10년은 늘어났다.

자리를 털고 있어났을 뿐만 아니라 현수가 제공한 음식들을 왕성하게 섭취했다. 그 결과 흐리멍텅하던 눈빛도 또렷해졌다.

나머지 환자들도 마찬가지이다.

구루병, 각기병, 야맹증 등 비타민 결핍증에 걸려 있던 환자에겐 적절한 비타민을 주었다.

그렇게 성심으로 환자를 돌본 현수는 한국에서 온 성자 대접을 받으며 코리안 빌리지를 떠났다.

현수가 떠나는 길 뒤엔 무려 천여 명이 손을 흔들며 환송했다. 그러면서 꼭 다시 오라는 합창을 했다.

당연히 환히 웃으면서 손을 흔들어주었다.

그리곤 다음 예멘, 오만 등을 거쳐 서울로 돌아왔다.

"어머! 사장님. 소식도 없이 어떻게……."

"하하! 휴가는 잘들 다녀왔어요?"

"네에."

"민 실장은요?"

"민 실장님은 지금 외근 중이세요."

이은정은 현수에게 미안한 기분이 들었다.

사장은 멀고 먼 아프리카까지 가서 일을 하고 있는데 자신은 민주영과 등산 다니며 데이트한 것이 마음에 걸렸던 것이다.

"언제쯤 들어올지 연락 한번 해보세요."

"네. 근데 차 드려요?"

"좋죠! 시원한 사과 주스 있어요?"

"토마토 주스는 어때요? 시원한 거 있는데요."

"좋아요. 그걸 주세요."

현수가 사장실로 들어가자 은정이 뒷모습을 잠시 바라본다. 너무도 고마운 사람이다. 그런데 배반한 기분이 든 때문이다.

한편 사장실로 들어온 현수는 두 개의 컵을 보곤 이마를 쳤다.

"아! 이걸 깜박 잊고 있었네."

현수는 별 기대 없이 컵의 온도계를 살펴보았다.

"으응? 39℃……? 그때가 며칠이었지?"

현수는 얼른 다이어리를 찾아 펼쳤다. 거기엔 생각날 때마다 기록한 메모들이 그득하다.

무엇을 했는지, 앞으로 무엇을 할 것인지 등을 써놓았던 것이다.

"가만있자……. 뭐야! 7월 15일이면 한 달이 다 되어가잖아?"

오늘은 8월 13일 화요일이다. 꽉 채운 한 달이 다 되어가는데 온도엔 변함이 없다.

현수가 쓴 치우지 말라는 메모를 본 은정은 컵을 종이로 덮어놓았다. 온도계가 꽂혀 있는 부분을 제외하곤 막힌 것이다.

이유는 먼지 들어갈 것 같아서이다.

그래서 한 달이 지났음에도 완전히 증발되지 않았던 것이다.

"이건 성공한 거야?"

현수는 컵 속에 담긴 단추처럼 생긴 것을 꺼냈다.

스테인리스 철판에 마법진을 새기고 최하급 마나석을 박은 뒤 리덕션(Reduction)으로 축소시켰다.

그리고 반투명한 플라스틱으로 감싼 것이다.

이번엔 증발을 막기 위해 병을 하나 꺼냈다. 그리곤 그 안에 그것을 넣었다. 온도계도 넣고, 뚜껑을 덮었다.

이 실험이 성공이라면 항온 마법이 걸린 의복을 만들어낼 수 있다.

겨울이 되면 두꺼운 의복을 걸쳐 행동이 둔해지는데 얇은 옷 한 벌만으로 그런 효과를 낸다면 방한복 시장에 일대 파란이 일 것이다.

기분 좋아진 현수는 분해된 채 놓여 있는 엔진을 들여다보며 시간을 보냈다.

한참을 들여다보다 골치가 아파지면 전기에 관한 전공서적들을 읽었다. 선이 없는 전기기구를 고안해 내기 위함이다.

그렇게 시간을 보내고 있는데 노크 소리가 들린다.

똑, 똑, 똑!

"사장님!"

"네, 들어오세요."

이은정 실장이 들어선다. 환히 피어나는 꽃봉오리 같이 화사하다.

아마도 주영과 연애 때문일 것이다. 여자는 사랑하는 사람이 생기면 더 아름다워진다고 하지 않았던가!

"사장님, 텔레비전을 보셔야 할 것 같은데요."

"텔레비전이요?"

"네, 지금 속보가 나오고 있어요. KBC에서 해요."

"알았습니다."

얼른 방송국 홈페이지를 연결해 생방송을 연결하였다.

"그간 설(說)로만 무성했던 국회부의장 변의화 의원에 관한 소문이 모두 사실로 밝혀졌습니다."

속보를 발표하는 아나운서의 뒤에는 느물느물하게 생긴 변의화 의원이 연행되는 모습이 보이고 있다. 수많은 플래시 세례가 시작되자 변의화 의원은 고개를 깊숙이 숙인다.

"검찰의 발표에 따르면 변 부의장은 일본계 사채업체의 뒤를 봐주면서 막대한 뇌물을 받아 챙겼습니다. 또한 각종 이권에 개입하여 온갖 불편부당한 일이 자행되도록 부추겼으며……."

아나운서의 보도가 이어지는 가운데 화면엔 변 부의장을 구속에 이르도록 수사를 책임졌던 김세윤 검사의 얼굴이 비춰진다.

계속된 보도에 의하면 변의화 부의장은 엔터테인먼트사로부터 성상납을 받았고, 무기 도입 과정에도 영향력을 끼쳐 많은 커미션을 챙겼다. 변 부의장의 지시를 받아 일선에서 활약했던 보좌관 둘 역시 구속되었다. 증거 인멸 및 도주의 우려가 있어 구속된 것이다.

이는 현수가 헤어질 때 걸었던 '올 웨이즈 텔 더 트루스'라는 마법의 결과이다.

김세윤 검사의 심문에 사실 그대로를 진술했던 것이다.

아무것도 감춘 것이 없기에 관련자들까지 모두 걸려들었다.

방송사에서는 변의화 부의장의 하나뿐인 아들 변병도에 관한 내용도 묶어서 방송했다.

현수가 관여된 사건 이외에도 온갖 나쁜 짓을 했다. 폭행, 강간, 감금, 납치, 유기, 폭행 교사 및 강간 교사 등 여러 범행을 저질렀다.

나중의 일이지만 변의화는 의원직에서 제명당한다. 그리고 감형이나 가석방 없는 징역 20년형에 처해진다.

뿐만 아니라 그간 받아왔던 뇌물과 커미션 등으로 추징당해 완전히 거덜 난다. 추징금은 1,360억 원이나 되어 국민들이 혀를 내두른다. 해먹어도 너무 많이 해먹었던 것이다.

변병도는 많은 범죄 행위를 저질러 그것만으로도 중형이 짐작된다. 그런데 방송이 끝난 뒤 당했던 사람들의 고소와 고발이 빗발친다.

그 결과 징역 45년이란 중형에 처해진다.

두 보좌관 역시 각기 15년의 징역형에 처해진다.

모두의 인생이 완전히 좋난 것이다.

"이상으로 긴급 속보를 마칩니다."

현수는 경찰차에 올라타는 변의화의 모습을 보고 있었다.

문득 '사필귀정'이라는 말이 생각났다. 그리고 '악인은 지옥으로!'라는 말도 떠올랐다.

컴퓨터를 끄고 돌아서려는데 인터컴이 울린다.

"사장님 검찰에서 전화가 왔는데요."

"검찰……?"

"네, 김세윤 검사라고 합니다."

"알았습니다. 돌려주세요."

현수는 김세윤 검사의 얼굴을 모른다. 그렇기에 조금 전에 방송에서 보았던 그 인물이라곤 생각지 못하고 수화기를 들었다.

"네, 김현수입니다."

"서울중앙지검의 김세윤 검사입니다."

현수는 이맛살을 찌푸렸다. 중앙지검이라면 이경천 검사가 있는 곳이다. 국가의 녹을 받는 검사이면서 조폭의 뒤나 봐주는 놈이다.

같은 곳에 근무한다기에 저절로 이맛살이 찌푸려진 것이다.

"말씀하십시오."

"몇 가지 여쭤보겠습니다. 김현수님은 지난 7월 17일에 변의화로부터 건네받은 4천만 원을 사용하신 바 있습니다. 맞습니까?"

"네, 그런데요."

"그 돈이 어떤 성격의 돈이었는지에 대해 말씀해 주십시오."

"그 돈은 변의화의 아들 변병도의 무고에 대한 합의금이었습니다."

"변병도의 무고요?"

"네, 일전에 청담동 클럽 제이에서 있었던 폭행사건으로 제가 무고를 당했었거든요."

"흐음, 그래요? 죄송하지만 검찰에 출두하여 자세한 내용을 알려주셨으면 합니다."

"미안합니다. 제가 바빠서 그럴 시간이 없을 것 같습니다."

현수는 현재 콩고민주공화국에 주재하고 있어야 한다. 입국신고가 안 되어 있는 상황이다.

따라서 법률적인 행위를 해서는 안 되기 때문에 거절한 것이다.

"김현수 씨는 주요 참고인으로 검찰에 출두하셔야 합니다. 안 그러면 불이익을 당할 수 있습니다."

"제가 쓴 그 돈, 어디에 쓴 건지는 확인하고 전화주신 겁니까?"

"100만 원짜리 수표 40장이 국민은행에서 환금되었습니다. 길숙희 씨와는 어떤 관계입니까?"

"김세윤 검사님, 그 돈은 제가 변의화로부터 받은 합의금이라고 말씀드렸습니다."

"그런데요?"

"저는 그 돈이 더럽다 생각했습니다. 하여 전액 소년소녀가장을 위해 써달라고 동사무소 사회복지사 길숙희 씨에게 기부했습니다."

"기부요?"

"관내 동사무소, 아니, 주민센터라고 이름이 바뀌었죠? 거기에 전화 걸어 확인해 보세요."

"……!"

김세윤 검사는 잠시 아무런 말도 없었다. 변의화와 관련된 사람 하나를 더 엮어내나 싶었는데 아닌 모양이다.

그러다 문득 떠오르는 생각이 있었다.

"그럼 혹시 주효진 변호사를 아시는지요?"

"네, 그 사건의 제 변호사였습니다."

"아! 이런……. 미안합니다. 실례가 많았습니다."

김세윤 검사는 서둘러 전화를 끊었다. 그리곤 자신의 이마를 탁 소리가 날 정도로 때렸다.

이번 사건은 주효진으로부터 시작했다 해도 과언이 아닌 사건이다. 어느 날 전화를 받고 관심을 기울이던 중 검사장의 전화를 받았다.

그리곤 담당검사가 되었던 사건이다.

신나게 비리를 파헤치느라 김현수가 주효진이 말하던 인물이라는 것을 깜박한 것이다.

"이런 제기랄! 효진이 녀석이 알면 난리 치겠군. 끄응!"

친우인 주효진은 변호사 사무실을 접었다. 그리곤 이실리프 상사의 법률 담당 변호사가 되었다.

이실리프 상사의 대표이사가 클럽 제이에서 있었던 사건의 당사자라는 이야기를 들었다. 그런데 깜박 잊은 것이다.

김현수라는 이름이 너무 흔하기에 빚어진 일이다.

김세윤 검사는 서둘러 주효진에게 전화를 걸어 자진 납세를 했다. 물론 욕을 실컷 들었고, 이날 저녁의 술은 김세윤이 샀다.

전화를 내려놓은 현수는 아차 하는 마음이 들었다.

이번 전화는 받아선 안 될 것이다. 은정이야 현수가 정상적인 입국절차를 밟아 귀국한 것으로 생각하여 바꿔준 것이다.

하지만 어디에도 입국 기록이 없는 귀국이다. 법률적으로 문제가 될 수 있다. 생각이 여기에 미친 현수가 인터컴을 눌렀다.

땡똥—!

"이 실장님!"

"네, 사장님!"

"이 시간 이후엔 외부에서 걸려오는 모든 전화를 차단해 주세요. 외국 출장 중이라 하시면 됩니다."

"네, 근데 권지현 씨 같은 분은 어쩌지요?"

"권지현 씨 아니라 대통령이 전화를 걸어도 모두 차단하세요."

"알겠습니다."

은정은 왠지 현수의 음성이 딱딱하다는 느낌을 받았다. 하지만 뭔가에 몰두하려는 것으로 생각하였기에 그냥 넘어갔다.

현수는 서점으로 가서 엔진과 미션에 관한 책들, 그리고 전기와 계측제어에 관한 서적들을 추가로 구입했다.

구입 대금은 전액 현금으로 지불했다. 카드도 쓰면 안 되는 상황이기 때문이다.

책을 읽다가 의문점이 생기면 천지대학 도서관으로 향했다.

천지그룹이 설립한 학교이기에 과장급 이상에겐 도서관 이용 등의 특혜가 있기에 가능한 일이다.

책 속에 묻혀 며칠을 보냈다. 그러는 동안 엔진과 미션에 관한 박사 수준이 되었다. 워낙 뛰어난 두뇌를 가지게 된 덕분이다.

그 결과 어떤 메카니즘에 의해 어떻게 에너지 전환이 이루어지는지에 대한 확실한 지식을 쌓게 된 것이다.

손에서 책을 떼는 시간은 여러 가지 생각을 메모하거나 스케치 하는 시간이라 해도 과언이 아니다.

이밖에도 동력 전달에 대한 갖가지 아이디어를 기록했다.

그러면서 SNS[3]를 통한 의견도 수렴했다. 여러 사람들의 반응과 생각을 알아보기 위함이다.

그 결과 점점 더 많은 문제점을 알게 되었고, 그에 따라 고

---

3) SNS(Social Networking Service):온라인 상태에서 불특정 다수와 관계를 맺을 수 있는 인터넷 서비스. 새로운 인맥을 쌓거나, 기존 인맥과의 관계를 강화시킬 수 있다.

려해야 할 사항들도 늘어났다. 그럼에도 즐거웠다.

어쩌면 인류에게 큰 선물을 할 수도 있는 일이 되기 때문이다.

시간이 흐르는 동안 몇 가지 실험이 병행되었다.

첫째는 항온 유지가 되는지에 대한 것이다.

결론부터 말하자면 대성공이다. 마법진에 박힌 마나석이 활성화되면 세팅된 온도가 유지되게 하는 데 성공한 것이다.

현수는 의류 제조업체를 물색했다. 국내 자본에 의해 설립된 회사이며 브랜드 파워가 약해 고전을 면치 못하는 회사를 찾았다.

상장기업이기에 주식거래소를 통해 그 기업의 주식을 매집했다.

'(주)까사'는 망해가던 중인지라 액면가 5,000원짜리 주식이 단돈 83원에 거래되고 있었다. 의류업체 가운데 가장 저가이다.

이 회사의 주식이 관리 종목으로 지정된 것은 3개월 전이다.

초창기엔 군복을 만들던 회사이다. 사주가 고위 장성 출신이었던 것이다. 그러다 정권이 바뀌면서 국방부 납품이 끊겼다.

다행히 영역을 넓혀 가던 중인지라 나름대로 괜찮은 디자인의 옷을 만들어서 팔았다.

그래서 사람들은 까사를 중저가 브랜드로 인식하고 있다.

캐주얼한 티셔츠와 면바지 등을 취급한다.

어쨌거나 변신은 성공이었다. 사업이 점차 활성화되자 사주는 무리하게 사업을 확장했다.

건설회사를 만들어 아파트 건설에 뛰어든 것이다.

그 결과 자금 경색이 되어 직원들 급여도 제대로 지불하지 못하는 상황에 처했다. 부동산 시장이 불경기 때문에 꽁꽁 얼어붙으면서 아파트 분양에 차질이 빚어진 때문이다.

결국 건설회사는 도산하고 말았다.

아무튼 현수는 불과 일주일 만에 까사의 주식 63.7%를 매입했다.

주가가 급격하게 하락하여 묻지마 투매 현상이 벌어지는 중이기에 사들이는 것엔 아무런 문제도 없었다.

현수가 까사를 방문한 것은 주식의 71.3%를 매집한 날이다.

이 회사의 본사는 강남구 대치동에 위치한 7층 건물에 있다.

한때 잘 나가던 회사이기에 건물 하나를 통째로 쓰는 듯하다. 그런데 다소 휑하다는 느낌이 든다.

회사의 상황을 살피기 위해 로비를 지나 각층을 둘러보았다.

직원들이 움직이고는 있지만 활력이 없어 보인다.

하긴 누가 봐도 망해가는 회사이다. 그럼에도 그만두지 않은 것은 의리도 의리지만 나가봐야 갈 데가 마땅치 않기 때문이다.

똑, 똑, 똑!

"네, 들어오십시오."

여직원의 음성이 들려 문을 열고 들어섰다.

30대 중반으로 보이는 여직원이 고개 숙여 인사한다. 마주 인사를 하곤 사무실을 살폈다.

잘 꾸며진 인테리어, 곳곳에 놓인 소품들을 보니 남에게 과시하기 좋아하는 성품을 가진 사람의 사무실이란 느낌이 든다.

　"어서 오십시오. 어떻게 오셨습니까?"

　"아까 전화 드렸던 김현수라 합니다. 사장님을 뵈었으면 하는데요."

　"아! 그분이시군요. 네, 안으로 들어가세요."

　여직원의 안내를 받아 안으로 들어갔다.

　"어서 오십시오. 박근홍입니다."

　"네, 김현수입니다."

　인사를 하면서 보니 여기저기 서류 등이 쌓여 있다. 사장실이 조금 어수선해 보인다. 이때 박근홍이 물었다.

　"저의 회사 주식의 71%를 가지셨다고 들었습니다."

　"네, 의류업에 관심이 있어 이 회사의 주식을 샀습니다."

　"왜 저희 회사 주식을 샀는지는 묻지 않겠습니다."

　"네에."

　"제가 물러나야 한다는 통보를 하실 거면 이렇게 오지 않아도 되는 일인데 괜한 발걸음을 하셨습니다."

　박근홍은 약 40살쯤 된 인상 괜찮은 사내이다. 현수는 대답 대신 궁금하던 것을 물었다.

　"아닙니다. 참, 제가 알기로 까사의 대표이사는 연세가 지긋하신 분인데 잘못 안 겁니까?"

　"아닙니다. 이 회사는 선친께서 설립하셨지요. 반년쯤 전에 지병으로 작고하셔서 제가 운영하고 있는 겁니다."

"아! 그렇군요. 그런데 실례되는 질문을 드려도 되는지요?"

"말씀하십시오."

무엇이든 말할 준비가 되었다는 듯 편한 표정이다.

"박 사장님의 지분이 얼마나 되는지 알고 싶습니다."

"흐음, 아마 23%쯤 될 겁니다."

"원래 그만큼이셨습니까?"

"아뇨, 얼마 전에 12%를 처분했습니다."

"왜 그러셨는지 여쭤봐도 되겠습니까?"

"직원들 급여와 거래처 대금 결제 때문에 그리했습니다."

박근홍은 담담한 표정이다.

"우리 둘의 지분을 합치면 94%쯤 되는 걸 보니 여기 임원들은 주식 보유량이 적은 듯합니다."

"아닙니다. 원래는 80%가 넘었는데 회사가 어려워지자 모두 처분하고 회사를 떠났습니다."

CHAPTER 02
의류회사를 매입하다

　박근홍의 말이 사실이라면 까사의 임원들이 내다판 주식을 현수가 매입한 것이다.

　국가로 치면 나라가 망해가는 것을 알게 된 고위 관료들이 국민들을 살리기 위해 고군분투한 게 아니라 먼저 재산을 처분하여 망명했다는 뜻과 동일하다. 참으로 한심한 일이다.

　"으으음……!"

　"선친께서 너무 무리를 하셔서 그런 거라 그들을 탓하고 싶지 않습니다. 너무 한심하다 생각지 말아주시기 바랍니다."

　"네에."

　선량해 보이는 얼굴이지만 그늘이 드리워져 있었다. 이때 노크 소리가 들린다.

똑, 똑, 똑!

"음! 들어와요."

말 떨어지기 무섭게 문이 열리고 커피잔을 든 여직원이 들어선다.

"커피 드세요."

"고맙습니다."

현수가 사의를 표했지만 여직원은 잔을 내려놓곤 말없이 나간다. 문이 닫히자 박근홍의 입이 열렸다.

"집사람입니다."

"네?"

"비서가 회사를 그만둬서 저 사람이 나와 고생하는 중이지요."

"아……!"

"직원들도 90%쯤 그만둬서 현재로선 업무 진행도 어려운 상황입니다. 대표이사를 맡으시면 인원 확충부터 하셔야 할 겁니다."

"……!"

현수가 아무런 대꾸도 하지 않자 박근홍이 말을 잇는다.

"기존에 거래하던 하청업체들은 단가도 단가지만 품질을 보장받을 수 있는 곳입니다. 계속 거래하시길 권합니다."

현수는 대답 대신 알았다는 듯 고개만 끄덕였다.

"잘 경영해서 번창하셨으면 좋겠습니다."

"네에!"

박근홍은 회사에 대한 미련이 없어 보인다. 하긴 침몰 직전인데 속수무책이다. 대출을 받고 싶어도 추가 담보로 제공할 부동산이 없다.

그래서인지 오히려 힘든 짐을 내려놓아 후련하다는 표정이다.

이때 현수의 시선이 사장실 구석에 놓인 휴대용 가스버너에 닿았다. 위에는 양은으로 만든 냄비가 놓여 있다.

라면이라도 끓여먹은 듯하다.

현수가 말을 끊자 자연스럽게 그 시선을 따라 보았던 박근홍이 계면쩍은 웃음을 짓는다.

"에구, 저걸 미처 치우지 못했네요."

"……!"

"사실 며칠 전부터 여기서 숙식하고 있습니다."

"네……? 왜요?"

"집을 팔았거든요."

"……!"

"아무리 어려워도 믿고 따르던 사람들을 힘들게 할 수는 없지 않습니까? 그래서 살던 아파트를 팔아 우선 급한 불을 껐습니다."

"불을 끄다니요?"

"직원들 밀린 급여 일부와 거래처 납품 대금을 줬습니다. 따라서 회사를 맡으셔도 그렇게 큰돈이 들지는 않을 겁니다."

"……!"

"거래처 사람들에게 참 고마웠습니다. 우리가 돈을 못 줘 어려움에 처했으면서도 돈 달라고 아우성치지 않았거든요."

담담하게 말하고 있지만 박근홍은 모든 것을 내놓은 듯 처연한 표정이다. 박 사장의 말이 100% 사실이라면 까사는 하청 공장들과 꽤 좋은 사이였던 것 같다.

돈을 못 받았는데도 와서 개판치지 않았다는 것이 그 증거이다.

"근데 여기서 나가시면 어떻게 하시려고요?"

"우선은 친구 녀석들에게 신세 좀 져야지요."

"으음……!"

현수가 침음을 내자 박근홍이 웃음을 짓는다. 좋아서 웃는 웃음이 아니라 어떤 표정을 지어야 할지 몰라 짓는 웃음이다.

"근데 이 회사에 말단 직원으로라도 고용해 주시면 안 되겠습니까? 이 회사의 모든 걸 알고 있으니 쓸 만할 겁니다."

분명 농담이라는 표정이다. 하지만 그 속의 절박함이 보인다.

박근홍은 회사를 나가면 갈 곳이 없다. 집도 없고, 직장도 없다.

식사비조차 아껴야 하는 상황이라면 예금도 없다는 뜻이다.

친지들에게 얼마간 빌붙어 살 수는 있지만 그리 오랜 세월은 되지 못할 것이다. 제 가족도 버거워하는 세상이 아니던가!

그리고 얼마 후부터는 막노동이라도 해야 입에 풀칠할 수 있는 어려운 삶을 살게 될 것이다.

극빈층이 될 것이고, 생활보호대상자가 될 수도 있다.

앞길이 막막하겠지만 어쩌겠는가!

현수는 궁금한 바를 물었다.

"박 사장님은 선친께서 돌아가시기 전에는 무슨 일을 하셨습니까?"

"영업부 일을 맡아서 했습니다. 백화점이나 마트 등을 공략했지요. 회사가 기울기 전까지는 제법 괜찮았습니다."

"……!"

현수가 아무런 대꾸도 하지 않자 말을 이었다.

"선친이 설립했다 도산한 건설회사 때문에 자금 사정이 나빠지면서 상품을 제대로 생산해 낼 수 없었습니다. 그래서……."

박근홍의 속은 쓰릴 대로 쓰릴 것이다. 선친이 세우고 본인이 공을 들였던 회사가 망해가니 어찌 안 그렇겠는가!

현수는 대꾸하지 않았다. 아픈 상처를 건드리고 싶지 않기 때문이다. 박근홍도 더 이상 말을 잇지 않았다.

"……!"

"……!"

잠시 어색한 침묵이 흘렀다. 먼저 입을 연 것은 현수이다.

"현재 남아 있는 인원으로 신상품을 런칭할 수 있겠습니까?"

"신상품이라니요?"

"제가 신개념 의복을 구상했습니다. 늘 일정한 온도를 유지시켜 주는 우주복 같은 겁니다."

"우주복이요? 그걸 상품으로 내놓는다는 말씀이십니까?"

의아하다는 표정이다. 하긴 우주복을 누가 사서 입겠는가!

"아! 제 말을 잘못 이해하신 겁니다. 우주복이 아니라 우주복처럼 일정한 온도를 유지하도록 하는 기능을 가진 옷을 말하는 겁니다. 예를 들면 군복 같은 것이 있겠지요."

"일정한 온도를 유지하는 군복이요? 그런 것도 가능합니까?"

들어본 적이 없는 것은 물론, 상상조차 해보지 못한 이야길 하기에 대체 무슨 소리냐는 표정을 짓는다.

"한겨울에 GOP에서 보초를 서는 병사들의 체온이 늘 36.5℃가 되도록 유지시켜 주는 옷이 있다면 어떻겠습니까?"

"……!"

박근홍은 대체 무슨 소리냐는 표정이다.

"여름엔 에어컨이 없어도 시원한 하복을, 그리고 겨울엔 늘 따뜻함을 유지하는 동복을 만들어 팔면 어떻겠느냐는 뜻입니다."

"그런 게 가능하기는 한 겁니까?"

"흐음, 백문이 불여일견이겠네요."

현수는 준비했던 가방 속에서 옷 한 벌을 꺼냈다. 평범한 여름 재킷이다. 마 소재로 만들어진 것이다.

"이 옷을 한번 입어보시겠습니까?"

"……! 그러죠."

박근홍은 입고 있던 반팔 와이셔츠 위에 현수가 건넨 재킷을 걸쳤다. 이때 현수가 말한다.

"흐음, 여긴 에어컨을 켜놓았으니 밖으로 나가보지요."

"그럽시다."

밖으로 나가자 박근홍의 부인이 어딜 가느냐는 표정이다.

"응! 옥상에 잠깐 갔다가 올게."

둘은 곧장 옥상으로 올랐다. 문을 열자 이글거리는 태양 빛으로 달궈진 후끈한 공기가 쇄도해 온다.

"어라……!"

박근홍의 입에서 이상하다는 소리가 난 것은 밖으로 나가고 얼마 지나지 않아서이다.

땡볕인지라 3분만 서 있어도 땀이 흐를 정도로 더운 날씨이다.

그래서 얼굴에선 뜨거운 햇살이 느껴진다. 그런데 몸은 전혀 그렇지 않다. 시원한 에어컨이라도 켜놓은 듯 쾌적하다.

"어떠십니까?"

"이, 이거 대체 뭘로 어떻게 만들어서 이런 겁니까?"

기대하던 반응이기에 현수는 웃음 지었다.

"후후, 그건 비밀입니다."

"이건… 제가 장담합니다. 이건 분명 대박입니다."

박근홍은 신대륙을 발견한 콜럼버스처럼 상기된 표정을 지었다. 그리곤 일부러 빠른 걸음으로 옥상을 누비기 시작했다.

이렇게 움직이는데도 계속 시원한지 보자는 의도이다. 5분쯤 지났을 때 현수는 예상했던 표정을 보고 즐거워했다.

"세상에……! 김 사장님, 이거 대체 어떤 소재이기에 이런 겁니까? 제가 보기엔 평범한 마 같은데……. 무슨 특수 처리라도 한 겁니까?"

"후후, 아까 말씀드렸습니다. 비밀이라고……."

"……! 까사가 다시 살아나겠군요. 나중에 돈을 벌면 다시 사려고 했는데 아무래도 그렇겐 안 될 것 같습니다."

아버지가 만든 회사인지라 언제고 재기를 하면 회사를 찾겠다는 생각을 했던 모양이다.

박근홍은 낙심한 표정을 짓는다. 경영권을 내주겠다는 말을 할 때에도 짓지 않던 표정이다. 그러거나 말거나 물었다.

"그렇게 생각하십니까? 까사가 살아날 것이라고……?"

"안 되면 내 손에 장을 지지지요. 이런 옷으로 성공 못하면 그건 바보지요. 이건 정말……! 정말 좋습니다. 이런 옷은 어떤 디자인으로 내놔도 무조건 팔립니다. 세상에……! 어떻게 이런 옷이……!"

박근홍은 계속해서 감탄사를 터뜨리고 있었다.

펄펄 끓는 대낮에, 그것도 복사열이 상당한 건물 옥상에서 운동하듯 왔다 갔다 했다. 그런데 땀 한 방울 나지 않는다.

덥다는 느낌을 거의 느끼지 못할 정도로 쾌적한 기분이다.

"일단 내려가시지요."

"아! 네에."

박근홍은 다소 흥분한 듯하다. 회사에서 만든 옷을 팔러 다니던 영업부서의 장이기에 그런 것이다.

장담하건대 이런 옷은 없어서 못 팔 상품이 된다.

지금이라도 상품을 만들어 내놓으면 2013년 여름 최고의 상품이 될 것이 분명하다.

이리 재고 저리 재며 애만 태우게 하던 백화점과 마트의 바이어들이 줄을 서서 면담 신청을 할 초대박 아이템이 분명하다.

그렇기에 흥분된 것이다.

계단을 디디며 내려오던 현수가 말문을 열었다.

"우선은 군대부터 납품하는 걸로 했으면 해요. 이 더운 여름에 훈련받느라 고생하는 군인이 먼저라고 생각합니다."

"……!"

"동복 역시 군대가 우선입니다. 추운 겨울에 벌벌 떨면서 보초 서보셨지요?"

"그럼요. 3사단에 있었지요. GOP 근무도 했습니다."

"박 사장님이 잘 알아서 해주십시오. 믿어도 되죠?"

"네……?"

"아까 말씀하셨잖아요. 직원으로 근무하게 해달라고요."

"네에. 그건……."

박근홍이 뭐라 말하기도 전에 현수가 먼저 입을 열었다.

"저는 옷이 어떻게 만들어져서 어떻게 팔리는 건지 하나도 모릅니다. 그러니 박 사장님이 까사의 운영을 맡아주십시오."

"……!"

박근홍은 아무런 말도 하지 못하고 있었다. 격동 때문이다. 그러거나 말거나 현수의 말은 이어지고 있었다.

"직책은 대표이사 사장입니다. 저는 지분만 많은 대주주로 남겠습니다. 앞으로 잘 부탁드립니다."

"기, 김 사장님……!"

"그리고 신상품의 비밀은 단추에 있습니다. 옷이 아니구요. 단추에서 특수한 기능이 발현되도록 하는 겁니다. 이건 사장님과 저만 아는 비밀이 되어야 합니다. 아시겠죠?"

"네에."

"단추는 제가 공급해 드리겠습니다. 다만 그 양이 많지는 않을 겁니다. 그러니 우선은 국방부부터 방문하십시오."

"네에."

대화를 하는 동안 사장실에 당도하게 되었다.

둘이 다정스레 들어서자 박근홍의 부인이 의아하다는 표정을 짓는다. 회사를 빼앗기게 생겼는데 남편의 얼굴에 생기가 돈 때문이다.

"여보! 김현수 사장님이셔."

"네에."

"나더러 이 회사의 대표이사를 맡아 달라시네."

"네……? 그게 무슨……?"

"그리고 이건 신상품이야. 이걸 입고 옥상에 한번 가봐."

"이건 남자 옷이잖아요. 그리고 옥상엔 왜요?"

"아이구, 그냥 가보라면 가봐. 이걸 입고 옥상에 올라가서 쨍쨍 내리쬐는 햇볕을 느끼고 오라고. 한 10분쯤 있다 내려와. 알았지?"

"아이, 햇볕 쬐면 기미 생긴단 말이에요."

"그래? 그럼 모자는 써. 하여간 10분쯤 옥상에서 뛰어다녀."

"뭐라고요? 이 더운 여름에 펄펄 끓는 옥상에 올라가는 것도 모자라서 뛰기까지 하라고요? 누구 죽일 일 있어요?"

부인이 펄쩍 뛰거나 말거나 박근홍 사장은 단호했다.

"안 죽으니까 한번 해봐. 알았지?"

"나 쓰러지면 당신이 책임질 거예요?"

"그래, 그래! 당신 쓰러지면 내가 책임질 테니까 가봐."

"치잇! 알았어요."

박근홍의 부인 김주미 여사가 재킷을 걸치며 밖으로 나갔다. 이 모습을 지켜보는 박근홍의 입가엔 미소가 어려 있었다.

조금 이따 어떤 반응을 보일지 너무도 확연히 알고 있기 때문이다.

다시 사장실로 들어선 둘은 향후의 일에 대한 의논을 했다.

당분간 국방부에만 납품할 생각이라 직원은 더 뽑을 필요가 없다. 남아 있는 인원만으로도 충분하기 때문이다.

하복은 군납 이외엔 콩고민주공화국으로의 수출만 하기로 했다.

이실리프 농산과 이실리프 농장, 그리고 이실리프 축산에 종사하는 사람들에게 지급할 작업복이다.

이밖에 천지건설 현장 직원들에게 공급할 생각이다.

워낙 더운 곳이 아니던가!

그러다 점차 여유가 생기면 그때부터 일반 상품을 만든다.

동복의 경우엔 군납 이외에 러시아 수출용이 우선이다.

회사에 자금의 여유가 생기면 나머지 주식을 모두 사들이고 상장을 폐지하기로 했다.

그리고 회사 이름은 이실리프 어페럴로 바꾸기로 했다.

이런저런 이야기를 하고 있을 때 김주미 여사가 들어온다.

"여보……! 아니, 사장님! 이거 대체 무슨 옷이에요?"

도저히 믿을 수 없다는 표정이다.

현수와 박근홍은 이럴 줄 알았다는 듯 환히 웃었다.

"설명해 줄 테니 여기 앉아봐."

박근홍의 말에 김주미 여사가 소파에 앉자 지금껏 했던 이야기들을 요약해서 들려주었다.

근홍의 말이 끝나자 김주미 여사가 현수를 바라본다. 눈물이 글썽글썽한 눈이다.

말은 안 했지만 살고 있던 아파트를 처분하여 직원들에게 밀린 급여의 일부를 지급하고 거래처에 나머지 전부를 나눠주었다.

살던 집을 팔아 이제 우린 어떻게 사느냐는 말을 했을 때 근홍은 산 입에 거미줄 치겠냐는 말로 위로했다.

그러면서 조만간 재기하여 다시 사면 된다고 했다.

하지만 현실적인 김주미 여사는 이제 얼마 남지 않았다는 생각을 했다. 자살을 생각한 것이다.

돈 한 푼 없고, 40살이 넘은 남편이 재기한다는 것은 현 사회 여건상 불가능에 가깝다는 것을 알고 있었던 것이다.

아무튼 둘은 며칠 전부터 회사에 와서 숙식을 했다. 직원들이 떠난 빈 사무실에 시아버지가 쓰던 야전침대를 가져다 놓고 거기서 잤다.

직원들이 출근하기 전에 화장실에서 씻었고, 다 퇴근하면 그때야 샤워를 했다. 모든 끼니는 라면으로 때웠다. 돈이 없기 때문이다. 이제 지갑에 남은 돈이라곤 달랑 5천 원뿐이다.

그 돈이 떨어지면 남편과 함께 세상을 뜰 생각을 했다.

누군가에게 도움을 청해 부담 주기 싫었다. 힘든 일이라곤 평생 해본 적 없는 남편이 막노동 비슷한 일을 해야 하는 것도 싫었다.

하나뿐인 아들은 오빠에게 부탁하려 했다.

아들은 현재 미국 유학 중이다. 공부를 잘해 장학금을 받는지라 학비를 부쳐 주지 않아도 된다. 또 오빠네 집에서 숙식을 하기에 돈이 들지 않는다는 것이 다행이라면 다행인 일이다.

자식에겐 미안한 일이지만 험하고 차가운 세상을 살아가기엔 너무 여린 김 여사이다. 대학을 졸업하자마자 근홍의 청혼을 받아 살림만 하면서 살아왔다.

시아버지가 한참 잘 나갈 때에도 사치와 낭비라는 단어를 모르고 살았다. 사업이 번창하는 것이 흐뭇했고, 남편이 즐거워하는 모습은 기뻤다. 그리고 공부 잘하는 아들을 지켜보는 것은 행복했다.

그러다가 식당에서 설거지를 해야 할 상황이 도래했다. 상상조차 해보지 못했기에 해보기도 전에 포기했던 것이다.

그런데 오늘 구세주 같은 사람이 나타났다. 망해가는 회사를 단박에 살리는 것은 물론이고, 회사도 빼앗지 않겠다고 한다.

남편에겐 사장 자리를 보장해 준다고 한다. 살림을 할 집이 없다는 것이 문제이지만 이제 그런 건 얼마든지 견딜 수 있다.

이때 현수가 입을 열었다.

"역삼역 근처에 이실리프 빌딩이 있습니다. 그 건물 12층에 두 분이 살 만한 공간이 있습니다. 실면적이 약 20평짜리입니다. 말을 해놓을 테니 집을 구할 때까진 그곳을 쓰십시오."

"네에……?"

김주미 여사의 눈이 커진다. 은인이 이젠 집까지 해결해 주려 한다 생각한 때문이다.

"제가 쓰려던 곳인데 저는 당분간 해외에 나가 있어야 합니다. 그래서 빈 곳이니 부담 갖지 말고 쓰십시오."

"사장님……!"

박근홍의 눈도 습기 차 있었다.

"선량하고 책임감있는 분들이 잘사는 세상을 보았으면 해서요. 두 분은 그럴 자격이 있는 것 같습니다. 하하하!"

"사장님! 흐흑! 흐흐흑! 정말 고마워요. 흐흐흑!"

김주미 여사의 눈에서 결국 눈물이 쏟아진다. 그냥 놔두면 박근홍 사장도 눈물을 흘릴 판이다. 하여 현수는 얼른 화제를 바꿨다.

"참, 사장님!"

"네. 말씀하십시오."

"직원들 밀린 급여가 얼마나 됩니까? 그리고 거래처에 미지급한 돈은 얼마나 되고요? 퇴직한 직원들의 퇴직금도 미지급 상태지요?"

"네, 근데 그건 계산을 해봐야……."

"그렇겠죠. 모두 계산해서 제게 이메일로 알려주십시오. 그리고 회사 계좌번호도 알려주시고요."

"……!"

"줄 건 주고 시작해야 하지 않겠습니까?"

"……!"

박근홍이 대답하지 못하고 있을 때 현수가 말을 이었다.

"참, 군복 샘플 만들 원단 값도 필요하겠군요. 그것도 같이 계산해서 알려주십시오."

"김 사장님……! 정말 고맙습니다."

"고맙기는요. 이제 까사, 아니, 이실리프 어패럴은 우리 둘의 공동 소유가 아닙니까?"

나중의 일이지만 현수는 까사의 주식을 모두 매집한 뒤 상장폐지하고 50대 30대 20으로 나눈다.

50은 현수의 몫이고, 30은 박근홍 사장의 지분이다.

나머지 20은 회사가 어려움에 처했을 때 끝까지 남아서 의리를 지킨 일부 직원들과 하청공장 사장들에게 나눠서 지급한다.

현수는 영등포로 가서 철판가공업체를 방문했다.

철판을 가로 세로 10㎝ 크기로 자르고 구멍을 뚫어달라고 주문했다. 플라스틱으로 감쌀 것이기에 SUS 304 0.3T를 사용하는 것이다.

가공업체 사장은 처음엔 시큰둥한 표정이었다.

단순히 철판을 잘라내고, 구멍 몇 개 뚫는 일은 그리 큰돈 되는 일이 아니기 때문이다.

그래도 샘플로 50장을 만들었다. 직원들을 놀리느니 만든 것이다.

불경기 때문에 일감이 없어 놀고 있었다.

샘플을 확인한 현수는 곧바로 60만 장을 주문했다.

이게 초도물량이며 추후에 더 많이 주문하겠다는 말에 사장의 얼굴에 웃음꽃이 피었다.

60만 장 중 50만 장은 군대에 납품할 물량이고, 10만 장은 콩고민주공화국으로 보낼 물량이다.

사무실로 돌아온 현수는 아공간에 담긴 각종 판금도구들을 꺼냈다. 이제부터 본격적으로 마법진을 만들어야 하기 때문이다.

"흐음, 어디 한번 해볼까?"

현수는 다양한 온도를 내는 마법진을 만들어냈다. 국방부에서 어떤 것을 채택할지 몰라 그러는 것이다.

25℃부터 시작하여 38℃까지 만들었다. 각 계절에 적합한 샘플을 만들기 위함이다..

하나를 만드는 데 걸리는 시간은 대략 30분 정도였다. 그렇게 14개를 만들고 나니 허리가 뻣뻣해지는 느낌이다.

"흐음……! 이제 끝인가?"

허리를 두들기며 자세를 바로 한 현수는 탁자 위에 늘어놓은 비커의 온도계들을 살폈다.

마법진이 완성될 때마다 물속에 담고 온도계를 꽂아둔 것이다.

"흐음! 25도는 성공, 26도도 성공, 27도 성공, 어라! 28도는

뭐가 잘못된 거지?'

28℃를 가리켜야 할 온도계가 16℃를 가리키고 있었다.

비커에서 마법진을 꺼낸 뒤 인라지 마법으로 확대시켰다. 그러자 가로 세로 10㎝짜리 스테인리스 철판이 50㎝자리로 바뀐다.

이 상태에서 마법진을 새겼던 것이다. 현수는 꼼꼼한 시선으로 확인 작업에 들어갔다.

"아! 이걸 잘못 새겼구나."

잘못된 곳은 ë를 e로 새긴 부분이었다.

새로 새기지 않아도 된다는 생각에 현수는 웃음 지었다. 마법진을 새기는 일이 대단히 많은 심력을 요하는 일이기 때문이다.

아무튼 공구를 꺼내 점 두 개를 더 찍었다. 그리곤 마법진을 활성화시킨 뒤 다시 물속에 담가보았다.

잠시 후, 온도계의 눈금이 조금씩 올라간다.

"흐음, 된 거 같군. 그럼 29도는? 역시 성공! 30도도 성공!"

36℃짜리도 에러가 났다. 확대해서 확인해 보니 새로 새겨야 한다.

3라고 새겨야 할 부분을 3라 해놓았던 것이다.

"제기랄……! 바보 같이……."

이번엔 간단히 지우는 것으로 끝나지 않는다.

귀찮고 복잡하지만 어쩌겠는가!

새로운 철판을 꺼내 다시 새겼다. 그리곤 38℃까지 모두 확인했다. 다행히 더 이상의 불량은 없었다.

현수는 다시 한 번 일일이 확인한 뒤 모든 비커를 랩으로 봉했다. 물의 증발을 막기 위함이다.

마법진이 한 달간 유효하다는 것은 확인했다. 박히는 마나석에 따라 그 기간이 달라질 것이다.

어쨌든 현재의 마법진에 박힌 마나석 역시 최하급이다. 마법의 발현 범위가 작기 때문이다.

"흐음, 최하 3년은 가야 하는데."

아공간에 담긴 마나석의 양을 확인해 보니 최하급으로 마법진을 만들 경우 약 200만 개를 만들 수 있을 양이다.

하급도 그 정도는 된다.

"안 되면 하급으로 박지, 뭐."

아르센 대륙에서 마나석이 얼마나 귀한 대접을 받는지를 모르는 현수는 쉽게 생각하고 있었다.

현수가 일련의 작업을 하는 동안 박근홍은 군복 원가를 계산하고 있었다. 그런데 단추 값을 얼마로 책정해야 할지 난감하다.

현수에게 전화를 걸었지만 받지 않아 문자를 넣었다.

김현수 사장님! 납품가를 결정하려면 원가가 먼저 계산되어야 하는데 단추 값은 얼마나 됩니까?

문자를 넣었음에도 한참 동안 답신이 없다. 마법진을 그리느라 전화기를 꺼놓았던 때문이다.

기다려도 회신이 없자 직원들의 밀린 급여와 미지급 퇴직금, 그리고 거래처에 정산해 줘야 할 금액을 뽑아보았다.

그래도 시간이 남아 군복 샘플을 만들 금액도 산정했다.

이메일로 작성하여 보내고도 한참을 기다렸다. 그러는 사이에 김주미 여사가 들어온다.

"여보! 진짜로 돈을 부쳐 올까요?"

"그럴 거야. 거짓말할 사람처럼 보이진 않았잖아."

"역삼동에 이실리프 빌딩을 검색해 보았는데 그런 건물 없던데요?"

현수가 가자마자 확인해 본 내용이다. 김주미는 이실리프 빌딩이라는 것이 없다는 사실에 실망한 상황이다.

"그래? 당신이 잘못 찾은 건가 보지."

"아니에요. 당신도 한번 찾아보세요. 진짜 그런 건물 없어요. 그 근처 복덕방에 전화까지 해서 물어봤는데 그런 거 없대요."

"그래? 흐으음……!"

살짝 기대가 무너지는 느낌이라 박근홍의 표정은 어두워졌다.

그렇게 사람을 너무 믿지 말라면서 쫑알거리던 김주미 여사가 화장실에 가는지 자리를 떴다.

박근홍은 얼른 인터넷으로 검색해 보았다. 명칭 검색을 해보았으나 뜨지 않는다. 하여 복덕방에 전화를 걸었다가 핀잔만 들었다.

하필이면 김주미 여사가 물어봤던 그곳에 전화한 것이다.

"우릴 속일 이유가 없는데……. 그리고 그 옷도 사기는 아닌데……."

박근홍이 혼자 중얼거릴 때 핸드폰에서 소리가 난다.

띵― 똥!

문자가 왔다.

단추 값은 산정하기 어렵습니다. 먼저 보통의 군복 납품가가 얼마나 되는지를 알려주십시오.

네, 확인해 보고 곧바로 알려 드리겠습니다. 그리고 이메일 보냈습니다. 확인해 주십시오.

네, 알겠습니다.

잠시 후, 박근홍으로부터 전화가 걸려왔다.

띠리링! 띠리리리링……!

"여보세요."

"아! 김 사장님. 현재의 납품가는 확인하기 어렵습니다."

"왜요?"

"그게… 어느 업체에서 공급하는지 알 수 없어서입니다. 더 알아본 뒤에 보고 드리겠습니다. 참고로 2005년도의 군복 납품가는 사계절용이 25,000원, 여름용은 26,286원입니다. 자이툰 부대 대원들이 입는 사막색 전투복은 52,580원이었구요."

"대량 납품인데도 값이 싸지 않군요. 군복이 그렇게 비싼 겁니까?"

"네, 저희가 납품하던 때와는 많이 달라진 것 같습니다."

"흐으음, 사계절용이 25,000원이라……. 조금 비싼 것 같은데 까사에서 만들어도 그 정도 듭니까?"

"그 가격이면 국산원단을 써서 만들어도 됩니다."

"그럼 군복의 원단이 국산이 아니라는 말씀이십니까?"

"네, 확인해 보니 지나산이더군요."

"으음……!"

조금 어이없는 말이다. 군복은 한두 벌 납품하는 것이 아니다. 그런데 그 가격이 결코 싸지 않다. 게다가 원단도 지나산이라고 한다.

전 세계적으로 저품질의 대명사가 된 이름이다.

그렇다면 뭔가 야로가 있다는 뜻이다. 납품이 결정되는 과정에서 누군가가 뇌물을 수수했다는 뜻일 수도 있다.

"나머지 옷들도 확인해 보셨습니까?"

"네, 병사들이 입는 팬티는 2,173원, 러닝셔츠는 2,380원입니다."

"그 죽죽 늘어나는 팬티와 러닝셔츠가요?"

현역시절 입었던 팬티를 떠올린 현수는 이맛살을 찌푸렸다. 너무 잘 늘어나서 삼각팬티가 금방 사각팬티로 둔갑하곤 했다.

그러거나 말거나 박근홍의 말은 이어지고 있었다.

"네, 병사들에게 지급되는 겨울용 체육복은 31,285원이고, 춘추 체육복은 18,900원이었습니다. 모두 2005년 납품가입니다. 그러니 현재의 납품가는 이보다 분명히 높을 겁니다."

너무 비싸다는 느낌에 현수는 또 한 번 이맛살을 찌푸렸다.

"확실히 문제가 있군요. 일단 알겠습니다. 더 확인해 주십시오. 납품가는 나중에 정해야겠군요."

"네. 더 알아본 뒤에 연락드리겠습니다."

"참, 우리가 납품할 군복의 원단은 국산이어야 합니다."

"물론이죠. 허접한 지나산 원단은 절대 사용치 않을 겁니다."

"아울러 고어텍스에 버금가는 투습 및 방수 기능이 있어야 합니다. 적외선 관측장비에 잘 포착되지 않도록 특수처리도 되어야 하구요."

"네, 저도 그럴 생각이었습니다."

"제가 알기로 지금 우리 군복은 폴리에스터와 면 혼방입니다. 이것의 장점은 싸다는 것 이외엔 불합격입니다."

"네, 유사시 면이 심지 역할을 하고 폴리에스터가 발화 역할을 하죠. 군복으로선 최악의 혼합이라 할 수 있습니다."

"미군은 70년대부터 폴리에스터로 된 군복을 입지 않습니다. 탄환이나 폭탄의 파편 같은 1차적 타격에 의한 사망보다도 화상에 의한 군인들의 사망이 더 많았다는 것을 알았기 때문입니다."

현수의 말이 옳다는 것을 알기에 박근홍도 간단한 대답만 했다.

"알고 있습니다."

"그래서 미군은 나일론과 면의 혼방 원단으로 된 군복을 했었습니다. 물론 내구성이 더 증가된 나일론66이지요."

"맞습니다. 그건 폴리에스터보다 세 배 정도 더 비싼 거지요."

전문가답게 금방 값이 계산되어 나왔다. 그러거나 말거나 현수의 말이 이어졌다.

"현재엔 내열섬유인 아라미드계 섬유와 나일론66 혼방 원단을 쓰고 있습니다. 여기에 고어 가공을 해서 투습 및 방수 기능을 부여한 것입니다."

"네! 저도 그렇게 알고 있습니다."

"우리가 새롭게 납품할 것은 이보다 뛰어나야 합니다. 우리나라를 지키는 군인들이 입을 것이기 때문이죠."

"물론입니다. 그들은 군인이기 이전에 국민의 자식들입니다. 당연히 최상의 것을 제공받을 자격이 있습니다."

"저하고 뜻이 맞아 좋군요."

"하하! 네에. 그렇게 생각해 주시니 고맙네요."

비록 알게 된 지 얼마 되지 않았지만 현수는 박근홍 사장과 뜻이 맞는다는 것을 느끼게 되었다. 하여 사람 하나 제대로 만났다는 생각에 기분 좋은 웃음을 베어 물었다.

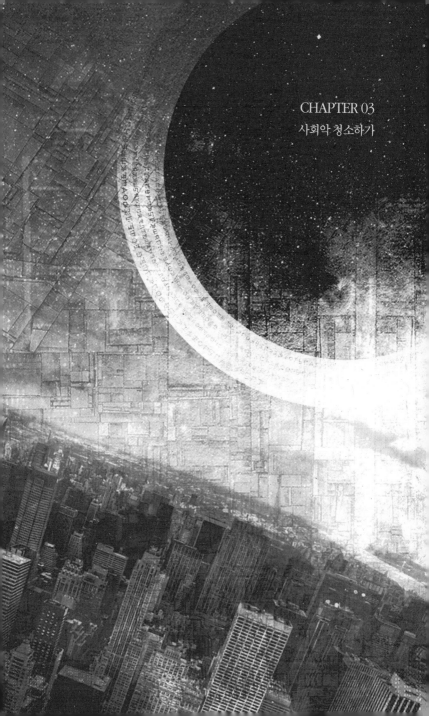

CHAPTER 03
사회악 청소하가

"어쨌거나 요청하셨던 자금은 송금했습니다. 그리고 이실
리프 빌딩도 이야기해 놓았으니 오늘이라도 그쪽으로 가십시
오. 웬만한 가재도구는 다 있으니 몸만 가셔도 될 겁니다."

"네. 배려해 주셔서 감사합니다."

"참, 이실리프 빌딩의 옛 이름은 세정빌딩입니다. 역삼역 근
처에 가시면 금방 찾을 수 있을 겁니다. 12층짜리입니다."

"네, 알겠습니다."

통화를 마친 박근홍은 즉시 인터넷 뱅킹으로 잔액을 확인
했다.

요청한 금액은 13억 6천만 원이었다. 들어온 돈은 15억 원
이다. 나머지 돈은 여유자금으로 쓰라는 뜻이다.

보내주신 돈 잘 쓰겠습니다. 정말 고맙습니다.

박근홍의 문자를 받은 현수는 회신하지 않았다. 무슨 말을 써서 보내든 생색내기가 될 것이기 때문이다.

현수는 다시 엔진과의 씨름을 시작했다. 반드시 이루어내고야 말겠다는 듯 눈빛마저 형형했다.

그렇게 시간이 흘렀다.

"어라! 너 왜 집에 안 갔어?"

주영은 은정과 시원한 맥주 한잔을 마시러 나갔다 들어왔다. 한 건물에 살기에 자연스럽게 데이트를 하는 것이다.

그러다 사무실에 불이 켜져 있어 들어온 것이다.

"어! 왔냐? 이 실장님도 같이 왔어요?"

"네에."

데이트 현장을 들켜 부끄럽다는 표정을 짓는다.

"짜식! 그렇게 좋으냐?"

"무슨 소리야?"

주영이 웬 뜬금없는 소리냐는 표정이다.

"얌마, 입이 귀에 걸려 있다. 그만 좋아해라."

"데이트하라며? 안 하면 자른다고 해서 하는 거다."

"오호! 그래? 그럼 내가 데이트 안 해도 된다고 하면 이 실장님과 헤어질 거냐?"

"응……? 무, 물론 그건 아니지. 한번 시작했는데 어떻게……."

"이 실장님! 이 실장님도 주영이 괜찮아요?"

"네……? 네에."

은정은 거의 속삭이듯 대답했다. 너무 부끄러웠던 것이다.

"좋겠습니다. 그리고 부럽네요."

"죄송합니다."

"아뇨, 죄송하긴요. 보기 좋은데. 그건 그렇고, 너는 염장 지르지 말고 그냥 올라가라. 나도 이제부터 슬슬 데이트나 해야 겠다."

"퇴근하려고?"

"그래! 너하고 이 실장님 보니까 샘나서 나도 데이트하러 간다."

그렇기 않아도 엔진 때문에 골머리를 썩였다. 하여 밖으로 나왔으나 막상 갈 데가 없다.

집에는 못 들어간다. 콩고민주공화국에 가 있는 걸로 알기 때문이다. 이실리프 빌딩으로도 못 간다.

박근홍, 김주미 부부에게 쓰라고 했기 때문이다.

"끄으응! 혼자서 술을 마실 수도 없고……."

현수는 한여름 밤의 서울 거리를 터벅터벅 걸었다. 열대야 현상 때문에 덥다고 길로 나온 사람들이 제법 많았다.

모기에게 뜯기는 것보다는 시원한 것이 낫다는 뜻이다.

그렇게 걷고 있는데 나지막한 누군가의 음성이 들린다.

"그러니까 가져온다는 거야, 안 가져온다는 거야?"

"그걸 어떻게 가져와? 안 돼! 그거 없어진 걸 알면 나 우리

아버지한테 죽어!"

"안 가져오면 우리한테 죽을 건데?"

"봐주라, 응? 그건 안 돼! 진짜 안 된단 말이야."

"허어, 이 짜식이 내 말을 콧구멍으로 들었나? 시끄러, 지금 당장 가져와. 가져오면 봐줄 거고, 아니면 오늘 여기서 죽어야 할 거야."

"진짜 안 돼! 우리 아빠 알면 나 진짜 죽는단 말이야."

"그건 네 사정이고. 지금 당장 가서 가져와."

대체 무슨 소린가 싶어 귀를 기울였던 현수의 이맛살이 꿈틀거린다. 불량배들이기 때문이다.

"안 가져오면 네 창자를 뽑아서 목에 감아 죽인다. 가서 가져와."

나지막하게 으르렁대는 듯한 소리를 낸다.

"안 돼! 진짜 안 돼. 아니, 못해. 나 그러면 진짜 죽어. 그거 없어진 거 우리 아빠가 알면 나 죽는단 말이야."

"이 새끼가……! 안 되겠군. 야!"

퍼억—! 퍽! 퍼퍽! 퍼퍼퍽!

"아악! 악! 컥! 으윽! 케엑! 아아악!"

"씨방새야 그러니까 가져오랄 때 순순히 가져와야지. 이래도 안 가져올 거야?"

"으으으! 안 돼! 절대 안 돼!"

"안 되겠군, 아직도 정신을 못 차렸어. 야! 밟아."

퍼퍽! 퍼퍼퍼퍼퍽! 퍼퍼퍽! 퍼퍽!

"아악! 악! 컥! 으윽! 케엑! 아아악!"

서너 명이 우르르 달려들어 사정없이 짓밟는 소리가 들린다.

현수가 안 되겠다 싶어 골목 안으로 들어가려는데 불량스런 놈의 음성이 있었다.

"가, 서, 가, 져, 와! 비, 밀, 번, 호, 도, 알, 아, 오, 고!"

말을 할 때마다 짓밟는 모양이다.

"아악! 윽! 으윽! 윽! 컥! 케엑! 큭! 아악! 억! 아, 알았어."

놈이 말을 할 때마다 쓰러진 녀석의 입에서 비명이 터져 나온다.

"짜식, 그렇게 좋은 말로 할 때 말을 듣지. 지금 당장 가서 가져와. 오늘 이 형님이 술 한잔 빨아야 하니까. 알았어?"

"으으, 알았어. 그, 그만! 이제 그만. 가져올게. 으으윽!"

구타를 당한 녀석이 반대쪽 골목으로 비틀거리면서 나가는 모습이 보인다. 현수는 다 나갈 때까지 기다렸다.

그의 모습이 골목 밖으로 꺾어져 나갈 때 불량배가 입을 연다.

"병신 같은 새끼! 하여간 저런 새끼들은 개잡듯 두들겨 패야 말을 들어. 퉤에! 안 가져오기만 해라."

"야! 안 가져오면 어쩌려고?"

"어쩌긴, 개 패듯 패야지. 그리고 이 건물 옥상으로 데리고 올라가서 떨어뜨리지."

"그것 갖고 되겠냐? 지나가는 버스 밑에 밀어 넣기 어때?"

"야! 그럼 해골 깨질 때 소리 엄청나겠다. 안 그래? 크크크!"

"그것도 괜찮은 아이디언데? 그나저나 그 새끼가 통장 가져오면 돈은 어떻게 찾냐? 요즘 은행마다 CCTV 설치되어 있잖아."

"그걸 왜 걱정해? 그 새끼더러 찾아오라고 하면 되지. 안 그래?"

"오! 좋은 방법. 나도 내일 다른 새끼들한테 써먹어야지."

"그나저나 돈은 좀 될까?"

"로또 1등에 당첨되었으니 좀 되겠지."

"근데 그 새끼 아버지가 알고 쫓아오면 어쩌지?"

"어쩌긴? 등판에 칼 한번 꽂아주면 되지."

이쯤 되면 단순한 불량배가 아니라는 소리이다.

현수는 다음 이야기에 귀를 기울였다. 어떤 처벌을 할 것인지 가늠하기 위함이다.

"……!"

"근데 그 계집애들은 오늘 안 온대?"

"누구? 아, 민지하고 효린이?"

"그거 깔쌈한 게 좀 맛있게 생기지 않았냐?"

"그래, 괜찮아 보이더라."

"맛있을 거야. 근데 그것들 팔면 얼마나 받을까?"

"왜? 저번처럼 도식이 형님 조직에 팔게?"

"그럼 데리고 살 거냐? 저번처럼 한 년당 한 200씩만 줬으면 좋겠는데……. 인물이 괜찮아서 그 정도는 주겠지?"

"뭐야? 저번에 그 계집애들 팔고 200씩 받았어?"

"웅! 그래서 600 받아가지고 한 닷새 잘 먹고 잘 놀았잖아."

들어보니 이놈들은 인신매매까지 하는 듯하다.

현수는 천천히 골목 안으로 걸어 들어갔다. 놈들은 누군가의 출현에 놀라는가 싶더니 하나라는 걸 알고는 안심하는 듯하다.

놈들 근처에 당도했을 때 입을 먼저 연 것은 놈들이다.

"어이, 형씨!"

"……!"

"돈 가진 거 있으면 좀 내놓고 가지."

"그래, 그런 건 좀 나눠 써야 하는 거 아냐?"

얼굴은 보니 고등학교 2, 3학년 정도 되어 보이는 녀석 넷이다. 발육이 좋아 어른 못지않은 몸집이다. 눈빛도 불량하고 건들거리는 모습도 불량해 보인다.

현수는 CCTV가 있는지를 살폈다. 이를 겁먹고 튀려는 것으로 오인했는지 얼른 둘러싼다.

"어이, 형씨! 튀려고……? 좋은 말로 할 때 지갑만 놓고 가셔. 괜히 돈 뺏기고 얻어터지지 말고."

"그래! 지갑만 꺼내 놓고 갈 거지?"

현수는 어이가 없어 한마디 하지 않을 수 없었다.

"니들 이러는 거 부모님도 아시냐?"

"부모……? 그거 먹는 거야? 우린 그딴 거 신경 안 써!"

"하여간 낮살 처먹은 놈들은 전부……! 야, 그냥 조지고 끝내자."

가운데 있던 놈이 한마디 하자 놈들의 눈빛이 변한다. 굶주린 이리나 늑대의 그것처럼 흉포한 빛을 내는 것이다.

"많이 아플 거다. 어금니까지 분질러 줄 테니 기대해."

"크흐흐, 난 이럴 때가 제일 좋아. 쉬펄, 주먹이 근질근질했는데 잘됐어. 형씨! 갈비뼈 부러지면 그거 내가 분지른 거야. 알았지?"

이놈들은 폭력을 장난처럼 휘두르는 놈들인 것이다.

한편, 포위망을 좁혀오듯 서서히 다가서는 놈들을 살핀 현수는 용서의 여지가 없다 판단했다.

"이런 싸가지 없는……! 오냐, 임자 한번 만나봐라."

현수가 한마디 하자 어떤 놈이 이죽거린다.

"하여간 입만 살아가지고. 나중에 울면서 빌지나 마라, 개새꺄!"

"이런 씹새는 그냥 조져 줘야 해. 이잇!"

한 녀석이 주먹을 휘두르며 달려든다. 현수는 슬쩍 피하면서 놈의 정강이를 걷어찼다. 바디 체인지를 하면서 현수의 골격은 티타늄 합금에 버금갈 정도로 단단해졌다.

게다가 근력 또한 비약적으로 향상되어 있는 상태이다.

그렇기에 겉보기엔 약간 빠른 걷어차기이지만 당하는 녀석은 1톤이 넘는 쇳덩이로 갈긴 것 같은 충격이 느껴질 것이다.

퍼억! 빠각—!

"아아악……!"

단번에 정강이뼈가 부러진 놈이 비명을 지르며 쓰러진다.

"뭐야……? 야, 왜 그래?"

"아악! 다리가, 다리가 부러진 것 같아."

"뭐어……? 이런 쓰벌! 야, 이 새끼 죽여."

한 녀석이 품속에 있던 칼을 꺼내 들더니 그대로 찔러온다.

찔리면 최하가 중상이다. 하여 살짝 뒤로 물러섰던 현수는 방향 바꿔 자세를 잡고는 놈의 손목을 잡고 다른 손으로 내리쳤다.

"꽉! 빠득—!"

"아악! 내 팔, 아악! 내 팔!"

손목이 도저히 꺾일 수 없는 방향으로 꺾인 채 덜렁거린다. 당연히 엄청난 통증이 느껴질 것이다. 그러거나 말거나 다른 두 녀석이 거의 동시에 현수의 전면과 후면으로 쇄도했다.

두 녀석 모두 시퍼렇게 날을 세운 칼을 빼 들고 있었다. 평범한 과도가 아니다. 일식집에서나 쓸 회칼이다.

"죽엇!"

"야! 이 개새꺄!"

"어림도 없다. 이놈들아!"

전면으로부터 쇄도하는 놈의 칼을 빼앗아 그대로 가슴팍에 박아버렸다. 그리곤 허리를 숙여 뒤에서 공격하던 놈을 피하고는 발뒤축으로 바닥을 쓸었다.

퍼억! 푹—! 쫘당—!

"아악! 으으윽!"

찰나지간에 일어난 일이다. 쓰러지던 놈은 제가 들고 있던 칼에 제가 찔렸다. 간이 있음 직한 오른쪽 옆구리이다.

순식간에 상황을 정리한 현수는 바닥에 쓰러져 신음하는 녀석들에게 다가갔다. 먼저 두목 노릇을 하던 놈이다.

현수에 의해 가슴팍이 찔려 신음하고 있었다.

툭, 툭—!

"아악! 아아아악!"

두어 번 칼끝을 차니 손잡이만 남긴 채 모두 박힌다. 칼날의 길이가 20㎝ 정도 되었는데 그게 모두 박힌 것이다.

칼이 박힌 지점은 오른쪽 폐 부분이다.

오른쪽 옆구리를 칼로 찔린 놈도 손잡이만 남긴 채 모두 박히도록 걷어찼다. 아마 간이 꿰뚫렸을 것이다.

다음은 정강이뼈가 부러진 놈이다. 현수는 놈의 부러진 부위를 인정사정 볼 것 없이 짓밟아 버렸다.

우드드득! 빠지직—!

"아아악! 아아아아악!"

고통에 겨워 부들부들 떤다. 하지만 현수의 눈빛은 조금도 흔들리지 않는다. 그리곤 곁에서 울먹이는 팔뼈 부러진 놈을 밟았다.

빠각—! 빠드득!

"아아아악! 자, 잘못했어요. 아아아아악!"

길고 긴 비명을 질렀지만 그 소리는 밖으로 번지지 못한다. 논 노이즈 마법을 걸어놓은 탓이다.

잠시 후, 현수는 가슴에 칼이 박힌 채 헐떡이는 두목에게 다가갔다. 그 와중에도 입에 담을 수 없는 욕설과 더불어 보복을 다짐하고 있었다. 곧장 정강이뼈를 분질러 버렸다. 다음은 팔목뼈이다.

그러자 비명을 지르며 잘못했다고 울부짖는다. 하지만 현수의 표정엔 변화가 없었다. 다음엔 간이 찔려 신음하는 놈이다.

이놈도 팔다리 뼈가 모두 부러졌다. 그 과정에서 기절해 버렸다. 그럼에도 고통을 느끼는지 부들부들 떨고 있었다.

현수가 현장을 떴을 때 그곳엔 아무것도 없었다.

약 30분에 걸쳐 지옥에서나 경험할 고통을 선사하고는 놈들을 아공간에 넣어버린 것이다. 아공간은 중력도 없지만 공기도 없다. 따라서 네놈 모두 목숨을 잃었다.

지금껏 많은 악행을 저질렀고, 장차 사회악이 될 네놈을 과감하게 지워 버린 것이다.

현수는 찝찝한 기분이 되었다.

어찌 되었든 살인을 한 것이기 때문이다.

가까운 호프집에 들어가 맥주 한 잔을 들이키곤 스스로를 다독였다. 그냥 놔뒀으면 얼마나 많은 사람들이 놈들에게 고통 받았을지 모른다. 또 많은 여자들이 신세를 망칠 수도 있다. 그런 놈들을 없앤 것이니 잘한 일이라고 스스로를 위로했던 것이다.

맥주집을 나선 뒤 찾아간 곳은 아까 네 녀석이 여자애들을 팔아넘겼다는 도식이 형님이라는 놈이 있는 유흥주점이다.

놈들을 아공간에 넣기 전에 추궁해서 알아낸 것이다.

입구에 당도하니 흰 와이셔츠에 나비넥타이를 맨 웨이터 비슷한 녀석이 보인다. 하지만 현수의 눈에는 조폭 행동대원으로 보였다.

팔뚝에 그려진 문신 때문이다.

"어서 옵셔!"

나름대로 공손한 인사를 한다. 하지만 현수의 눈에는 그저 고개만 슬쩍 숙인 것으로 느껴진다.

"도식이 있냐?"

"……?"

분명 처음 보는 얼굴이다. 그런데 너무 자연스럽게 보스를 찾는다. 하여 웨이터는 고개를 갸웃거렸다. 혹시 자신이 얼굴을 못 알아본 게 아닌가 싶었던 것이다.

"도식이 있냐고 물었다."

"저어, 실례지만 누구십니까?"

"나……? 도식이 만나러 온 사람이지."

"아니, 그거 말고 신분이 뭐냐는 겁니다."

그냥 들여보냈다가 엄한 사람이면 호되게 깨진다는 것을 알기에 무리해서 물어본 것이다.

"그건 알고 없고, 가서 도식이 나오라고 해라."

"……!"

웨이터는 긴가민가한 표정을 지으며 고개만 갸웃거린다.

"왜? 안에 없냐?"

"아, 아닙니다. 계십니다. 잠깐만 기다리십시오."

아무래도 상부 조직에서 온 것 같다는 느낌을 받았기에 후다닥 안쪽으로 뛰어 들어간다.

현수가 찾은 이곳은 강도식이라는 놈이 운영하는 유흥주점이다. 삐끼를 고용하여 취객들에게 바가지를 씌우는 곳이다.

그리고 이곳에서 파는 양주의 절반은 가짜이다. 술에 취해 해롱거리면 엄청난 액수를 내라고 강요하는 곳이기도 하다.

여기 잘못 들어와 술을 마시면 하룻밤에 술값만 500만 원이 넘을 수도 있다. 카드 한도 금액 거의 전부를 긁는다.

그래도 이것은 외부에 보여주기 위함이다.

강도식의 진짜 돈벌이는 인근 불량배들로부터 매입한 여자들을 섬의 술집에 넘기면서 차익을 먹는 것이다.

죽은 녀석들이 말한 대로 계집애들 하나당 적게는 100만 원, 많게는 200만 원을 주고 산다. 물론 인물에 따른 차이이다.

그렇게 해서 인원이 조금 모이면 봉고차에 태워 섬으로 간다. 그리곤 그곳 술집에 일인당 500만 원 정도에 팔아치운다. 돈을 받아 좋겠지만 팔려 나간 여자들의 일생은 완전히 끝장나는 것이다.

아무튼 한 달에 적게는 다섯 명, 많을 땐 스무 명까지도 인신매매했다.

가기 전에 수치심 때문에 더 이상 저항할 수 없도록 수없이 능욕한다. 돈 몇 푼을 벌고자 애꿎은 여자의 인생을 망치는 것이다.

현수는 기다리지 않고 웨이터의 뒤를 따라갔다. 가장 안쪽 룸으로 들어가기에 따라갔다.

"아! 여긴 들어오시면 안 됩니다."

발을 들여놓자 누군가가 제지를 한다.

안에는 네 놈이 있었다. 얼굴에 칼자국 난 놈이 강도식이고, 그의 좌우에 있는 놈들은 미꾸리와 칼새라는 놈일 것이다.

현수를 제지한 놈은 행동대원인 망치일 것이다.

"형님, 저분이 형님을 찾았습니다."

웨이터의 보고를 받은 강도식이 오만한 표정으로 현수의 위아래를 훑는다. 분명 처음 보는 얼굴이다.

그리고 조직에 몸담은 얼굴 같지는 않다.

"넌 누구냐?"

"그건 알고 없고, 며칠 전에 사들인 여자애들은 어디 있냐?"

"……! 너, 누가 보낸 거냐? 짭새냐?"

모두 경계하는 표정으로 바뀐다. 강도식은 앉아 있지만 미꾸리와 칼새, 그리고 망치는 각기 자신의 연장을 꺼내 들고 있었다.

미꾸리는 너클을, 나머지 둘은 새파랗게 날 선 회칼이다.

"그건 알 거 없고. 흐음! 니들 넷만 있는 거냐?"

우호적인 분위기가 아니라는 것을 알았는지 어느새 웨이터도 칼을 뽑아 들고 있다.

감히 자신을 속였다는 생각 때문인지 독기 서린 눈빛이다.

현수는 눈알을 굴려 상황을 살폈다. 이때 강도식이 입을 연다.

"뭐하는 새끼냐고 물었다. 대답 안 해?"

상당히 고압적이다. 웬만하면 쫄겠지만 현수가 누구인가!

"오늘 고통이 뭔지를 알려주지."

퍼억—!

"케엑!"

와당탕—!

주먹으로 자신을 제지했던 놈의 관자놀이를 가격하자 선 자세 그대로 쓰러진다. 단 한 방에 기절한 것이다.

흠칫하던 미꾸리와 칼새, 그리고 웨이터가 흉흉한 기세로 다가선다. 하지만 현수의 눈빛은 조금도 변하지 않았다.

소드 익스퍼트 최상급인지라 놈들 셋이 거의 동시에 공격을 해도 모두 피하고 반격까지 할 실력이 있기 때문이다.

"죽엇!"

쉬이익—!

"이런 개새끼가! 이잇!"

쉐에엑—!

퍽! 퍼퍽!

"캑! 컥! 끅!"

와당탕—!

각기 한 방씩에 의식을 잃고 쓰러졌다.

"헉! 넌 뭐야? 이 새끼야."

강도식이 자리에서 벌떡 일어난다. 그런 그의 눈에는 긴장의 빛이 흐르고 있었다. 미꾸리와 칼새는 평범한 조폭이 아니다.

미꾸리는 오랫동안 권투를 배워 그야말로 미꾸라지처럼 상대의 공격을 피하면서 반격하는 실력자다.

그런데 피하지 못하고 쓰러졌다.

칼새 역시 칼 쓰는 것엔 이력이 붙은 자이다.

그렇기에 둘이 합공한다면 자신도 감당해 낸다는 장담을 못한다.

그런데 상대는 웨이터까지 합세한 공격을 단번에 피함과 동시에 반격하여 모두 기절시켰다.

어쩌면 질지도 모르는 고수라 생각했기에 긴장한 것이다.

"……!"

강도식은 긴장되는지 입을 다물었다. 하지만 현수는 아니다.

"강도식! 인신매매하여 사람들 신세를 망쳤지. 용서받지 못할 죄를 지었으니 죽어줘야겠다. 아! 물론 죽기 전까지 지독한 고통을 당할 거야. 기대해라. 죽기 전에 지옥 구경을 하게 될 것이니."

"이런 쉬펄! 대체 뭐라는 거야?"

강도식은 함부로 달려들지 않았다. 잘못하면 단 한 방에 간다는 것을 알기 때문이다. 현수는 그런 그를 보곤 피식 웃었다.

"두목이라는 새끼가 쫄아가지고는……. 덤벼, 이 새끼야!"

격장지계는 언제든 통한다. 강도식이 빼어 든 칼을 휘두른 것이다.

"이잇! 죽엇!"

쉐에에엑—!

"스테츄!"

"허억! ……!"

칼을 휘두르던 그 자세로 멈춘 강도식의 두 눈은 더 이상 커질 수 없을 만큼 커졌다. 몸을 움직일 수 없었던 때문이다.

천천히 다가온 현수는 놈의 손에 들린 칼을 쳐냈다.

챙그랑—!

칼이 바닥에 떨어지는 소리가 난다. 그런데 여전히 몸을 움직일 수 없다. 눈동자도 못 움직이고 말도 할 수 없다.

대체 이게 무슨 상황이란 말인가!

그러는 사이에 현수의 손에 들린 펜치(Pincers)를 보게 되었다.

"……!"

"그동안 많은 사람들을 괴롭혔다며?"

강도식은 중학교 1학년 이전부터 불량했다.

동급생은 물론이고 하급생들도 때렸고, 돈을 빼앗았다. 그때 이미 술과 담배를 배웠고, 성폭력까지 행사했다.

피해자들이 쉬쉬해서 알려지지 않았을 뿐 강도식은 중학생 때 스물한 차례나 성폭력 범죄를 저질렀다.

고등학교 3년 동안엔 170여 명이 같은 일을 당했다. 그후 조폭의 졸개가 되었다. 그러다 오늘날에 이른 것이다.

어쨌거나 현수의 기준으로 볼 때 강도식은 용서받지 못할 자이다. 그렇기에 펜치를 꺼내 든 것이다.

현수가 펜치로 손톱을 잡는 느낌이 들자 강도식의 하의가 축축해진다. 어떤 짓을 하려는지 짐작한 것이다.

"으으! 으으으으! 으윽! 으으으으!"

현수가 왼쪽 엄지손톱을 뽑는다. 강도식은 비명도 지르지 못한 채 괴상한 소리만 냈다. 말로 형언할 수 없는 지독한 통증 때문에 오금이 저리고, 정신이 아득해진다.

다음은 검지 손톱이다.

일부러 단번에 뽑지 않고 천천히 뽑았다. 지독한 고통을 느끼라는 뜻이다. 남들에게 고통을 줄 땐 이런 걸 전혀 느끼지 못했을 것이다.

그렇게 강도식의 손톱 열 개는 모두 빠졌다.

다음엔 눈알이 튀어 나올 정도로 극렬한 고통이 느껴진다.

정강이뼈가 부러진 것이다. 다음엔 손목이 도저히 꺾일 수 없는 방향으로 꺾였다. 관절이 망가진 것이다.

당연히 엄청난 고통이 느껴진다. 하지만 강도식이 경험해야 할 고통은 아직 많이 남은 상태이다.

"여자들은 어디에 있지?"

"으으! 으으으으!"

말을 하고 싶어도 소리가 나지 않는다.

"호오! 이렇게 아픈데도 말하지 않겠다고? 좋아, 그럼 조금 더 아프게 해주지."

손톱이 뽑혀 피가 나는 손가락을 펜치로 강하게 찝어버렸다.

강도식의 몸이 부르르 떨린다. 눈동자가 위로 넘어가려는 것으로 미루어 짐작컨대 기절하기 일보 직전이다.

"큐어(Cure)!"

삽시간에 고통이 사라지자 강도식의 의식이 돌아온다.

"여자들이 어디에 있다고?"

"으으! 으으으으!"

"좋아, 말하기 싫다 이거지? 그럼 또 한 번 당해봐. 이잇!"

또 다시 펜치로 손가락을 강하게 찝었다. 강도식의 눈에서 눈물이 나온다. 참회의 눈물이 아니다. 너무도 고통스러워 흘리는 눈물이다.

그러거나 말거나 현수의 눈빛은 전혀 변하지 않았다.

이놈들이 그간 행한 악행에 비하면 아무것도 아니기 때문이다.

강도식과 미꾸리, 그리고 칼새와 망치 등은 아공간에 담기기 직전까지 그야말로 생생한 지옥을 일대일 과외했다.

나중엔 차라리 죽여 달라고 애원하기까지 했다. 그러고도 두 시간 더 고통을 당했다.

이 과정에서 여러 마법이 실험적으로 사용되었다. 더 스크림과 오토 김렛 마법은 수시로 사용된 마법이다.

더 팰러스 오브 마우스 마법이 구현되자 온몸을 뒤틀면서 비명을 질렀다. 하긴 전신을 굶주린 쥐새끼들이 뜯어먹는 고통이 어찌 평범할 수 있겠는가!

하지만 그간 저지른 악행에 비하면 새 발의 피라 생각한 현수 때문에 놈들이 느낀 고통은 길고도 길었다.

현수는 현장을 정리하곤 여자들이 갇혀 있는 곳을 찾았다. 유흥주점 뒤쪽의 살림집 창고 안에서 바들바들 떨고 있었다.

여고생이 둘, 여대생이 하나, 그리고 가정주부도 있었다.

보아하니 칼새와 미꾸리, 그리고 망치와 웨이터 등에 의해 이미 여러 차례 성폭행 당한 듯하다.

마법으로 상처를 치유케 하고, 기억을 지워 버렸다.

큐어와 메모리 일리머네이션 마법이 사용되었다. 트라우마 때문에 평생을 불안과 고통 속에 살게 될 것이기에 배려한 것이다.

금고를 열어보니 제법 많은 돈이 있다. 8억 6,200만 원!

얼마나 많은 여자들을 팔아서 만든 돈인지는 알 수 없다.

모두 아공간에 담았다. 그리곤 현장을 정리했다. 클린과 워싱을 반복해서 사용했기에 지문은커녕 먼지조차 남지 않았다.

유흥주점의 밖에는 폐점했다는 팻말을 달아놨다. 당분간 아무도 드나들지 않을 것이다.

"벌써 시간이 이렇게 되었나?"

시계를 보니 12시가 넘었다. 현수는 정처없는 걸음을 걸었다. 가다가 눈에 뜨이는 모텔 같은 데서 잘 생각이다.

술에 취해 비틀거리는 취객들이 택시를 잡겠다고 도로 한복판까지 나가 있는 것을 보고는 이맛살을 찌푸렸다.

매우 위험한 행동이기 때문이다.

쌩쌩 달리는 자동차들을 보고 저러다 큰일 나겠다 싶어 나서려는데 취객의 동료들이 먼저 보도로 잡아당기며 뭐라고 한다.

길을 걷다보니 가전제품을 모아놓고 파는 마트가 보인다. 그곳을 지나치려던 순간 현수의 걸음이 멈췄다.

홍보용으로 켜놓은 텔레비전 화면에 '긴급 속보'라는 굵고 붉은 글씨가 보였기 때문이다.

소리는 들리지 않지만 아나운서가 발표하는 내용이 간략하게 정리되어 자막으로 흐르고 있다.

일본 해상자위대 제3호위대군 산하 제14호위대의 함정과 해경이 대치하는 상황이며, 해군이 급파되고 있다는 내용이다.

지난번에도 그러더니 이번에 또 그러는가 싶다.

화면이 바뀌면서 일본 외상의 담화문 발표 장면이 보인다.

자막은 한글로 번역되어 나오고 있었다.

다케시마는 일본의 영토이며, 이곳에 머물고 있는 자들은 즉시 섬을 비우라는 내용이다. 그러지 않을 경우 무력을 동원해서라도 몰아내겠다는 것이다.

내용이 내용인지라 아나운서의 표정이 비장해진다.

해군이 가고 있는 중이지만 현장의 상황이 심상치 않다고 한다. 전화로 연결하여 현지 사정을 알아보겠다고 했다.

그런데 갑자기 자막이 바뀐다.

일본 해자대 함정들이 대치하고 있던 제민 10호에 포격을 가했다는 것이다. 제민 10호는 1,500톤급 해경함정이다.

현장엔 3,000톤급 태평양 7호와 5,000톤급 삼봉호가 있다.

반면 일본 해자대는 제14호위대의 DD-124 미네유키, DD-126 하마유키, DD-130 마츠유키 등 모든 함정들이 포진해 있다.

모두 3,000톤급 구축함이다.

방송에 언급되지 않아서 그렇지 물 밑에는 잠수함도 세 척이나 있다.

아무튼 이들 외에도 다수의 함정들이 언제든 공격할 채비를 갖추고 있다. 절대적으로 한국 해양경찰의 펀치력 열세이다.

해군이 당도한다 해도 문제이다.

해자대에서도 추가로 함정을 파견하고 있는 중이기 때문이다. 모르긴 몰라도 잠수함도 더 올 것이다. 그러면 확실한 열세가 된다.

아나운서가 계속해서 무어라 말을 하고 있는데 소리를 죽여 놓아 정확한 내용은 알 수 없어 답답했다. 자막도 없어 더욱 그러했다.

어찌 되었든 좋은 내용은 분명 아니다.

"흐음! 쪽발이 새끼들……."

현수는 일본에 대해 좋은 감정이 없다. 그렇기에 눈빛을 빛내며 치솟는 울화를 다스렸다. 혼자서 화를 내봐야 좋을 거 없기 때문이다.

화면이 바뀌더니 긴급으로 연결된 군사전문가와의 통화 내용이 자막으로 흐른다.

제민 10호가 포격을 당했으나 반격하면 안 된다는 내용이다.

울화가 치밀지만 지금 반격하면 우리 함정들이 돌이킬 수 없는 피해를 입을 수 있다는 것이 그 이유이다. 일본의 편을 드는 것이 아니라 현실적으로 냉정하게 판단했을 때 그렇다는 것이다.

아나운서가 그럼 어떻게 하느냐고 묻자 경계만 하되 직접적인 전투가 벌어지지 않도록 해야 한다는 것이다. 아나운서조차 말도 안 되는 상황에 화가 나는지 낯을 붉히고 있었다.

다음 내용은 조금 전의 것이 반복되는 것뿐이었다.

이미 깊은 밤이고, 현수는 갈 곳이 없다. 하여 주위를 둘러보니 모텔들이 즐비하다. 대체 관광지도 아닌 서울에 왜 이렇게 많은 모텔들이 있어야 하는지 알 수는 없다.

하지만 한 몸을 누이기는 해야겠기에 가까운 모텔로 갔다.

인터넷이 된다 하기에 들어온 곳이다.

아니라면 PC방으로 갔을 것이다. 현수가 그곳으로 가지 않은 이유는 담배 냄새를 맡기 싫어서이다.

어쨌거나 카드키를 받아 5층으로 올라가 샤워부터 했다. 그리곤 인터넷 서핑을 시작했다.

CHAPTER 04
일본의 자극

먼저 한일간의 전력 차에 관한 것들을 검색해 보았다.

알고 있던 대로 해군과 공군은 열세이다.

육군은 당연히 한국군이 훨씬 더 강하다.

하지만 육군과 육군이 붙으려면 우리가 일본으로 가던지, 아니면 놈들이 와야 한다.

그러려면 해전은 필수가 된다.

육군 전체를 비행기에 태워서 보낼 수는 없기 때문이다.

한국은 분명 조선(造船) 대국이다.

조선해운조사기관 클락슨⁴⁾에 따르면 삼성중공업 거제조선소는 2011년 12월 기준으로 수주 잔량 805만 CGT⁵⁾를 기록했다.

2010년에 이어 2011년에도 1위를 차지한 것이다.

2위는 대우조선해양 옥포조선소(703만 CGT), 3위 현대중공업 울산조선소(581만 CGT)이다.

4위는 STX 진해조선소(370만 CGT)이며, 5위와 6위를 차지한 현대 삼호중공업과 현대 미포조선을 합칠 경우 현대중공업 계열은 수주 잔량 1,256만 CGT로 삼성중공업을 제친다.

세계 10대 조선소에 한국이 최상위 1~6위를 싹쓸이한 것이다.

어쨌거나 7~9위는 지나의 조선소들이고, 10위는 경남 통영에 있는 성동조선소이다.

현수가 물 먹인 일본의 오시마(大島) 조선소는 13위이고, 태백그룹 계열사인 태백조선소는 14위이다.

CMA 오머런 사에서 발주한 선박들을 태백조선소에서 가져갔으니 내년엔 순위가 바뀌게 될 것이다.

이처럼 조선 강국이지만 세종대왕함이나 광개토대왕함 같은 함정을 하루아침에 뚝딱 만들어낼 능력은 없다.

솔직히 그럴 만한 예산도 없다. 이번에 들어선 정부는 전력 향상에 관심이 없기 때문이다.

어쨌거나 미사일 전력을 살펴보니 이것은 한국이 우세하다.

---

4) 클락슨(Clarksons):런던에 본사를 둔 조선 해운 분석기관. 매일 8만 척 이상의 선박과 화물에 대한 정보와 화물 요금, 선박 가격, 화물과 경제 통계 등 다양한 자료를 만들어 클라이언트들에게 제공한다.

5) CGT(Compensated Gross Tonnage, 표준화물선 환산 톤수):선박의 단순한 무게(GT)에 부가가치, 작업 난이도 등을 고려한 계수를 곱해 산출한 무게 단위.

하지만 그것만으로 전쟁을 끝낼 만큼 미사일이 많은 것은 아니다.

설사 그만큼 있다 하더라도 북한과 지나가 곁에 있는 이상 마음 놓고 사용할 수 없는 상황이다.

아무튼 우리 공군이 사용하는 F—15K는 분명 F—15J보다 우수하다. 하지만 한국은 39대, 일본은 200대이다.

일단 숫자에서 상대가 되지 않는다.

그렇다면 이것 역시 열세이다.

F—15K 하나가 F—15J 다섯을 압도할 만큼 확실한 성능 차를 가진 것은 아니기 때문이다.

게다가 일본은 조기경보기까지 갖추고 있다.

E—767이 4대, E—2C 13대나 있다. 반면 한국은 실전에 배치된 조기경보기가 단 한 대도 없다. 공군 역시 열세임이 분명하다.

"쓰벌! 미국 놈들이 쓰는 F—22 랩터 같은 스텔스기 10대만 있어도 괜찮을 텐데."

나직이 중얼거린 현수는 스크롤을 내려 F—35 라이트닝을 살펴보았다. 아쉬운 대로 이런 놈이라도 있으면 나을 것 같아서이다.

하지만 가격이 너무 비싸다. 미국은 F—35 라이트닝 대당 가격을 6,500만 달러로 책정해 놓았다.

대당 727억 3,500만 원이라는 소리이다.

떠도는 소문에 의하면 미국은 한국에 이것 60대를 사라고 강요했다고 한다. 4조 3,641억 원어치이다.

물론 떠도는 풍문이 그렇다는 것이다.

실제로 F—35를 도입하려 하면 얼마나 더 비싸질지 알 수 없다.

스텔스 기능이 없는 F—15K를 도입한 가격이 대당 1,400억 원 정도였기 때문이다.

미군은 같은 기종을 600억 원에 도입했다. 이것만 보면 한국은 말 잘 듣는 미국의 봉이나 다름없다.

아무튼 F—35는 분명 F—22에 못 미치는 기종이다.

그런데 그걸 굳이 비싼 비용을 들여가며 도입할 가치가 있겠느냐는 의견이 비등하다.

그러면서 돈이 더 들더라도 F—22를 들여오자는 것이다.

현수는 군사 전문가가 아닌 평범한 국민이다.

아니, 결코 평범하진 않다. 지구 유일의 마법사이며, 아르센 대륙에도 없는 7서클 마스터이니 조금은 특별한 국민이다.

하지만 군사 부문에 있어선 소화기에 대해 조금 안다는 것을 빼고 나면 평범한 다른 이들과 다를 바 없다. 그렇기에 우리의 과학 기술로 전투기를 왜 만들지 못하는가 하는 의문을 가지고 있다.

미국과의 합작이지만 이미 고등훈련기 T—50을 양산해 내고 있다.

대한항공은 2007년에 미 공군과 F—16 팔콘 100대의 성능 개선 사업을 수주한 바 있다.

또한 2011년엔 애틀랜타 소재 공군 기지에서 태평양 지역 미 공군의 F-15 전투기 성능 개량은 물론 창정비 수행 계약을 체결했다.

이렇듯 한국은 분명 전 세계가 인정하는 과학 기술을 가진 나라이다. K-Star가 하나의 예가 될 것이다.

이것은 'Korea Superconducting Tokamak Advanced Research'의 약자이다. 2007년에 대한민국이 독자개발에 성공한 한국형 핵융합 연구로를 지칭한다.

세계 최초로 300초 이상 고주파를 낼 수 있는 메가헤르츠(MHz) 대역의 전자기파 가열장치를 사용하는 것이다.

분명 한국엔 이런 첨단 기술이 있다.

또한 반도체 분야는 부동의 1위이다. 이밖에도 많은 부문에서 두각을 나타내는 나라가 한국이다.

그럼에도 늘 미국에 무기를 의존해야 하는 것이 한심하다 여겼다.

이리저리 웹서핑을 하던 현수의 뇌리로 스치는 상념이 있다.

"가만……! 마법을 무기에 도입할 수도 있잖아. F-15K에 인비저블 마법을 인챈트하고, 미사일에도 같은 마법을 구현시키면 혹시 레이더에 안 잡히는 거 아닐까?"

홀로 중얼거리고는 고개를 갸웃거린다.

"아냐, 인비저블은 눈에 보이지 않게 하는 마법이니까 레이더에 잡힐 수도 있겠구나. 그럼 퍼펙트 트랜스페어런시는 어떨까? 이 정도면 되지 않을까?"

잠시 생각해 보았으나 그럴 것이라는 자신이 없다.

"제기랄! 시험해 볼 수도 없는 상황이니."

평범한 민간인이기에 현수가 대한민국 무기 체계에 접근하는 것은 요원한 일이다.

다시 말해 능력이 있어도 마법을 무기에 인챈트할 방법이 없다.

"쩌업……!"

입맛을 다시곤 인터넷 뉴스를 확인해 보았다.

현지 상황은 기자들로서도 알 수 없기에 아까 보았던 TV 뉴스를 받아쓰기 해놓은 것이 대부분이다.

분석 기사를 보니 일본이 최근 들어 노골적으로 독도에 대한 야욕을 드러내고 있다는 내용들이다.

일전에 고이즈미가 독도 영유권을 주장했고, 오늘은 외상인 마쓰모토 다케야키(松本剛明)가 떠들었다. 일본 외상은 안중근 의사에게 저격돼 숨진 이토 히로부미(伊藤博文)의 외고손자이다.

"니들 둘은 내가 반드시 목숨을 거둬주지."

현수가 나직이 이를 갈았다. 이토 히로부미라는 이름을 보는 순간 저절로 치솟는 분노 때문이다.

그 자식 때문에 할아버지는 추운 만주를 누비며 독립군의 전령 역할을 했다. 그 과정에서 동상에 걸려 발가락 두 개를 잘라야 했다는 말을 들은 바 있다.

아버지가 인수해 온 할아버지의 시신을 본 할머니는 그 자리에서 졸도하셨다고 한다. 그리곤 사흘 만에 세상을 뜨셨다.

장례가 끝나기도 전 왜놈 순사들이 들이닥쳐 집안을 완전히 풍비박산 냈다고 한다. 돈 될 만한 것은 전부 강탈해 간 것이다.

그 결과 극빈자가 되었고, 아버지는 거의 교육을 받지 못했다.

친일파의 후손들이 호의호식하며 떵떵거릴 때 막노동으로 연명했다고 한다. 그렇기에 이를 갈며 반드시 죽일 것을 다짐한 것이다.

일본에서 천황이라 불리는 개자식이 사는 서거(鼠居)와 야스쿠니 신사를 지진으로 망가뜨린 것도 이 때문이다.

그러고도 아직 분이 풀리지 않았는데 두 놈이 속을 긁는다.

"최하가 더 팰러스 오브 마우스야! 기대해라, 고이즈미! 그리고 이등박문의 거지 같은 손자 녀석아!"

어쨌거나 분석 기사의 내용은 일본이 국제 사회에서의 입지가 강화되었다는 것과 군사 부문에 대한 자신감을 가졌기 때문이라고 되어 있다. 다시 말해 한국과 붙어도 지지 않을 자신이 있어서 내놓고 야욕을 부린다는 것이다.

현수는 새삼 화가 났지만 어쩌겠는가!

평범한 민간인으로서 할 일은 아무것도 없다.

하지만 아무리 생각해 봐도 열이 뻗친다. 이럴 땐 마나 심법이 최고이다. 하여 가부좌를 틀고 앉아 마나를 모았다.

이런 상황이 되면 외부의 변화에 상당히 민감해진다. 다시 말해 마나 심법을 운용하는 동안엔 오감의 기능이 향상된다.

그 결과 모텔을 나서지 않을 수 없었다. 양쪽 옆방에서 들리는 야릇한 소음 때문이다.

"제기랄……!"

결국 현수는 바람 부는 밤거리를 정처없이 걸었다. 밤새 양쪽 방에서 들리는 소음에 시달리기 싫어서이다.

걷는 동안 앞으로의 일들을 정리했다.

이실리프 무역상사는 순풍에 돛을 단 듯 순항 중이다.

천지약품과 드모비치 상사라는 아주 든든한 거래 상대가 있어 황금알을 낳는 거위나 마찬가지이다.

드모비치로 보내는 품목 가운데 항온 기능을 가진 동복은 비싼 값에 수출되게 될 것이다. 그리고 그 이득은 고스란히 현수의 주머니에 들게 될 것이다. 중간 유통이 아니라 생산자가 되기 때문이다.

콩고민주공화국에 개설된 이실리프 농산에는 시원해지는 작업복과 더불어 상당량의 생필품이 수출될 것이다.

이실리프 농장도 마찬가지이다.

마지막으로 이실리프 축산에는 의복뿐만 아니라 각종 동물약품이 대량으로 보내질 것이다.

별도 법인이므로 이실리프 무역상사는 제법 쏠쏠할 것이다.

콩고에서의 사업을 총괄하게 될 이실리프 상사는 직원 모집이 끝남과 동시에 조직적인 움직임을 보이게 될 것이다.

당장은 수출 위주이지만 향후엔 커피와 바나나, 그리고 야자와 파인애플, 돼지고기, 닭고기 그리고 쇠고기와 각종 유제품 등을 수입하는 것이 더 많아질 것이다.

그 덕에 대한민국 국민은 광우병 위험이 없는 쇠고기를 먹을 수 있을 것이며, 외국으로부터 수입하는 것보다 훨씬 저렴한 돼지고기 및 닭고기를 맛볼 수 있을 것이다.

민윤서 사장과 동업이 된 대한약품에서는 쉐리엔을 이용한 다이어트 식품을 취급하게 될 것이다.

효능이 입증되기만 하면 없어서 못 팔 물건이 될 것이다.

또한 회복 포션을 복제한 신약이 만들어져 전 세계 의료계를 긴장시킬 것이다. 농도 및 색깔, 그리고 양을 조절하여 여러 용도로 출시할 것이다.

이는 의학계에 일대 센세이션이 될 것이 분명하다.

지금껏 다루기 어렵던 고질병 및 만성 질환이 치료되는 획기적인 일이 벌어질 것이기 때문이다.

대한동물의약품은 이실리프 축산에서 사용할 각종 동물 약품을 만드느라 여념이 없다. 전량 수출될 것이므로 전망이 밝다.

이실리프 어페럴도 조만간 본궤도에 올라 순항하게 될 것이다. 군납만 되어도 상당한 이익이 실현되기 때문이다.

자동차 엔진은 시간 날 때마다 차차 연구하면 언젠가는 결과가 나올 것이다. 오토미션도 마찬가지이다.

"참! 에티오피아에 전염병이 창궐해 있지? 콜레라와 홍역 백신을 준비해 달라고 해야겠구나."

핸드폰을 꺼냈지만 도로 넣었다. 연락하기엔 너무 깊은 밤이기 때문이다. 얼마나 재고가 있는지 모르지만 상당히 많은 양이 필요할 것이므로 대한약품은 또 한 번 몸살을 앓아야 할 것이다.

"후후, 그러고 보니 마법으로 상당히 많은 것들을 이뤘군."

희미한 웃음을 베어문 현수는 즐거운 기분으로 밤거리를 걸었다.

바디 체인지 이후 피곤을 모르는 몸이 되었기에 밤새 걸었지만 컨디션은 최상이다.

현수는 새벽이슬이 풀잎에 맺힐 즈음 걸음을 멈추었다. 저도 모르게 집 앞까지 걸어온 때문이다.

"이런! 김유신은 말을 죽였다는데 나는……. 아니지, 우리 집은 술집이 아니니……. 흐음, 그나저나 배가 고프군."

현수는 걸음을 되돌렸다. 그리곤 인근 식당으로 들어갔다. 이른 새벽이지만 이 집은 등산객들을 위해 영업을 하는 모양이다.

"어서 오세요."

예상대로 손님은 하나도 없다. 갓 잠자리를 나왔는지 머리카락이 부스스한 사내가 의례적인 인사를 한다.

"아침식사 되죠?"

"그럼요. 뭘 드시겠습니까?"

벽에 붙어 있는 차림표를 살핀 현수는 우거지 해장국을 주문했다. 채 5분도 지나지 않아 쟁반에 담아 내온다.

"맛있게 드십쇼."

먹음직한 해장국을 내려놓으며 주인이 한마디 했다. 그런데 의례적이라 그런 건지 왠지 기운이 없는 음성이다.

"잠을 잘 못 주무셨나 봐요."

숟가락으로 국물을 뜨면서 현수가 한 말이다. 주인은 이런 말을 기다렸다는 듯 긴 한숨을 내쉰다.

"휴우~! 잠도 잠이지만……."

주인양반이 말꼬리를 흐렸기에 현수가 시선을 들었다.

"마누라가 아파서……. 흐흑!"

"……!"

순간적으로 괜히 물어봤다는 생각이 들었다. 하지만 눈앞에서 굵은 눈물을 뚝뚝 흘리고 있는 주인을 보곤 그 생각을 접었다.

무슨 사연인지는 모르지만 아침부터 처음 보는 사람의 별 의미 없는 한마디에 눈물을 쏟고 있는 것이다.

웬만큼 애가 타서는 이런 반응을 보이지 않는다.

그렇기에 뜨던 숟가락을 내려놓았다. 이런 상황을 느꼈는지 주인은 얼른 내실 쪽으로 가버린다.

현수는 조용히 식사에 집중했다. 그러면서 자책을 한다.

'에구, 괜한 말을 해가지고……. 근데 무슨 일로 저럴까? 부인이 아픈 모양인데 불치병인가?'

이 식당의 안주인은 현재 크론병(Crohn's disease)이라는 생소한 병을 앓고 있다.

이것은 입에서 항문까지 소화기관 전체에 걸쳐 어느 부위에서든지 발생할 수 있는 만성 염증성 장(腸) 질환이다.

발병 원인을 모르기에 치료약은 없으며, 마땅한 치료법조차 없다. 그저 자가면역기능에 의한 자연치유를 기대할 뿐이다.

이 식당의 안주인은 어느 날부터 조금씩 무기력해지는가 싶더니 주기적으로 복통을 겪었다.

더불어 설사, 혈변, 구토, 직장 농양, 직장 누공, 직장 주위의 치열, 영양 결핍, 체중 감소, 관절염, 피부의 결절을 겪었다.

현재의 상태는 하루하루 쇠약해져 꺼져 가는 촛불처럼 언제 숨을 거둘지 모르는 상태이다.

남편은 부인을 위해 다니던 직장을 그만뒀다. 그리곤 몸에 좋은 음식으로 체질 개선을 시키기 위해 이 식당을 차렸다.

하지만 남편의 이런 정성에도 불구하고 오늘내일하는 상황이다. 아이들 셋은 이모네 집으로 보내 그곳에서 돌본다.

남편은 어제, 부인 몰래 장례절차를 알아보았다.

나날이 쇠약해져 미이라에 가까울 정도로 바싹 마른 모습을 보면 산 사람이라고 말하기에 어폐가 있을 정도이기 때문이다.

부인이 세상을 뜨는 날이 오늘 아니면 내일이라 생각했다. 그렇기에 현수의 가벼운 한마디에도 눈물을 쏟은 것이다.

"미안합니다. 식사하시는데 아침부터 괜한 눈물을 보여서……. 이거 드십시오. 몸에 좋은 겁니다."

주인이 내온 것은 차가버섯[6]을 달인 물이다.

언젠가 텔레비전에서 방영한 다큐멘터리를 보았던 내용이 떠오른다. 이것은 항산화 효과, 면역력 증진, 그리고 암세포의 자가 사멸 유도에 뛰어난 효과가 있다고 했다.

아내의 면역 기능을 향상시키기 위해 비싼 돈을 들여 달인

---

6) 차가버섯:북위 45도 이상 지방의 자작나무에 기생하는 버섯으로 암 등 성인병 치료에 효능이 뛰어나다.

이 물을 현수에게 내놓은 이유는 미안해서가 첫 번째이다.

두 번째로 아내는 이제 이 물을 마시지 못하기 때문이다. 복용을 하면 얼마 지나지 않아 그대로 쏟아내는 지경에 이른 것이다.

"사모님이 많이 편찮으신가 봐요."

"휴우~! 네에. 오늘내일합니다."

"병원엔 안 가보셔도 됩니까?"

"병원에선 진즉에 손을 놓았습니다. 그래서 집사람을 위해⋯⋯."

이야길 들어보니 참으로 딱하다.

주인의 본래 직업은 기술직 공무원이다.

경기도 농업기술원에서 유용미생물을 이용한 인삼의 안전성 향상과 친환경 재배기술 개발을 연구했다고 한다.

그 좋은 직장을 버리고 식당을 차렸지만 운영은 본전치기도 안 된다고 한다. 이곳 아차산은 등산객이 많은 산이 아니기 때문이다.

그럼에도 이곳에 자리를 잡은 이유는 대형 병원 가까이에 있으면서 공기가 맑기 때문이다.

주인은 나이가 38살이라고 한다. 그런데 48살은 되어 보인다. 그간의 마음고생 때문에 늙어 보이는 것이다.

"휴우, 큰 애가 이제 겨우 6살인데⋯⋯."

6살, 4살, 3살짜리 아이들을 모두 떼어놓고 산 지 2년이 되었다고 한다. 한국식 나이이니 만으로 따지면 5살, 3살, 2살이다.

막내를 낳자마자 병에 걸린 것이다.

그리고 아내의 병수발을 하느라 재산을 거의 탕진했다. 남은 것이라곤 월세도 제대로 내지 못하는 작은 식당 하나뿐이라고 한다.

"으으음……!"

현수는 나직한 침음을 냈다. 속을 들여다보면 누구 하나 걱정없는 사람이 없는 세상이다. 그렇지만 너무 딱하다.

어찌 짠한 마음이 들지 않겠는가!

"제가 침술을 좀 아는데 사모님을 한번 진맥해 봐도 될까요?"

"아! 한의사이십니까?"

주인이 반색한다. 요즘엔 돈이 없어 병원에 가본 지 오래되었기 때문이다.

"아뇨, 한의사는 아닙니다. 하지만 침술은 좀 알지요."

"아! 아직 학생인가 보군요. 좋습니다. 진맥해 주십시오."

현수의 얼굴은 나이 스물다섯 정도로 보인다.

이 정도면 한의과 대학 본과 3~4학년일 것이다. 그렇다면 배울 건 거의 다 배운 셈이다. 그렇기에 진맥을 청한 것이다.

현수는 군이 부인할 필요가 없기에 두말없이 내실로 따라 들어갔다. 내실은 주방 바로 곁에 있으며 문이 열려 있다. 언제든 잘 있는지 확인할 요량으로 열어두었다고 한다.

방바닥에 깔린 요에는 바싹 마른 여자 하나가 누워 있다. 두 볼이 쏙 들어가 있고, 입술은 백지장처럼 창백하다.

철분 부족으로 인한 빈혈 때문일 것이다.

현수는 뼈에 얇은 가죽을 씌워놓은 것 같이 앙상한 손목을 잡고 지그시 눈을 감았다.

맥이 가늘고 약하다. 전형적인 기혈쇠약이다.

게다가 잠깐 빨리 뛰다 느려지는 등 고르지도 못하다. 비(脾, 지라)가 몹시 쇠약하다는 뜻이다.

보다 집중해 보니 어느 한 구석 멀쩡한 곳이 없을 정도로 모든 기능들이 떨어져 있음을 확인할 수 있었다.

"흐으음……!"

"어떻습니까?"

현수가 긴 한숨을 쉬며 진맥을 마치자 궁금하다는 듯 묻는다.

"말씀하셨던 대로 많이 안 좋습니다."

"……! 어, 얼마나 남은 건지요?"

짐작을 하면서도 조심스럽게 묻는다. 현수는 분위기 전환이 필요하다 여겼다. 하여 짐짓 웃음 지었다.

"저를 만나지 못했다면 하루 이틀 정도였을 겁니다."

이 말은 뻥이다. 현수는 한의학을 별도로 공부하긴 했지만 이 같은 진단을 내릴 수 있는 능력은 없기 때문이다.

어쨌거나 주인의 낯빛이 눈에 뜨이게 어두워진다.

자신의 예상과 일치하기 때문이다. 순간적으로 장례절차며, 장지는 어떻게 하나 하는 마음이 들었다.

직장을 그만둔 지 오래되어 조문객들이 별로 없을 것이다. 게다가 돈도 모두 써서 장례나 제대로 치를지 걱정이다.

화장을 한다지만 납골당에도 돈을 내야 하는데 그럴 여유가 없다. 그렇기에 한결 침중한 낯빛이 되어갔다.

"역시 그렇군요."

완전히 맥 빠진 음성이다.

"하지만 제가 아는 비방으로 치료를 하면 어쩌면 많이 나아질 수도 있습니다. 어쩌겠습니까? 저를 믿어보시겠습니까?"

"네……?"

대학병원에서도 손을 놓았다. 이름난 한의원은 거의 다 가봤다. 모두 포기를 했다. 그런데 아직 졸업도 못한 학생이 치료를 해보겠다고 나선다. 표정을 보니 농담하는 것 같지는 않다.

게다가 자신만만한 표정이다. 대체 무슨 근거로 이런 자신감을 가졌는지는 알 수 없다.

아무튼 물에 빠진 사람은 지푸라기라도 잡는 법이다.

주인은 현수의 손을 덥석 잡았다.

"저, 정말로 나아질 수 있게 할 수 있는가?"

자신보다 훨씬 어려 보이기에 저도 모르게 말을 놓은 듯하다. 어찌 이에 토를 달겠는가! 현수는 고개를 끄덕여 주었다.

"네, 확실하게 나아질 겁니다. 다만 완치까지 된다는 보장은 못 드립니다."

"저, 정말이라면 어, 얼른……! 얼른 해주게."

"대신 조건이 있습니다."

"마, 말하게."

"시끄럽거나 번잡스러우면 치료에 어려움이 있습니다. 그러니 가게 문을 닫아주십시오."

"그, 그러겠네. 지, 지금 나가서 바로 닫고 오겠네."

주인은 현수의 대답도 기다리지 않고 밖으로 나갔다.

그 순간 현수는 아공간에서 회복 포션 한 병을 꺼냈다. 그리곤 환자의 입을 벌리고 그것을 조심스럽게 흘려 넣었다.

이 모습을 보여주지 않으려 문을 닫으라 요구한 것이다.

그리곤 침을 꺼내 환자의 단전 부위에 찔러 넣었다. 주인의 시선이 미치기 힘든 각도에 앉은 채였다.

"마나여, 모든 부위를 회복시켜라. 리커버리!"

샤르르르르릉—!

서늘한 푸른빛 마나가 침을 통해 환자의 체내로 흘러든다. 그리곤 각자 맡은 바 임무를 숙지하고 있다는 듯 사지백해로 흩어졌다.

수백 가닥의 실 같은 마나가 구불구불 움직이며 환자의 전신으로 뻗어나가자 위장 부위로부터 지원군이 쏟아져 나온다.

조금 전에 복용시킨 회복 포션의 기능이다.

마나와 회복 포션 연합군은 망가지거나 쇠약해진 장기들을 일깨우기 시작했다.

중병이라 그런지 마나 소모가 상당했지만 견딜 만했다.

하지만 만일을 대비하여 마나 포션 한 병을 꺼내 두었다. 흘러들던 마나가 끊기면 안 되기 때문이다.

에티오피아에서 많은 환자들을 접한 경험이 있기에 마나는 거침없이 환자의 몸속을 누빈다.

한편, 식당의 문을 닫고 돌아온 주인은 땀을 뚝뚝 흘리며 치료하고 있는 현수를 의아한 표정으로 바라보았다.

침이라곤 딱 하나 박아 넣었다. 그것도 단전 부위이다.

그 침을 박아놓고 손을 떼거나 살살 돌리는 것이 보통이다.

가끔은 툭툭 치기도 하는 것이 시침법이다. 많은 한의원을 돌아다녔기에 아는 상식이다.

그런데 침을 박아 넣은 채 손을 떼지 않는다. 돌리지도 않고, 툭툭 치지도 않는다. 그럼에도 많은 땀을 흘리고 있다.

'기(氣)를 이용한 치료법인가?'

의아했으나 아내에게 해될 일은 없을 것이다. 사실 오늘 아니면 내일 세상을 떠날 사람이다. 더 이상 무슨 해가 있겠는가!

고통만 느끼지 않는다면 무슨 짓을 해도 좋다는 생각을 했다. 그렇기에 가만히 지켜만 보고 있는 것이다.

그런데 현수가 곁에 있던 플라스크 비슷하게 생긴 것의 뚜껑을 열더니 자신이 마신다.

약을 환자에게 쓰지 않고 자신에게 쓰는 것이 괴이하다 여겼으나 현재는 무엇을 물을 상황이 아닌 듯하다. 하여 말없이 지켜만 보고 있었다. 그렇게 20분쯤 지나자 현수가 손을 뗀다.

"휴우~!"

소매로 이마에 맺힌 땀을 닦아낸 현수는 환자의 용태를 살폈다. 아까보다 한결 편해 보인다.

겉으로는 알 수 없지만 환자의 내부를 괴롭히던 크론병은 완치되어 가고 있다. 말기암도 제압하는 회복 포션과 리커버리 연합군을 어찌 크론 따위가 이겨낼 수 있겠는가!

그래도 확인은 해야겠기에 나직이 중얼거렸다.

"마나 디텍션!"

한줄기 마나가 스며들어 환자의 내부를 정찰하고 돌아왔다. 마나는 '근무 중 이상 없었음!' 이라는 보고를 한다.

'휴우~! 다행이군.'

"어, 어떤가?"

주인의 물음에 현수는 돌아앉았다.

"다행히 효험이 있는 것 같습니다."

"뭐라고……?"

침을 딱 하나 박았다. 그리곤 그걸 붙잡고만 있었다. 그런데 완치시킨 듯한 말을 하기에 반문한 것이다.

"사모님의 내부를 혼란에 몰아넣었던 근본 원인이 무언지를 찾아내서 그걸 제거했습니다. 따라서 더 이상 고생하지 않으실 겁니다."

"……!"

"다만 오랫동안 섭생이 시원치 않아 현재 영양 부족 상태입니다. 균형 잡힌 식사를 준비하되 너무 되지 않도록 하세요."

"균형 잡힌 식사……?"

"네, 빈혈 증상도 있으니 철분도 신경 쓰셔야 합니다. 그리고 단백질이 풍부한 콩으로 만든 음식이나 생선을 섭취하면 좋을 겁니다."

"……!"

한의원에서 시료를 마친 한의사들이나 할 법한 소리를 한다.

주인은 저도 모르게 고개를 끄덕이고 있었다.

"그런데 치료는 언제 또……?"

"더 이상의 치료는 없습니다. 원인을 제거했으니 이제부턴 회복에만 신경 쓰시면 됩니다."

모든 병원이 포기한 환자를 딱 20분쯤 치료했다. 침이라곤 하나밖에 박지 않았다. 그런데 모두 끝났다고 하니 어이가 없었다.

하여 한마디 하려고 했다. 지금 장난하는 거냐고……!

그런데 그 말을 할 수가 없었다. 도저히 믿을 수 없는 소리가 들렸기 때문이다.

"여, 여보……!"

아주 작은 소리였다. 그 순간 둘의 시선이 환자에게 향했다.

"여보……! 나, 물 좀!"

"응……? 그, 그래. 알았어. 금방 가져다줄게."

아내는 이틀 전부터 물 한 모금 못 마셨다. 혼수상태에 있었기 때문이다. 그럼에도 119에 전화하지 않은 건 돈이 없어서이다.

어차피 모든 병원에서 포기를 했다.

그런데 응급실로 간다 해서 뭐 뾰족한 수가 있겠는가! 그렇기에 혼수상태에 빠진 아내를 밤새 지켜보느라 잠을 못 잔 것이다.

"좀 어떠세요?"

"누, 누구시죠?"

"사모님의 병을 치료한 사람입니다."

"아……! 고맙습니다. 정말 고마워요. 몸이… 아프지 않아요. 힘은 없지만 점점 나아지는 기분이에요."

실제로 환자의 내부에선 여전히 진압작전이 벌어지고 있는 중이다.

회복 포션과 현수로부터 유입된 마나 연합군이 쇠약해진 장기 등을 정상 기능으로 되돌리는 재활작업이 벌어지는 것이다.

이 작업은 짧게는 하루, 길게는 사흘에 걸쳐 일어난다.

모든 작업이 끝나면 스무 살쯤의 싱싱한 신체가 될 것이다. 물론 빠진 살은 영양분을 섭취해야 원상으로 돌아갈 것이다.

근육 역시 적당한 운동을 해야 되살아날 것이다. 그리고 철분 부족으로 인한 빈혈 역시 철분이 보충되면 사라질 것이다.

"이제부턴 먹는 걸 잘 잡숫고, 운동도 조금씩 하셔야 합니다. 근력이 많이 떨어진 상태이니 처음부터 무리하지는 마시고요."

"네, 선생님!"

"여, 여보……!"

어느새 주방으로 갔다 온 주인의 눈이 커져 있다. 흐리멍텅 하던 아내의 눈빛이 반짝이고 있음을 발견한 것이다.

"목말라요. 여보!"

"그, 그래. 여기, 여기 있어."

"한 번에 너무 많이 드시진 마세요. 한 모금씩 천천히……. 아셨죠?"

"네, 선생님!"

현수가 시키는 대로 물 한 모금만 머금은 환자는 그 맛을 음미하는 듯 입안에서 굴리더니 삼킨다.

"아직 위장 기능이 완전하지 않으니 미지근하게 식힌 미음을 준비하시는 것이 좋을 것 같습니다."

"네."

"조급하게 생각지 마시고 천천히 재활한다 생각하시면 곧 쾌차하실 겁니다."

"감사합니다. 정말 감사합니다."

주인이 기쁨의 눈물을 흘리고 있다. 다 죽어가던 아내가 생생해지는 모습을 보이고 있어 너무도 기뻤던 것이다.

"자아, 그런 전 이만 가겠습니다. 참, 아까 그 해장국 값이 6,000원이죠? 여기 있습니다."

현수가 돈을 내밀자 펄쩍 뛴다.

"아, 아이고, 아닙니다. 그냥 가세요."

"형편이 어려우시잖아요."

"......!"

현수의 한마디에 주인은 아무런 말도 하지 못한다. 외상으로 들여온 식재료 값을 못 내고 있으니 식당 영업조차 어려운 상황이다.

현수가 우거지 해장국 이외의 메뉴를 주문했다면 죄송하다고 했어야 할 정도로 어려워진 것이다.

하여 아무런 대꾸도 하지 못했다.

"며칠 뒤에 한 번 더 오겠습니다. 그동안 몸조리 잘 하세요."

"네에, 선생님!"

"......!"

주인은 아무런 말도 없었다.

현수가 건넨 6,000원을 쥔 손이 부들부들 떨리고만 있었을 뿐이다. 물론 그의 두 눈에선 눈물이 쏟아지고 있었다.

너무도 고맙고, 너무도 미안해서이다.

CHAPTER 05
주사기 1,000만 개

전능의팔찌
THE OMNIPOTENT
BRACELET

가게를 나선 현수는 간판을 바라보았다. 양철에 손으로 쓴, 요즘엔 볼 수 없는 간판이다. 그런데 이름이 심상치 않다.

크론 식당!

이게 가게명이다. 크론병에 대해 아는 사람이 들어오길 바라서 작명한 것이다. 이걸 알 리 없기에 현수는 고개를 갸웃거렸다.

"크론이 뭐지? 어디서 분명 보았는데……."

현수는 기억을 더듬었으나 금방 떠오르지 않았다. 의학 서적이 아닌 부분의 기억을 더듬고 있었기 때문이다.

"흐음, 크론(Cron)은 진화 정도를 나타내는 시간의 단위잖아. 100만 년이 1크론이고, 밀리크론(Millicron)은 1,000년, 킬로크론(Kilocron)은 109년이지. 근데 왜 이걸 상호로 쓴 거지?"

현수는 고개를 갸웃거렸다.

진화 정도를 나타내는 시간의 단위를 식당 이름으로 쓴 이유를 전혀 가늠할 수 없었기 때문이다.

"흐음, 농업기술 쪽 전문용어로 다른 뜻이 있는 건가?"

아직 농사 쪽 전문서적은 읽지 않았기에 고개만 갸웃거렸다.

워커힐을 지나 광장동 쪽으로 가자 아침의 서울은 분주하기만 하다. 그런데 출근길을 재촉하는 사람들에겐 다른 사람들이 보이지도 않는 모양이다.

오로지 제 갈 길 가기에 바쁘다는 듯 아무도 거들떠보지 않고 걷기만 한다. 늦었는지 뛰는 사람도 있다.

하지만 단 하나! 현수는 느긋하다.

좌우의 간판 구경을 하며 천천히 즐겼다. 직장인들을 위해 커피를 볶는 냄새가 구수하다. 그러고 보니 고층건물들이 많다.

커피 한 잔을 사서 느긋한 기분으로 그것을 즐겼다.

잔이 비자 지하철역으로 향했다. 그리곤 대한약품이 있는 곳으로 향했다. 문득 떠오른 생각 때문이다.

"어서 오십시오."

"네, 분석 결과가 어찌 되었나 궁금해서 찾아왔습니다. 제가 너무 빨리 온 건가요?"

"아닙니다. 분석은 어제 끝났습니다. 먼저 처음에 주셨던 푸른 액체에 대한 것입니다."

"네."

"상처 치료와 세포 재생 성분이 상당하더군요. 식물 중에 센텔라 아시아티카(Centella asiatica)라는 것이 있습니다. 이것은……"

김 박사의 설명은 이어졌다.

피부가 창상, 화상, 욕창, 궤양 등으로 깊은 손상을 입었을 때 제일 먼저 발생하여 치유의 기초가 되는 것은 육아조직(새살)이다.

그렇기에 이 새살의 발생 상태가 상처 치료에 있어서 가장 중요한 열쇠가 된다.

센텔라 아시아티카라는 식물의 추출물 가운데에는 아시아티코사이드(Asiaticoside), 아시아틱 애시드(Asiatic acid) 및 마데카식 애시드(Madecassic acid)라는 성분이 들어 있다.

이것은 흉터 없이 새살이 돋게 하는 유효성분이다.

현수가 준 푸른 빛깔의 액체엔 이런 성분들이 상당히 많이 함유되어 있었다.

또한 씨놀(Seanal) 성분도 다량 들어 있다. 이 성분은 피부 세포 복원 성분이다.

게다가 달팽이 점액 속에 포함된 뮤신(Mucin) 성분도 많이 있다.

상처를 빠르게 재생시켜 주고 보호해 주는 기능이 있는 것이다. 그리고 수분 손실을 줄여 세포가 건조해지는 것을 막아 주기도 한다.

이밖에도 EGF 성분도 있다.

'Epidermal Growth Factor'의 약자인 EGF는 상피세포 성장인자이다. 찢어지고 다친 상처 등에 바르면 새살이 생기는 성분이다.

마지막으로 PRP 줄기세포 성분도 있었다.

PRP라고 하는 것은 피를 뽑아서 분리했을 때 혈장 하단부의 혈소판이 풍부하게 함유된 부분이다.

성장인자가 풍부해서 세포 증식이라던가 상처 치유 촉진 효과가 있다. 그렇기에 이것을 추출하여 얼굴에 주입하면 노화에 의해 손상된 피부를 젊게 해주는 효과가 나타나는 것이다.

"그러니까 성분 대부분이 상처 치유랄지, 세포 복원 같은 것들입니다. 그런데 제가 알아내지 못한 성분이 두 가지가 있습니다. 이게 무엇인지는 아무리 기록을 뒤져 봐도 없습니다. 다만 인체에 유익할 것이란 추론만 가능합니다."

"어째서 그런 생각을 하신 거죠?"

뻔히 알면서도 물은 것이다.

"사실 어느 정도 효과가 있다 싶어 동물실험을 해보았습니다."

"모르모트 같은 실험용 동물 말씀하시는 겁니까?"

"네. 실험 결과 놀라울 정도로 빠른 상처 치유 현상을 보였습니다. 너무 효과가 좋아 상처가 아무는 것이 눈에 보일 정도입니다."

"흐음!"

"김 사장님! 이거 대체 어디에서 난 겁니까? 다른 제약사에

서 만든 신약인 겁니까?'

김지우 박사는 다소 흥분한 듯하다. 이걸 만들어서 팔면 떼돈을 버는 정도가 아니기 때문이다.

"그건 말씀드릴 수 없습니다."

"하나만 말씀해 주십시오. 이걸 어디에서 얻은 겁니까?'

"우연한 기회에 얻은 겁니다. 그리고 실험실에서의 분석은 끝나신 겁니까?'

"네? 아, 네에. 두 가지 확인 못한 것만 빼면 나머지 성분은 모두 파악되었습니다."

"그 나머지는 화학적으로 복제가 가능합니까?'

"아직은 아닙니다."

"흐음, 알겠습니다. 일단 제가 드렸던 것을 회수해야겠습니다."

"네? 아, 네에."

김지우 박사는 아끼던 보물을 빼앗기는 기분이 되었다. 하나 어쩌겠는가! 원래의 주인이 반환을 요구했다.

하여 플라스크에 담긴 것을 스티로폼 박스에 담아 가져왔다.

"절반은 실험용으로 남겨 드리겠습니다. 어떤 실험을 하든 상관이 없지만 외부로의 유출은 삼가주십시오."

"네에."

"그리고 이것에 대한 이야기로 외부로 나가면 안 됩니다."

"물론이죠."

김지우는 당연하다는 듯 고개를 끄덕였다. 특히 다국적 제약사들이 알면 무슨 수를 써서라도 빼앗아갈 것이란 생각이다.

실제로 그런 일이 벌어지기도 한다는 것을 알기 때문이다.

"그 절반으로 그것을 인공적으로 합성할 수 있는지에 대한 실험을 해주십시오."

"알겠습니다."

"그리고 나중에 드렸던 것에 대한 분석은 어떻게 되었는지요?"

"아! 그것도 분석이 끝났습니다. 그것 역시 여러 성분이 들어 있었습니다. 그중 하나를 말씀드리자면……."

김지우 박사의 설명이 시작되었다.

쉐리엔 즙과 냉동건조 후 분말화한 것에는 키토라이트(Chitolite)와 유사한 성분이 들어 있다.

이것에 대한 설명에 앞서 키토산을 먼저 설명하자면 이것은 지방과 중성지방을 흡착하는 성분이다.

또한 지방이 소화되고 흡수되는 것을 막아 인체 내에 지방 섭취량 및 내장 지방의 축적을 막는 데 도움을 주는 것이다.

일반 키토산은 자신 중량의 4~6배가 되는 지방을 흡착한다.

그런데 키토라이트는 50~90배나 되는 지방을 처리한다. 따라서 현대인들이 추구하는 다이어트에 상당히 좋다.

그런데 현수가 준 것에서 키토라이트라 생각되는 성분을 추출하여 조사해 본 결과 엄청난 사실을 알게 되었다.

김지우 박사가 '메가 키토라이트'라 이름 붙인 성분은 일반 키토산보다 거의 2,000배 가까운 지방을 흡착하는 능력이 있다.

그래서 돼지비계 또는 쇠고기의 지방 부분을 배불리 섭취하였다 하더라도 메가 키토라이트 한 캡슐을 복용하면 지방을 전혀 먹지 않은 것이나 다름없다고 한다.

게다가 철분이 상당히 많았다. 산소를 운반하는 작용이 있어 체지방의 연소를 도와주는 것이다. 또한 사포닌과 레시틴 성분도 있다. 지방을 감소시켜 주는 효과가 있는 물질이다.

이밖에도 분석되지 않은 천연 성분이 있다.

아직 학계에 보고되지 않은 이 물질은 체내의 지방을 안정적으로 연소시켜 주는 효과가 있다.

그럼으로도 체온이 약 1℃ 정도 상승한다고 한다.

체온이 1℃ 올라가면 면역력은 다섯 배가 좋아진다. 반면, 체온이 1℃ 떨어지면 면역력은 30% 정도가 감소한다.

일본의 의학자 이시하라 유미가 저술한 의학서적의 내용이다.

면역력이 높아지면 질병이나 스트레스에 지지 않는 튼튼한 신체의 주인이 될 수 있다.

반면 체온이 떨어져 면역력이 약해지면 두통, 소화불량, 피로, 다크서클, 불면, 설사, 변비, 비만, 아토피, 여드름, 생리 불순, 불임 등의 결과가 야기될 수 있다.

따라서 체온을 1℃ 정도 올리는 것이 건강에 좋다는 학설이다.

그런데 쉐리엔의 즙이나 분말을 복용하면 체지방도 줄어들고, 면역력 또한 다섯 배나 증가한다니 일석이조이다.

특히 거친 분말로 만들게 되면 여성들의 적인 변비를 미연에 방지할 수 있으며 숙변을 제거할 수 있게 된다.

숙변이 있으면 일산화탄소, 암모니아가스, 아황산가스 등 유독가스가 발생하고, 이들이 혈액 속으로 유입됨으로써 혈액이 산성화되어 각종 질환을 일으키게 된다.

두통과 식욕부진도 숙변이 원인인 경우가 많다. 여러 가지 질병 중에서도 위장병과 뇌일혈은 특히 더 직접적인 관계가 있다.

또한 숙변은 여성들의 적인 기미를 야기시킨다.

쉐리엔의 성분이 이런 여러 질병으로부터 안전하게 해주는 것이다.

온갖 좋은 성분이 다 들었다고 하니 현수의 얼굴이 환히 펴진다.

"그래서 그 물질들은 합성할 수 있는 겁니까?"

"일부는 가능하지만 나머진 합성에 어려움이 많습니다."

"흐음, 그래요?"

"그 식물 콩고민주공화국에서 얻은 거라고 하셨지요?"

"네? 아, 네에."

"다음에 가시면 대량으로 채취해서 보내주십시오. 그걸로 비만 치료제 또는 다이어트 식품을 만들었으면 합니다."

"……! 알겠습니다. 다음에 가면 그렇게 하지요. 박사님은 합성이 가능한지 더 연구해 주십시오."

"네에."

김지우 박사는 흡족한 얼굴이다. 지금껏 없었던 신약을 만들어내는 기분이 든 탓이다.

"아이고, 김 사장님! 아침부터 웬일이십니까?"

민윤서 사장이 반색하며 환히 웃는다.

"사모님은 좀 어떠세요?"

"정말 많이 좋아졌습니다. 이젠 웬만한 집안일은 힘들다 소리 하지 않고 직접 합니다. 김 사장님께 진짜 큰 은혜를 입었습니다."

민윤서가 정중히 고개까지 숙여 인사를 한다.

"에구, 은혜라니요. 동업자끼리……."

"그래도 고마운 건 고맙다고 인사를 해야지요. 그런데 어디서 그런 의술을 배운 겁니까? 김 사장님은 무역회사 안 하고 한의원만 차려도 떼돈 벌 겁니다."

"……!"

현수가 대꾸하지 않자 민 사장이 말을 잇는다.

"국내에 근무력증 환자가 얼마나 많은지 아십니까? 그 사람들만 치료해도 금방 빌딩 살 겁니다."

"……!"

현수는 대꾸하지 않았다. 국내의 환자 전부를 치료해 줄 수는 없기 때문이다. 그리고 그래서도 안 된다.

의사 면허증이 없으니 일체의 의료 행위를 해서는 안 된다. 더더군다나 돈을 받아서도 안 된다.

무면허 의료 행위로 처벌받기 때문이다.

아무튼 민윤서 사장은 아내가 병에 걸린 후 근무력증 환자의 보호자들이 개설한 인터넷 카페에 가입했다.

치료 정보를 얻기 위함이다.

그곳에서 많은 위로를 받았고, 여러 가지 정보도 얻었다. 그러다 자신의 아내가 완치된 듯하여 무심코 글 하나를 남겼다.

신묘한 의술을 가진 젊은 의원이 아내를 완치시켰다는 내용이다.

그러자 쪽지가 빗발쳤다.

물론 그 의원이 누구냐는 것이며, 어떻게 하면 만날 수 있느냐는 것이다. 치료비를 얼마나 냈느냐는 것도 있었다.

그제야 아차 하는 마음이 들었다.

윤영지 여사를 치료한 후 현수가 절대로 다른 사람들에겐 말하지 말라고 신신당부했었기 때문이다.

다행인 것은 카페에 가입할 때 최소한의 정보만 요구했다는 것이다. 그렇기에 운영자라 할지라도 이메일 주소만 알 수 있을 뿐이다.

민 사장은 아직 확인하지 않아서 모르지만 그의 이메일 계정에는 이 순간에도 메일이 쏟아지는 중이다.

지푸라기라도 잡고 싶은 마음 때문일 것이다.

어쨌거나 수십 개에 이르는 쪽지를 받아 열어본 민 사장은 마음이 무거웠다. 자신이 얼마 전까지 느끼고 있던 절망감이 느껴지는 사정들이 많았던 것이다.

집을 팔아서라도 사랑하는 남편을 살리려는 아내도 있었고, 사랑하는 아이가 하루하루 시들어가는 모습이 눈물겨워 눈이

퉁퉁 붓도록 울고 산다는 엄마도 있었다.

병든 친정 엄마가 마음에 걸려 일손이 잡히지 않아 회사를 그만두어야 했다는 효녀도 있었고, 죽음을 눈앞에 둔 아내가 세상을 떠나면 자신도 떠나겠다는 남편도 있었다.

그렇기에 현수의 눈치를 살피며 이야기를 꺼낸 것이다.

"미안합니다. 말하지 말라고 했는데……."

"아닙니다. 그분들에게도 도움을 주고 싶어 그러셨겠지요. 민 사장님의 그 마음을 압니다."

"네에."

"하지만 제가 나서서 치료를 해드릴 수는 없습니다. 현행 의료법 때문이기도 하지만 치료에 앞서 복용시켜야 하는 약이 얼마 없기 때문입니다."

"……!"

"제가 나서서 치료를 한다면 이제 두 명 정도 가능합니다. 그럼 나머지 분들은요?"

"으으음!"

민윤서 사장은 현수의 입장을 이해했다. 제약회사 사장이니 의료법 때문이라도 의료 행위를 해서는 안 된다는 걸 안다.

게다가 약도 이제 겨우 두 병이 남았다면 그걸 생판 모르는 사람에게 쓰라고 할 수도 없다.

현수의 일가붙이 중에도 환자가 발생될 수 있기 때문이다..

"미안합니다."

"아니에요."

"……!"

민윤서 사장은 입이 열 개 있어도 할 말이 없기에 아무런 말도 하지 않았다. 마음씨 착한 현수가 어찌 모르는 척하겠는가!

"콩고민주공화국으로 들어가면 비방의 원료가 될 것이 더 있는지 찾아보겠습니다. 구할 수만 있다면 최대한 많이 구해 오지요."

"……!"

"그때 그분들을 치료해 줄 수 있으면 그렇게 하겠습니다."

"심려를 끼쳐 드려 미안합니다."

"아니에요. 참, 그때는 국내가 아닌 국외에서 치료를 해야 합니다. 왜 그런지는 아시죠?"

"네에."

의사면허증이 없으므로 문제 발생 소지를 없애기 위해 다른 나라에서 치료해 주겠다는 뜻을 어찌 모르겠는가!

"그나저나 콜레라와 홍역 백신은 얼마나 재고로 있습니까?"

"콜레라와 홍역이라고요? 잠시만요."

민 사장은 자신의 책상으로 가 컴퓨터로 확인했다.

"흐음, 콜레라는 약 300만 명 정도 가능하구요. 홍역은 200만 명분이 있습니다."

"유효기간은 많이 남은 겁니까?"

"아닙니다. 보건소 납품용으로 제조한 건데 계약이 틀어져서 자리만 차지하고 있는 것들입니다. 유효기간은 2년 정도 남은 겁니다."

"그래요? 그거 각기 10만 명분을 주십시오."

"네, 이실리프 무역상사로 보내 드리면 되죠?"

"아뇨, 이실리프 빌딩 지하 주차장으로 보내주십시오."

"그러겠습니다."

민윤서 사장은 고개를 끄덕였다.

"참, 동물약품들 제조도 신경 쓰고 계시죠?"

"물론입니다. 이실리프 축산이 정상적으로 운영될 수 있도록 해드리겠습니다."

"네에, 전 민 사장님만 믿습니다."

"하하, 네에. 믿으셔도 됩니다."

현수는 대한약품을 떠나 일회용 주사기를 제조하는 성심 의료기를 찾았다. 이곳에서 일회용 주사기와 주사바늘을 매입하기 위함이다.

"아이고, 이거 웬일이십니까?"

성심 의료기의 사장 김연철이 반색한다.

일회용 주사기는 이실리프 무역상사가 천지약품과 드모비치 상사로 수출하는 품목에 들어가 있다.

그리고 이곳은 첫 거래를 트기 위해 현수와 은정이 왔던 곳이다.

"오랜만에 뵙습니다. 바쁘시죠?"

"하하, 네에. 이실리프 무역상사와의 거래 덕분에 요즘 살맛이 납니다. 감사합니다."

실제로 성심 의료기는 요즘 아주 바쁘게 돌아간다. 이실리프 무역상사에 납품하는 것 이외에도 상당량을 생산하고 있다.

최근 들어 우크라이나에 수출하는 계약을 체결한 때문이다.

"네에, 다행입니다. 그러셔야지요."

"그런 오늘은 무슨 일로 어려운 발걸음을 하셨습니까?"

첫 거래 이후 모든 주문은 팩스로 한다.

그렇기에 평상시엔 통화조차 하지 않았다. 주문한 대로 물건이 납품되면 즉시 현금으로 결제해 주면 끝이기 때문이다.

전화를 걸어 감사 표시를 하려고 여러 번 시도했으나 한 번도 현수와 통화하지 못했다. 은정이 중간에서 이러실 필요 없다는 것을 정중히 알려주었던 것이다.

그런데 일부러 오기까지 했기에 물은 것이다.

"뭐긴요. 주문할 게 있어서 왔지요."

"주문이요? 어제 들어온 주문 말고 추가로 더 있는 겁니까?"

"네, 그거 말고 백신용 일회용 주사기 10만 개를 더 주십시오."

"네에……? 10만 개요?"

김연철 사장의 눈이 커진다. 보아하니 이실리프 무역상사에서 필요로 하는 것 같지는 않기 때문이다.

"네에, 일단 10만 개를 주십시오. 그 정도 재고는 있으시죠?"

"잠깐만요. 확인해 보겠습니다."

김연철 사장이 전화기를 들어 어디론가 건다. 대화 내용을 들어보니 그만큼은 없다. 현재의 재고는 6만여 개라고 한다.

"흐음, 나머지 4만 개는 언제쯤 주실 수 있는지요?"

"며칠은 주셔야겠는데요. 이실리프 무역상사에서 주문한

물량도 많지 않습니까? 그래서…….”

“그래요. 그럼 일단 6만 개만 주십시오.”

“그렇게 하겠습니다. 늘 보내던 곳으로 보내면 되지요?”

김연철 사장은 다행이라는 표정을 지었다. 가끔 말도 안 되는 트집을 잡는 거래처가 있기 때문이다.

“아닙니다. 이번엔 역삼동에 소재한 이실리프 빌딩으로 보내주십시오. 역삼역 근처에 있는 겁니다. 인터넷으로 검색하면 세정빌딩이라고 되어 있습니다. 그 건물 지하 3층 주차장으로 보내주십시오. 인수자는 곽인겸 씨가 될 겁니다.”

“역삼동에 빌딩도 있으셨습니까?”

김연철 사장이 놀랍다는 표정이다.

이제 겨우 스물다섯 살로 보이는 현수가 이실리프 무역상사의 사장이라는 것만으로도 놀랍다.

그런데 강남에 빌딩까지 있다는 사실을 알게 된 때문이다.

“네, 어쩌다 보니 하나 샀습니다. 아무튼 그곳으로 보내주십시오.”

“네에. 알겠습니다. 말씀대로 하지요.”

김 사장이 일련의 지시를 내리는 동안 현수는 묵묵히 기다렸다. 전화기를 내려놓은 김 사장이 싹싹한 표정을 짓는다.

“김 사장님! 모처럼 오셨으니 조금 있다 점심식사라도 하시죠. 근처에 음식 잘하는 집 있습니다.”

주요한 거래처 사장이 왔으니 접대하겠다는 것이다. 현수는 어차피 먹어야 할 점심이기에 흔쾌히 고개를 끄덕여 주었다.

"그러죠."

얼마 후, 김 사장의 차를 타고 약간 떨어진 한정식 집으로 갔다.

김 사장은 1인당 45,000원짜리 정식을 주문하려 했다. 하지만 현수는 점심 메뉴 중 청국장을 달라고 했다.

청국장에는 B1, B2, B6, B12 등의 비타민과 칼슘, 포타슘 등의 미네랄이 풍부하다.

이것들은 인체의 신진대사를 촉진시켜 비만을 막아준다.

레시틴과 사포닌도 과도한 지방을 흡수하여 배출한다.

또한, 제니스테인(Genistein)이라는 물질도 풍부하다.

유방암, 결장암, 직장암, 위암, 폐암, 전립선암 등에 효능이 있는 것으로 밝혀졌다.

사포닌 또한 암 예방에 큰 역할을 하며, 파이틱산(Phytic acid), 트립신 억제제 같은 항암물질도 들어 있다.

게다가 섬유질이 풍부하여 당의 흡수가 서서히 일어나도록 돕고, 트립신 억제제와 레시틴은 췌장의 인슐린 분비를 촉진시키므로 인슐린이 부족한 당뇨 환자에게 도움을 준다.

이밖에도 많은 효능이 있는 건강식품이 바로 청국장이다.

아무튼 김연철 사장은 그러지 말고 정식을 먹자고 했다.

하지만 정중히 거절했다. 거래처에 바가지를 씌우고픈 마음이 전혀 없기 때문이다.

정직하게 거래해서 얻는 이득을 어찌 갚아먹겠는가!

결국 김 사장도 청국장을 주문했다. 음식을 기다리는 동안

내내 미안한 표정을 짓는다. 어찌 그냥 놔두겠는가!

"참, 아까는 깜박 잊고 말씀 안 드렸는데 주사기를 추가로 많이 만드셔야 할 겁니다."

"네? 얼마나……?"

"정확한 것은 나중에 알려 드리겠지만 일단 1,000만 개 정도는 더 있어야 할 겁니다."

"……!"

일회용 주사기의 수출가격은 개당 50원 꼴이다. 현수가 납품받는 가격은 당연히 이보다 적다.

그래도 1천만 개라면 작지 않은 돈이다. 그리고 현금으로 거래하는 거래처의 주문이니 적지 않은 이익이 남는다.

하여 잠시 말을 안 한 것이다.

"더 많을 수도 있으니 재고를 착실하게 늘려주십시오."

"알겠습니다. 감사합니다."

식사를 마치고 김연철 사장은 회사로 돌아갔다. 물론 전력을 다해 주사기를 제조하기 위함이다.

점심식사를 마치고는 사무실로 들어갔다. 그리곤 여러 가지 마법진에 대한 연구를 했다.

문득 권지현이 생각났다. 서울로 전근 신청을 했다는데 왔는지 궁금했던 것이다.

"여보세요."

"어머! 현수 씨, 점심은 드셨어요?"

"네, 지현 씨는요?"

"전 직원 식당에서 먹었어요. 근데 뭐 드셨어요?"

"저요? 청국장 먹었습니다."

"맛있었겠네요."

의례적으로 하는 이야기가 아니라 진심으로 그런 생각을 하는 듯한 느낌이다. 이래서 권지현과의 대화가 편하고 좋다.

뭔가 추궁 당한다는 느낌도 들지 않고, 마음이 담기지 않은 말이 없다는 느낌 때문이다. 또한 아무것도 요구하지 않는다.

"네에, 근데 지금 서울이세요?"

"오늘 여기 첫 출근했어요."

"아……! 그럼 정신이 없으시겠구나."

"어머! 아니에요. 대구에서 하던 일과 별반 다를 바 없어 괜찮아요. 게다가 오늘 처음이라도 아무도 간섭하지 않네요. 시간 있으면 이쪽으로 오실래요? 제가 커피 한잔 살게요."

"흐음, 그럼 그럴까요?"

현수는 곧장 중앙지검으로 향했다. 권지현을 보고 싶은 마음도 있다. 그보다는 이경천 검사라는 놈이 대체 어떻게 생겨먹은 놈인지 알고 싶다는 마음이 있어서이다.

"여기예요."

중앙지검 입구에 당도하자 지현이 환히 웃으며 손을 흔든다. 아무래도 기다리고 있었던 듯하다.

목에는 직원들에게 걸라고 준 개목걸이가 걸려 있다. 대체 저런 건 왜 만들어서 목에다 걸어주는 건지 모르겠다는 생각을 했다.

"현수 씨, 그동안 바빴나 봐요."

지난번에 부모님과 만났는데 이후로 연락이 없었다는 뜻일 것이다.

"네에, 러시아에 출장 다녀왔습니다."

"아! 그러셨구나."

이제야 용서가 된다는 듯 환히 웃으며 고개를 끄덕인다.

"커피는 어디서……?"

"가요, 우리!"

지현이 팔짱을 낀다. 그리곤 힘주어 현수를 당겼다.

"서울에 오니까요……."

지현의 귀여운 수다가 시작되었다.

들으면서 어떻게 여자들은 그 모든 것을 시시콜콜 기억하고, 하나하나에 의미를 두는지 모르겠다는 생각을 했다.

하긴 시험을 봐서 5급 공무원이 되었으니 머리는 좋을 것이다.

지저귀는 종달새처럼 그간 있었던 일들을 이야기하는 모습을 보니 참 괜찮은 여자라는 생각이 들었다.

이런 여자가 또 있다. 아르센 대륙에 두고 온 카이로시아 역시 지현처럼 쫑알쫑알거린다.

그러다 문득 아직 영국에 있는 연희에게 미안한 기분이 들었다.

어느새 지현이 자신의 마음 한구석을 차지하고 있다는 것을 인정하지 않을 수 없었기 때문이다.

지현과 있으면 편하다. 또한 즐겁다. 환히 웃는 모습을 보면

깨물어주고 싶다. 어떤 때엔 와락 안아주고 싶은 마음이 들 때도 있다.

'으음, 이런 걸 양다리라고 하나?'

현수는 지현과 연희 모두에게 미안한 마음이 들어 씁쓸한 웃음을 지었다.

"저 집이에요. 어제 사전 답사를 했죠. 제가 커피를 워낙 좋아해서요. 헤헤."

어린애처럼 웃는 지현의 눈에는 애정이 담뿍 담겨 있다. 하긴 부모는 물론 외조부까지 남편감으로 인정한 상태이다. 그렇기에 법무부 5급 공무원답지 않게 어리광 비슷한 교태를 부리는 것이다.

"흐음, 얼마나 맛있나 두고 봅시다. 그럼 오늘 지현 씨 입맛 수준이 결정되는 건가요?"

"헤헤, 네에! 현수 씨 입에도 괜찮을 거라고 보장해요. 자, 가요."

딸랑딸랑!

문이 열릴 때마다 손님 왔다는 소리를 내는 방울이 청아한 소리를 낸다. 그와 동시에 커피 볶는 냄새가 느껴진다.

안을 둘러보니 천으로 만든 소파 6조가 있을 뿐이다.

"작아도 맛은 웬만한 브랜드 커피보다 나아요."

지현이 인도한 자리에 앉으니 창밖 풍경이 환히 보인다.

밖에선 안이 잘 보이지 않지만 안에선 밖이 잘 보이도록 선팅지로 조화를 부려놓은 창이다.

"뭐 드실래요?"

지현이 내민 메뉴를 살펴본 현수는 달달한 라떼 마끼아또를 주문했다. 지현은 카푸치노를 먹겠다고 했다.

그리곤 직접 매대에 가서 돈을 내고 가져왔다.

"자아! 이제 맛을 보세요."

"네에, 좋죠."

지현이 내민 것을 보니 거품에 하트 문양이 그려져 있다. 말로만 듣던 라떼아트인 모양이다.

조금 전 지현은 주문을 하면서 뭐라고 쫑알거렸다. 아마도 하트를 그려달라고 했던 모양이다.

현수는 웃음 지었다. 이런 식의 애정 표현은 처음이기 때문이다.

예상대로 달달하면서도 커피 특유의 맛이 느껴진다. 고개를 들어보니 지현의 윗입술에 거품이 살짝 묻어 있다.

그런데 본인은 못 느끼는 모양이다. 눈만 깜박이며 현수와 시선이 마주치자 배시시 웃음 지었던 것이다. 이럴 땐 자연스럽게 키스를 해야 한다. 어떤 드라마에서도 그렇게 했다.

그래서 한때 세간의 유행이었고, 아마 지금도 그런 연인들이 꽤 있을 것이다. 하지만 쑥스럽게 어찌 그렇게 하겠는가!

"지현 씨! 입술……."

"어머, 네에."

혀를 날름거려 입술에 묻은 거품을 제거한다. 이런 땐 요염해 보인다. 참 여러 가지 모습을 보이는 여자이다.

그냥 예쁘기만 한 게 아니다. 때로는 청순하고 귀엽다. 어떤 때는 우아하고 정숙해 보인다. 그런데 오늘 요염한 모습까지 보여준다.

"현수 씨! 출장은 언제 가요?"

"내일이 될 수도 있고, 모레가 될 수도 있어요. 근데 왜요?"

"가실 때 배웅가려고요. 먼 곳이잖아요."

처음 출장 갈 때 대구에서부터 일부러 왔었다는 것을 알기에 현수는 얼른 고개를 흔들었다.

"아니에요. 바쁘신데요. 게다가 출발 시각이 유동적이에요. 그러니 신경 쓰지 마세요."

"어머, 그래도요."

현수는 지현이 이런 마음을 품지 않도록 해야 한다. 인천공항을 통한 출국이 아니기 때문이다.

"이번 출장은 동료들과 함께 하기 때문에 개인행동을 할 수 없어요. 그러니 신경 쓰지 마세요."

"아! 그러시구나. 네에, 알겠어요."

"네에."

잠시 대화가 끊겼다. 하지만 지현이 먼저 입을 연다.

"그런데 이번에 가면 얼마나 계세요?"

"글쎄요? 일이 많아서 꽤 시일이 걸릴 겁니다. 적어도 석 달은 넘지 않겠나 생각해요."

"그렇구나. 근데 거기 불편하지 않아요?"

서울에서만 생활하던 사람은 개발이 덜 된 지방만 가도 불편함을 느낀다. 각종 편의시설 등이 턱없이 부족하기 때문이다.

하물며 킨샤사 같은 대도시를 떠나면 미개하다는 표현이 맞을 정도인 콩고민주공화국은 어떠하겠는가!

그래서 물은 것이다.

CHAPTER 06
애인 있어요!

"조금은 불편해요. 하지만 어쩌겠어요? 거기에 적응해야지요. 근데 지현 씨는 어때요? 중앙지검이 대구와는 다르지요?"

"조금이요. 하지만 곧 저도 적응할 거예요."

"이따 구경 좀 시켜줄 수 있어요?"

"검찰청이요?"

"네."

"저 만나러 왔다고 하면 드나들 수 있는 곳인데요?"

"아! 그래요? 하여간 이따 구경 좀 시켜줘요."

"그럴게요."

지현은 흔쾌히 고개를 끄덕인다. 어려운 일도 아니기 때문이다.

"근데 진짜 궁금한 게 있는데 하나만 물어볼게요."

"네에."

지현은 자신이 현수에게 가르쳐 줄 것이 있다는 것이 행복하다는 듯 또 웃음 짓는다.

"검찰은 범죄행위를 한 사람들을 찾아서 처벌하려는 곳이잖아요. 근데 만일 내부에 범법행위를 하는 사람이 있으면 어떻게 하죠?"

"그러니까 검찰청 직원들을 이야기하는 건가요?"

"네. 특히 검사요."

"갑자기 그건 왜요?"

"전에 텔레비전에서 한참 문제가 되었던 검찰에 대한 뇌물 사건이 있었잖아요. 부산지검이던가요?"

"네, 알아요. 부산에서 그런 일이 있었다고 보도되었지요."

"그 사람들 별 처벌을 받지 않은 것 같아서요. 한 사람만 옷 벗는 것으로 끝나고, 다른 사람들은 그냥 경고만 받지 않았나요?"

지현은 잘 알고 있는 사실이기에 고개를 끄덕였다.

"네에. 맞아요. 문제지요."

"검찰이 내부인사들을 너무 감싸서 국민정서에 반하는 결정이 내려졌다는 기사를 본 적이 있어요."

"그랬지요. 그건 분명 잘못된 거예요. 아빠가 규명위를 맡은 서울 고검장이었다면 그런 일 절대 없었을 거예요."

"그렇게 생각하신대요?"

"네, 그때 그 일로 여러 번 의견을 주고받았거든요. 아빠는 전관예우 같은 것도 일종의 범법행위라 생각하고 계세요."

전관예우(前官禮遇)란 대한민국 법조계의 잘못된 관행으로 판·검사를 하다가 물러나 변호사를 갓 개업한 사람에게 법원이나 검찰에서 유리한 판결이나 처분을 내려주는 관행이다.

이를 막기 위해 1998년 개정된 변호사법은 판·검사로 재직하던 전관 변호사는 개업 후 2년간 퇴임 전에 소속되었던 법원이나 검찰청의 형사사건을 수임할 수 없도록 하였다.

하지만 이는 잘 지켜지지 않고 있다.

지현은 현수가 동의한다는 듯 고개를 끄덕이자 말을 이었다.

"그래선 안 되는 거죠. 일방적으로 한쪽 편을 들어 왜곡된 판결을 내리게 되는 거니까요."

"그래서 물어본 거예요. 검사가 범죄자들에게서 돈을 받고 비호하는 건 잘못된 거죠?"

"……! 현수 씨, 뭔가 있죠? 말씀해 주세요."

지현이 정색하며 묻는다.

"그러죠. 검찰도 사람이니 돈의 유혹 앞에서 흔들릴 수 있습니다. 하지만 현직 검사는 그래선 안 된다고 생각해요."

눈치 빠른 지현은 현수가 특정인에 관한 말을 한다는 것을 알아차린 모양이다.

"누군데요? 그 검사……!"

현수는 지현의 눈을 잠시 바라보았다. 그리곤 들고 있던 가방 속의 서류뭉치를 꺼내서 건넸다.

"세정파라는 폭력조직의 뒤를 봐주는 검사가 있어요. 중앙지검의 이경천 검사입니다."

"……!"

"이건 우연한 기회에 제가 입수한 세정파의 장부 사본입니다. 이걸 정문부 검사장에게 우편으로 보냈지요. 사건을 배당받은 담당 검사가 이경천라고 합니다."

"네에."

"폭력조직은 사라져야 하기에 어찌 되어가나 싶어 전화를 걸었더니 세정파 조직원들이 들이닥치더군요."

"어머, 위험하지 않으셨어요?"

지현의 눈이 토끼처럼 커졌다.

"네, 다행히 눈치채고 일찍 빠져나와 별탈 없었습니다."

"정말 다행이네요."

"아까 검찰청을 구경시켜 달라고 한 것은 이 검사가 대체 어떻게 생겨먹은 놈인지 얼굴이나 한번 보고 싶어섭니다."

"네에."

"그런데 이 사건은 대체 어떻게 해야 하나요?"

"솔직히 말씀드려요?"

"네에."

지현은 잠시 아랫입술을 깨문다. 그리곤 결심했다는 듯 입을 연다.

"검찰 내부는 서로를 봐주는 문화가 팽배해요. 그래서 일반인이 범법행위를 저지를 경우 처벌하지만 서로는 대충 봐주고 그래요."

"압니다. 그냥 '아! 그건 제 실수입니다. 미안합니다' 이러면 정말 큰 사건이 아니면 그냥 넘어간다는 것을요."

"네, 부끄러운 일이지요."

"……!"

"하지만 간혹 외부로 사실이 알려지게 되면 규명위원회가 만들어져요. 정치적인 사건은 특검을 통해 조사가 되죠."

"그 특검이나 규명위는 믿을 만한가요?"

"아빠가 위원장을 맡으면 웬만해선 못 빠져나갈 거예요."

현수는 이 대목에서 고개를 끄덕였다. 권철현 서울 고검장이라면 능히 그리고도 남을 만하다는 것을 인정한 것이다.

"그럼 일단 외부에서 이 사실을 인지하도록 해야겠군요."

"네에."

"신문기사는 어떤가요?"

"언론에 먼저 보도된다면 검찰에서도 방법이 없죠. 그럼 규명위 또는 특검을 구성해서라도 검찰의 위신을 살려야 한다는 내부 의견이 나올 거니까요."

"흐음, 알겠습니다. 그렇게 하죠."

"근데 이 서류는 어떻게 입수하신 거예요?"

"얼마 전에 역삼역 근처의 세정빌딩이라는 건물을 매입했습니다."

"어머! 빌딩을 사셨어요?"

지현은 깜짝 놀라는 표정이다. 그리곤 현수는 다시 살핀다. 대체 어느 집안의 자제이기에 건물까지 사는가 싶었던 것이다.

"아! 대형 건물은 아니고 그냥 12층짜리예요."

"우와! 12층이요? 그 정도면 엄청 비싸겠는데요?"

눈이 더 커졌다. 강남에 12층짜리 빌딩이라면 아무리 적게 잡아도 최소 100억 원을 훌쩍 넘어야 하기 때문이다.

"하여간 그 건물 내부를 정리하다 발견한 겁니다."

"아! 그러셨구나. 근데 어쩌시려구요?"

"제가 아는 신문사 기자가 있습니다. 그 사람에게 이걸 넘기려구요. 지현 씨 아버님에게도 이걸 보내도 되는지요?"

"네, 그러세요. 아빠는 늘 검찰의 이런 문화를 청산해야 한다고 말씀하셨거든요. 어쨌든 신문에 기사가 나가기 전에 보내주세요. 그래야 미리 방법을 구상하실 테니까요."

"좋습니다. 그렇게 하죠. 지현 씨는 사건이 어찌 되어가나 살펴봐 주세요. 제가 제보하는 것이니 어찌 되는지 궁금하거든요."

"네, 진척 사항이 생기면 팩스로 보내 드릴게요."

"참! 저번에 팩스 보내주셨는데 고맙다는 말도 못 드렸네요. 글씨 참 예쁘게 쓰시더군요."

"어머, 아니에요."

지현은 대놓고 칭찬 받으니 부끄럽다는 듯 두 볼을 감싼다.

참 여성스럽다. 아껴주고 싶고 사랑해 주고 싶은 마음이 샘솟듯 솟는다. 그리고 저절로 보호 본능이 일어난다.

"바쁘신데 이렇게 시간 많이 보내셔도 됩니까?"

"아뇨, 이젠 들어가야지요. 조금 전엔 검사장님께 허락받고 나온 거거든요."

"네에. 그럼 검찰청 구경 한번 해볼까요?"

"네, 가요! 우리……."

지현은 서울 중앙지검에 오기 전부터 총각 검사들의 집중적인 관심을 받는 중이다. 하긴 영화배우나 탤런트 뺨칠 정도로 예쁘고 늘씬하니 어찌 안 그러겠는가!

현수로부터 전화가 왔을 때 반색한 이유 중 하나는 이런 불편한 관심을 차단할 방법을 찾았기 때문이다.

아무튼 지현은 현수와 나란히 걸으며 담소를 나누었다. 서울로 이사 온 집에 관한 이야기이다.

입구를 지나 지현의 업무 공간으로 가는 동안 상당히 많은 사내들이 기웃거렸다. 대부분 장가 안 간 검사들일 것이다.

지현은 부러 다정스레 옷에 묻은 먼지를 털어주는 모습을 보였고, 자판기에서 음료수를 뽑아다 주었다. 현수는 이에 장단 맞춰 환한 웃음을 보여주며 아주 행복하다는 표정을 지었다.

"저기가 이경천 검사 방이에요."

지현의 손짓에 시선을 돌리는데 누군가가 문을 열고 나온다. 30대 후반쯤으로 보이는 사내이다.

둘의 앞을 지나치는 순간 그가 이경천이라는 것을 알게 되었다. 패용한 신분증에 검사 이경천이란 글씨가 보인 것이다.

"덕분에 구경 잘 했네요."

현수는 로비까지 지현의 배웅을 받았다. 몇몇 사내들이 노골적인 시선을 보냈지만 부러 모르는 척했다.

현수가 떠난 후 자리에 돌아오자 사무실의 미스 최가 지현에게 묻는다.

"권 사무관님! 아까 그분 누구세요?"

"아! 우리 현수 씨요? 제 애인이에요."

"에이, 그건 아닌 거 같은데요?"

"어머! 왜 아니라고 생각하는 거죠?"

단박에 자신의 말이 부인당하자 지현의 눈이 커져 있다. 대체 무슨 근거로 믿지 못하느냐는 표정이다.

"아까 그분 잘 해야 스물다섯으로 보이던데요?"

"그러니까 내 나이가 우리 현수 씨보다 많아 보여서 애인 사이가 아니라고 생각하는 거예요?"

"네, 솔직히 그래요."

미스 최는 아주 직선적인 성격인 듯하다.

"근데 어쩌죠. 우리 애인은 나보다 나이 많은 스물아홉 살인데."

"네에……? 스물아홉이요? 정말이에요?"

"호호, 동안이죠?"

"네. 근데 그분 뭐하시는 분이에요?"

"그냥 조그만 무역회사 운영해요."

미스 최는 지현이 순순히 대꾸해 주자 때는 이때다 싶었는지 계속해서 진도를 나간다.

"두 분 결혼하기로 한 사이에요?"

"난 그러고 싶은데 현수 씬 어떤지 아직 몰라요. 우리 부모님은 마음에 들어하시는데 아직 그쪽 부모님을 못 뵈었거든요."

"네에……?"

미스 최의 눈이 커진다.

지현의 부친은 이번에 서울 고검장이 된 권철현이다.

게다가 지현 본인은 명문대학을 우수한 성적으로 졸업하고, 5급 공무원 시험에 당당히 합격한 재원이다.

뿐만 아니라 빼어난 미모와 끝내주는 몸매의 소유자이다.

그렇기에 대구지검에서 서울 중앙지검으로 전근 신청을 하던 그 순간부터 서울의 총각 검사들 전부 지현을 기다렸다.

올라오기만 하면 단번에 마음을 사로잡을 계획을 세운 것이다.

그런 미녀가 상대가 마뜩치 않아 해서 속상하다는 표정을 짓는다.

어찌 놀라지 않겠는가!

모든 총각 검사들이 탐내는 절세미녀를 마다하는 사내는 대체 어떤 요건을 갖추고 있는지 궁금하다. 그래서 또 물었다.

"그분이 운영하는 무역회사가 큰가 봐요."

"아뇨, 그건 아니에요. 하지만 잘 운영되기는 하나 봐요."

"두 분 자주 만나세요?"

"에고, 최유정 씨. 이젠 일을 해요, 우리!"

지현의 말에 미스 최가 알았다는 듯 제자리로 돌아간다. 엄연한 업무 시간이기 때문이다.

하지만 하던 일을 하려는 것은 아니다.

메신저에 잠깐 사이에 취득한 정보를 입력했다.

곧이어 중앙지검 전체에 지현에게 결혼하고 싶어 하는 애인이 있음이 소문났다. 지현의 고단수가 통한 것이다.

하지만 이런 잔머리는 통하지 않는다.

골키퍼 있다고 골 안 들어가는 거 아니라면서 총각 검사들의 끊임없는 구애가 대기 중이기 때문이다.

사무실로 들어갔던 현수는 계룡산으로 텔레포트했다. 그리곤 전능의 팔찌에 마나를 모았다.

문득 도술을 가르쳐 달라던 정승준이 떠올라 웃음 지었다.

마나석이 까만색이 되자 지체하지 않고 차원이동했다. 지구 시간으로 8월 22일은 한참 덥다.

그래서 또 한 번의 바캉스를 떠난 것이다.

"마나여, 나를 아르센 대륙으로……! 트랜스퍼 디멘션!"

샤르르르르룽—!

현수의 신형이 안개처럼 스러졌다.

                    *   *   *

"흐으음! 역시……!"

아르센 대륙은 여전히 봄이다.

계산이 틀리지 않았다면 오늘은 6월 12일이다.

라수스 협곡 인근 영지인지라 시원한 바람이 불어와 심신을 편안하게 어루만져 주는 느낌이다.

현수는 얼른 의복을 갈아입었다. 이제부턴 평범한 C급 용병이 되어야 하기 때문이다.

천천히 걸어 용병들이 머무는 여관으로 향했다. 풀잎마다 이슬이 맺히는 걸 보면 이른 새벽이다.

현수는 지구에서는 느낄 수 없는 신선한 공기를 마음껏 흡입했다.

청량한 기운이 차고도 넘치는 듯하다.

"어라! 저건……!"

여관 뒤쪽 공터에서 줄리앙이 몸을 풀고 있다. 샌드 웜에게 다리를 물린 이후 스콜론에게 쏘였다.

중독된 몸인지라 제대로 운신하지 못한 날들이 많았다.

조금 괜찮아졌다 싶었을 때엔 쏘러리스에게 납치되어 그야말로 신세를 망칠 뻔했다.

이런 날들이 연이었기에 예전의 실력이 녹슬었을까 싶어 이른 새벽이지만 몸을 풀어보는 것이다. 그리고 명색이 B급인지라 C급 용병들이 볼 수 없는 시각을 택한 것이다.

현수가 보기에 줄리앙의 검술은 단순 명료하다. 가로로 그은 다음 회수하던 검을 뒤집어 하체 공격을 한다. 다음엔 검을 회수하는 대신 몸을 돌려 상대의 중단을 공격하는 것이 전부이다.

다만 상당히 몸놀림이 빠르다는 것, 그리고 제법 힘을 실을 줄 안다는 것이다.

"흐음! 마나를 어떤 요령으로 싣는 건지는 아직 모르는 모양이군."

검에 실린 오러가 때로는 두껍고, 때로는 얇다. 제대로 된 요체를 깨우치지 못했다는 뜻이다.

휘이이익―!

"으윽!"

챙그랑―!

"제기랄……! 게리 녀석, 지랄하겠군."

몸을 계속해서 회전시키며 검을 휘두르던 줄리앙은 실수로 바위를 쳤다. 그런데 그 순간엔 오러가 풀려 있었다.

그 결과 검이 반 토막 난 것이다.

그것은 함께했던 B급 용병 게리의 검이다. 줄리앙 본인은 모르지만 그녀를 좋아하는 녀석이다.

그렇기에 줄리앙이 스콜론에게 쏘였을 때 현수에게 와서 도와달라는 말을 했던 것이다.

어쨌거나 어젯밤 줄리앙은 게리에게서 검을 빌렸다. 그런데 그걸 부러뜨렸다. 물어줄 생각을 하니 속이 쓰리다.

용병에게 있어 돈이란 목숨을 걸어야 버는 것이다. 그런데 그걸 써야 할 생각을 하니 짜증난 것이다.

"그나저나 반 토막 난 걸로 뭘 하지?"

모처럼 몸을 풀려던 계획이 어그러지자 난감한 듯하다. 다시 잠자리에 들기엔 애매한 시각이기 때문이다.

"어이! 줄리앙."

"응……? 아, 하인스. 일찍 일어났네요."

줄리앙은 현수가 자신보다 월등하다는 것을 안 이후부터 존

댓말을 쓰고 있는 것이다. 하지만 현수는 아직도 깨닫지 못하고 있다.

지금은 지구에서 온 지 얼마 안 되기 때문이기도 하다.

"일찍은 무슨……. 근데 검이 부러졌네."

"네, 며칠 쉬었더니 몸이 말을 안 들어서……."

"쏘러리스에게 잡혀갈 때 검을 잃어버렸지?"

"네."

"이거 받아. 내가 줄리앙에게 주려고 산 거야."

"어머! 이건……."

현수가 건넨 검을 받아 든 줄리앙은 눈빛을 빛냈다. 이곳 율리안 영지에서만 파는 것이기 때문이다.

전에 쓰던 것과 비슷한 것이다. 몇 번 휘둘러보니 마음에 쏙 든다.

"고마워요."

"고맙긴! 잃어버린 검보다 더 마음에 들었으면 해."

"네, 소중히 간직할게요."

"그나저나 나 몇 번 구해줄 거 남았지?"

"세 번이요, 아니, 다섯 번으로 해요."

"세 번이 맞는데?"

"아니에요. 쏘러리스에게서 구해준 게 한 번, 와이번으로부터 지켜준 게 한 번, 그리고 이 검을 주셨으니 한 번 더예요."

"하하! 알았어. 잊지 마. 언제고 내가 꼭 연락할 테니"

"네, 같이 돌아갔으면 하는데 여기 있어야 한다면서요?"

"그래, 자작가에서 내게 의뢰할 일이 있나 봐."

"나도 남을까요?"

"아냐. 아빠 보러 가야잖아. 안 그래?"

"네에."

줄리앙은 시무룩한 표정을 짓는다. 아빠인 하시쿤만 아니라면 이곳에 남고 싶다. 이곳에 남을 경우 돌아가는 것이 문제가 된다.

비록 가장자리이지만 마수의 숲을 지나야 하고, 캐러나데 사막도 거쳐야 한다. B급이라 할지라도 혼자서는 갈 수 없는 길이다.

그렇기에 용병들이 돌아갈 때 같이 가야 한다.

"이따 연회에 갈 때엔 어떤 복장으로 갈 거야?"

"갈아입어야죠. 명색이 연회이니."

"후후, 알았어. 줄리앙의 변신을 기대해 볼게."

"……!"

줄리앙은 현수와 시선이 마주치자 살짝 시선을 내린다. 선머슴 같던 모습은 완전히 사라져 있다.

현수가 등을 돌려 숙소로 들어갈 때 줄리앙은 그의 뒷모습을 지켜보고 있었다. 그런데 눈빛이 완전히 달라져 있다.

존경, 흠모, 갈구, 그리고 사랑이 담뿍 담긴 눈빛이다. 쏘러리스로 인해 위기에 처했을 때 나타난 하인스는 구원의 천사였다.

게다가 와이번과 대적하면서 검기를 뿜어내는 모습을 보았을 땐 소변을 지릴 정도로 멋있었다.

잃어버린 검 대신 쓰라면서 준 검은 이전의 것보다 훨씬 좋다. 그렇기에 줄리앙은 애검이 될 검을 부드럽게 쓰다듬었다.

"네게 이름을 붙여줄게. 이제부터 네 이름은 하인스야. 알았지?"

마치 에고가 있는 보검과 대화하듯 줄리앙은 그렇게 이야기하고 있었다. 누가 보면 미쳤다 할 모습이다.

잠시 후 줄리앙은 현수가 준 검으로 검무를 추었다.

같은 시각, 현수는 배정받은 숙소에서 아공간을 뒤지고 있다.

줄리앙에게 적합할 검법서를 찾고 있었던 것이다. 쓸 만한 것은 많았지만 마나 심법까지 딸려 있는 것이 없었다.

그렇게 뒤적이던 중 결국 마땅한 것을 찾아냈다.

700년 전 아르센 대륙에 명성을 드높였던 여기사 라일리아의 독문 검법서이다. 그래서인지 표지엔 라일리아 검법서라 쓰여 있다.

표지를 넘겨보니 검술만으로 백작의 작위를 얻었다고 쓰여 있다. 확인해 보니 역시 소드 마스터의 반열에 올랐다.

"후후, 이 정도면 마음에 들겠지? 그래도 혹시 모르니……."

맨 뒷장에 귀환 마법을 기록해 두었다.

귀족인 원수를 찾아다니며 고군분투하는 줄리앙이다. 상대가 얼마만 한 세력을 가졌는지는 알 수 없다.

그걸 극복하고 원수를 갚으려면 실력이 우선이다. 따라서 당분간은 검법에만 매진하라는 뜻에서 귀환 마법을 건 것이다.

아침식사를 마친 후 현수는 줄리앙의 방을 찾았다.

똑똑!

"줄리앙! 나 하인스인데 들어가도 돼?"

"네, 들어오세요."

삐이꺽—!

문을 열고 들어가니 여관 하녀와 줄리앙이 있다. 침대엔 연회에서 걸칠 의복들이 놓여 있다. 전형적인 드레스들이다.

"줄리앙! 잠시 우리 둘만 이야길 나눴으면 하는데……."

"아가씨, 전 밖에 나가 있을게요."

둘을 연인 사이로 오해한 하녀가 얼른 자리를 비켜준다.

문이 닫혔음을 확인한 현수는 와이드 센스 마법으로 옆방들을 살폈다. 예상대로 아무도 없다.

"무슨 얘기인데요?"

줄리앙은 현수로부터 데이트 신청 내지는 결혼하자는 말이 나오길 기대했다. 못 볼 꼴 다 보였기 때문이다.

"내일 귀환한다면서?"

식사하는 동안 랄프로부터 들은 이야기이다.

"네, 테세린으로 가야지요. 아빠가 거기 있으니……."

"아까 아침에 줄리앙이 검을 휘두르는 모습을 보았어."

"……!"

"몸놀림이 빠르고 여자치고는 힘도 좋아. 검에 마나도 실을 줄 알고. 그런데 내가 보기엔 조금 부족해."

자신보다 월등한 곳에 있는 고수의 조언이기에 줄리앙은 고개를 끄덕여 순순히 시인했다.

"그렇게 보였다면 그런 거지요."

"내게 우연히 얻은 검법서가 하나 있어. 그런데 여자들을 위한 거라 내겐 별 볼일 없는 거지."

"……!"

"혹시 라일리아라는 소드 마스터를 알아?"

"라일리아라면 700년 전에 매혹의 붉은 장미라 불렸던 라일리아 후작님을 말씀하시는 건가요?"

"후작? 백작이 아니고?"

"네, 후작님이셨어요. 저와 같은 여검사들의 롤 모델인 분이죠."

"아니 다행이군. 자, 이거……!"

현수가 검법서를 내밀자 줄리앙이 받아 든다. 그리곤 곧바로 부르르 떤다.

"이, 이건……! 이, 이걸 어떻게……! 하인스님! 이걸 어떻게……?"

눈이 튀어 나올 정도로 놀라는 모습을 보인다.

"우연히 얻었어. 근데 그게 마법에 걸려 있나 봐. 없어졌다가도 3년쯤 지나면 다시 내게로 돌아와."

"네에? 그게 무슨 말씀이세요?"

"그게 여자들을 위한 검법서라는 걸 알고 팔았던 적이 있어. 그런데 판 날로부터 3년이 되면 다시 내게 돌아와."

"그럼 귀환 마법이……."

줄리앙은 현수가 마법을 쓴다는 것을 아직 모른다. 엘리시아만이 알고 있는 사실이다.

"아무튼 3년 이내에 그걸 익혀. 안 그러면 내게 되돌아오니."

"이거 정말 절 주시는 거예요? 정말요?"

"그래, 내겐 필요없는 거잖아. 하지만 줄리앙에겐 꼭 필요한 거고. 안 그래? 그러니 열심히 익혀."

"아아! 하인스님!"

"어어······!"

와락 품에 안기는 줄리앙을 얼떨결에 받아 안은 현수는 잠시 행동을 멈췄다. 순수한 뜻에서 감사 표시를 하는 중이기 때문이다.

"줄리앙!"

"어머!"

줄리앙이 후다닥 떨어져 나간다. 두 볼이 능금보다도 더 붉다. 부끄럽다는 뜻일 게다.

"여기 앉아. 내가 아는 범위 내에서 가르쳐 줄테니."

현수의 설명을 들은 줄리앙은 가르침에 따라 검을 휘둘렀다. 물론 마나는 싣지 않은 상태이다.

그런데 이 검법서는 온갖 기묘한 자세가 다 나온다. 평상시에 쓰지 않던 근육까지 쓰게 하는 검법이다.

그러다 보니 저도 모르게 신음을 냈다.

한편, 조금 전 자리를 비켜주었던 시녀는 주방에 내려가 식사를 했다. 그리곤 아무리 기다려도 다시 부르는 소리가 들리지 않아 되돌아왔다. 연회에서 입을 옷은 혼자서는 입을 수 없는 것이기 때문이다.

그런데 방에서 묘한 신음 소리가 난다.

아침식사를 한 지 얼마 되지도 않았는데 저러고 싶은가 하면서 웃었다. 안에서 어떤 일이 벌어지는지 충분히 상상되기 때문이다.

하여 자리를 비켜주었다.

엿듣는 것은 결코 권장할 만한 일이 아니기 때문이다.

주방으로 되돌아가 설거지를 마치곤 다시 올라왔다. 그런데도 같은 신음 소리가 계속되고 있다.

아직 젊으니 그럴 수도 있다는 표정을 짓고 다시 내려갔다. 그리곤 꽤 오랜 시간 동안 주방과 홀을 청소했다.

다시 올라왔다. 그런데 여전히 신음 소리가 난다.

"으이그, 짐승……!"

줄리앙이 하녀를 부른 것은 점심식사 시간이 훨씬 지나서였다. 밥도 안 먹고 그 긴 시간동안 사랑을 나눴다 생각하고 들어섰다.

아니나 다를까, 줄리앙은 땀을 흠뻑 흘린 듯하다. 게다가 몹시 지쳐 보인다.

'세상에! 밥도 안 먹고……. 어쩜 그럴 수 있지? 아무리 좋아도 그렇지 대체 몇 시간이야?

줄리앙은 목욕을 하고 잠시 잠을 잤다. 집중적인 훈련을 받느라 너무 피곤했던 때문이다.

"어서 오게. 하인스라 했는가?"

"네! 나후엘 자작님."

"내 딸을 위기에서 구해주느라 애썼네. 자, 이걸 받게."

자작이 내민 것은 금화나 은화를 담는 주머니였다.

"감사합니다."

"좋은 술을 많이 준비했네. 마음껏 먹고 마시게."

"네, 자작님!"

현수가 자리에서 물러나자 나후엘 자작이 들고 있던 컵을 포크로 탁탁 건드렸다.

땡, 땡—!

"테세린으로부터 이곳까지 온 용병들은 모두 들어라! 오늘의 연회는 그간의 노고를 풀어주기 위함이니 마음껏 즐겨라. 다음에도 우리 나후엘가의 의뢰가 있거든 또 나서주길 바란다."

"만세! 나후엘 자작님 만세! 만세! 만세!"

용병들이 잔을 치켜들며 환호했다.

적지 않은 보수를 받았기 때문이다. 뿐만 아니라 약속했던 대로 죽은 용병들에 대한 위로금도 나왔다.

환호 소리가 잦아들 즈음 악대가 등장했다. 현악기, 타악기, 관현악기 등이 보인다.

아주 독특한 음률로 연주되는 음악은 사람들로 하여금 신명 나게 하는 역할을 한다. 춤추며 노래하는 시간이 흘렀다.

그러던 어느 순간 용병들이 술렁인다.

"우와……! 이게 누구야?"

"설마 줄리앙? 진짜 줄리앙이야?"

용병들은 술렁였다. 선머슴 같던 줄리앙이 절세미녀가 되어 왔으니 어찌 안 그렇겠는가!

화려한 레이스와 주름으로 치장된 줄리앙은 어깨가 드러나는 드레스를 입고 있다. 게다가 머리엔 갖가지 장식이 달린 모자를 썼다.

누가 봐도 아름다운 모습이다.

현수 역시 놀랍다는 표정을 지었다. 12년 전의 전성기 때 안젤리나 졸리가 화려한 드레스를 걸치고 입장했기 때문이다.

줄리앙은 무엇인가를 찾는지 두리번거리고 있었다. 그러다 현수와 시선이 마주치자 환한 웃음을 짓는다.

"뭐야? 내게 관심 갖기 시작한 거야?"

예쁘기는 하지만 여자들이 많이 꼬이는 것은 사절이다. 카이로시아와 로잘린을 감당해 내는 것만으로도 힘들 것이기 때문이다.

현수가 이런 생각을 하는 동안 줄리앙이 다가왔다.

"나 어때요?"

"응? 예, 예뻐. 정말 아름다워."

"호호, 칭찬 고마워요."

줄리앙이 치마의 양쪽을 잡고 살짝 무릎을 굽혔다 편다. 한번도 보지 못했던 우아한 모습이다.

현수는 줄리앙이 곁에 서자 등에서 땀이 나기 시작했다. 모두의 시선이 쏠려 있었기 때문이다.

"줄리앙, 다른 사람들과는 이야기 안 해?"

"네, 하인스님 곁에만 있을 거예요."

"끄으응······!"

현수는 할 말을 잃었다. 환히 웃으며 행복해하는데 초 치고 싶은 마음은 없기 때문이다.

잠시 후, 둘은 손을 마주잡고 왈츠 비슷한 춤을 췄다. 현수도 현수지만 선머슴 줄리앙의 춤 솜씨는 대단했다.

하여 둘의 움직임은 군계일학이었다.

잠시 음악이 멈추고 휴식을 가졌다. 그때 악대에 시선이 미쳤다. 여러 악기 가운데 기타와 아주 유사하게 생긴 것이 보인다.

"저어, 그 악기 내가 한번 연주해 봐도 될까요?"

"그러시구려."

기타 비슷한 악기를 다루던 악공이 순순히 악기를 건넨다.

"그거 연주하기 힘든데 해본 적이 있나 보죠?"

"네, 그건 아닙니다. 제 고향에도 이거 비슷한 게 있어서요."

말을 하며 음을 맞춰보았다. 금방 기타 음을 낸다.

악공은 애써 맞춰놓은 음을 이상하게 바꾸는 모습을 보았지만 아무런 소리도 하지 않았다.

용병의 비위를 거슬러 좋을 것 없기 때문이다.

이때 랄프가 이런 모습을 보게 되었다.

CHAPTER 07
노래의 향연!

"어이! 하인스. 그때 그 음악 한번 연주해 주지 않겠어?"

"그때 그 음악이라니요?"

"거 있잖아. 방구쟁이 제니스! 그거 한번 연주해 주게."

"하하, 네에. 알겠습니다."

띠리리리링—! 쨍, 쨍—!

악기의 줄을 훑어보니 현대의 기타와 조금도 다를 바 없다.

띠리리 띠리 띠리! 띠리 띠리 띠리리……!

현수가 전주로 멜로디를 연주하자 용병들의 시선이 단번에 쏠린다. 오는 동안 수없이 불렀던 신나는 멜로디가 그럴듯한 악기 음에 실리자 반갑다는 표정이다.

가방 속에서 하모니카까지 꺼내서 입에 물었다. 그리곤 연주를 시작했다. 그와 동시에 용병들의 합창 또한 시작되었다.

드래곤 제니스는 방귀 냄새 지독해!
누구든 그를 보면 얼른얼른 도망가.
다른 모든 드래곤 놀려대며 웃었네!
가엾은 저 제니스 외톨이가 되었다네..
안개 긴 그 어느 날, 친구 말하길
제니스는 방귀쟁이, 냄새가 넘 지독해!
그 후로 모든 드래곤 제니스를 피했다네.
제니스의 방귀는 길이길이 기억되리.

"와하하하! 와하하하!"
노래가 계속되자 나후엘 자작가 사람들이 배를 잡고 웃는다. 드래곤이 방귀쟁이라는 노래는 난생 처음이기 때문이다.
노래가 몇 번 반복되자 자작가의 시종과 시녀들까지 따라서 부른다. 바야흐로 미판테 왕국에 새로운 히트곡이 생겨나는 순간이다.
열 번쯤 반복되자 B급 용병 로렌스가 외쳤다.
"이보게, 하인스! 다른 노래는 없나?"
"그래, 다른 노래도 가르쳐 주게."
"......!"
한참 신나던 참이기에 현수는 얼른 뇌리를 뒤졌다. 마침 생각나는 곡이 있다. 하여 연주를 멈추었다.

"이 노래는 신나는 노래인지는 모르겠지만 괜찮은 노래이기도 합니다. 제가 한번 불러볼 테니 들어봐 주십시오."

현수는 음을 다시 한 번 조율하고는 노래를 시작했다.

Puff, the magic dragon lived by the sea.
마법의 드래곤 퍼프는 바닷가에 살고 있다네.
And frolicked in the Autumn mist in a land called Hanalei.
그리고 하날리라 불리는 땅에서 가을 안개 속을 뛰놀았지.
Little Jackie Paper loved that rascal Puff.
꼬마 재키 페이퍼는 그런 장난꾸러기 퍼프를 사랑했네.
and brought him strings and sealing wax and other fancy stuff.
그래서 실과 봉랍, 그리고 다른 멋진 물건들을 가져왔다네.

미국에서 동요처럼 불려지는 이곡은 1963년에 'Peter, Paul & Mary'가 발표한 곡이다.

요즘 나오는 노래보다는 올드 팝을 좋아하는 현수이기에 자신이 태어나기도 전에 발표된 이 곡을 아는 것이다.

꽤 경쾌한 멜로디이다. 용병들은 물론이고 자작가의 식솔들까지 가사를 알려 달라 하여 고개를 끄덕여 주었다.

이 노래 역시 열 번 이상 반복되었다. 솜씨 좋은 악공들은 반주까지 섞는다.

잠시 노래가 멈췄다. 술로 목을 축이곤 또 다른 곡을 요구한다. 이번엔 'The Classic' 의 '마법의 성' 을 불러주었다.

> 믿을 수 있나요.
> 나의 꿈속에서 너는 마법에 빠진 공주란 걸.
> 언제나 너를 향한 몸짓엔 수많은 어려움뿐이지만.
> 그러나 언제나 굳은 다짐뿐이죠.
> 다시 너를 구하고 말 거라고!
> 두 손을 모아 기도했죠. 끝없는 용기와 지혜를 달라고……!

용병과 자작가의 식솔, 그리고 나후엘 자작과 뒤늦게 당도한 엘리시아까지 모두 귀를 기울여 현수의 노래를 들었다.

곁에 있던 줄리앙은 몽롱한 눈빛으로 현수를 바라보고 있었다. 이 노래에 등장하는 '너' 가 자신이라 생각한 것이다.

어쩌면 전생이 마법에 빠진 공주일지도 모른다는 생각을 하는지 노래 가사가 이어지면 고개까지 끄덕였다.

자신을 꼭 구해 달라는 뜻이다.

그러고 보니 쏘리리스로부터 구해주었다. 그때부터 눈빛이 몽환적으로 변한 것이다.

물론 현수는 모르는 일이다. 기타 연주에 골몰한 때문이다.

아무튼 긴 노래가 끝나자 모두가 가르쳐 달라고 조르기 시작한다.

현수는 또 한 번 가사를 적어주었다.

이번엔 자작까지 이 노래를 배우겠다고 나섰다. 잔잔하면서도 아름다운 멜로디가 매혹시킨 것이다.

　모두가 이 노래를 배운 것은 스무 번쯤 반복된 후였다. 그리고 끝이 없을 것 같던 연회는 끝났다.

　엘리시아는 아쉬웠다. 하인스와 춤을 추기 위해 곱게 성장했건만 그런 분위기가 조성되지 못한 때문이다.

　용병들은 내일 떠날 채비를 하기 위해 숙소로 되돌아갔다. 줄리앙도 마찬가지이다.

　가는 동안 먹을 식재료를 챙기는 것이 그녀의 임무이다.

　사내 녀석들에게 맡기면 보나마나 다 말라비틀어진 것을 구입할 것이라 투덜대며 돌아갔다.

　현수와 떨어지는 것이 아쉬워 그런 것이다. 어찌 모르겠는가!

　하지만 현수는 그냥 눈웃음만 지어 보였을 뿐이다. 책임지지도 못한 정을 뿌리고 다니면 상처만 준다는 것을 알기 때문이다.

　"하인스! 다른 노래는 없어요?"

　모두가 물러간 후 엘리시아가 한 말이다. 나후엘 자작 역시 기대된다는 표정이다.

　현수는 어떤 곳을 불러줄까 생각하다 하나를 골랐다.

　"이번에 불러 드릴 노래는 조금 잔잔한 노래인데 어느 산골 소년의 사랑 이야기라는 곡입니다."

　말이 끝나기 무섭게 기타를 퉁기며 노래하기 시작했다.

　모든 사람들이 떠나고 텅 비어버린 홀 안에 아름다운 선율이 흐르기 시작했다.

띠리리 띠링! 띠리리리 띠링……!

풀잎새 따다가 엮었어요.
예쁜 꽃송이도 넣었고요.
그대 노을빛에 머리 곱게 물들면,
예쁜 꽃 모자 씌어주고파.
냇가에 가죽신 벗어놓고……!

노래가 계속되는 동안 엘리시아의 눈빛이 묘하게 풀린다. 가사와 멜로디, 그리고 부드러운 음색에 매혹당해 버린 것이다.

엘리시아는 하인스가 자신을 기다리는 모습을 상상했다.

노랫말에 나오는 예쁜 꽃 모자, 징검다리, 흐르는 냇물, 벗어놓은 가죽신, 분홍빛 노을 등을 어린 시절에 본 적이 있기 때문이다.

엘리시아가 노래에 심취해 있을 때 나후엘 자작은 현수에게 시선을 고정시킨 딸을 바라보고 있었다.

분명 사랑하는 사람을 바라보는 여인의 눈빛이다. 입가엔 부드러운 미소가 맺혀 있다.

하지만 현수를 보니 그의 시선은 분명 다른 곳에 있다.

이곳까지 오는 동안 말하지 않은 어떤 일이 있는 듯하다.

그렇기에 다른 용병들은 다 보내도 하인스만을 보내지 말라는 청을 넣은 듯하다.

C급 용병 하인스는 이국적으로 생겼지만 호감 가는 얼굴이다.

체격도 당당하고, 비굴하거나 속되지 않아 보인다. 게다가 노래 솜씨는 노래 잘하기로 이름난 드워프 뺨칠 정도이다.

하지만 귀족가의 여식과 혼례를 올릴 조건은 못된다. 아무리 그래도 평민이기 때문이다.

엘리시아의 미모는 인근 영지는 물론 중앙까지 소문나 있다. 하여 달라는 곳이 한두 곳이 아니다.

얼마 전, 이웃의 백작가의 차남으로부터 청혼이 있었다.

조금 먼 곳에 위치한 후작가에서도 은근한 청을 넣었다. 심지어 중앙에서 권력의 핵심부에 있는 공작가로부터도 러브콜이 있었다.

이밖에도 네 군데의 자작가와 세 군데의 남작가도 엘리시아를 며느리로 받아들였으면 좋겠다는 뜻을 알려왔다.

엘리시아의 미모와 성품도 한 역할 했지만 질 좋은 철광산을 관리하는 나후엘 자작가를 높이 평가한 것도 일조했다.

그 모든 청들을 모두 물리치고 한낱 평민에게 딸을 줄 수는 없다. 그렇기에 다소 냉정한 눈빛이 되었다.

'흐음, 저자를 고용하는 일은 없었던 것으로 해야겠구나.'

나후엘 자작이 나름대로 다짐하는 사이에 노래가 끝났다. 아니나 다를까 또 가사를 적어달라고 한다. 그리곤 더 불러야 했다.

물론 엘리시아가 따라 부를 수 있을 때까지이다.

"잘 가! 몸조심하고."

"네, 다음에 만나요."

줄리앙과의 아쉬운 작별을 하자 랄프가 다가온다.

"자네 덕에 임무를 완수하고 이제 돌아가네. 언제든 내 도움이 필요하면 연락만 하게. 만사를 제쳐 놓겠네."

"네, 랄프 대장님도 몸 성히 잘 가세요. 그리고 이거……!"

현수가 가죽으로 감싼 것을 건네자 랄프의 눈이 커진다.

"최상급 회복 포션입니다. 작은 아들이 이름 모를 병에 걸려 힘들어 한다면서요?"

"이, 이보게. 하인스!"

최상급 포션은 주교급 이상 신관의 신성력과 맞먹는 것이다.

너무 비싸 평민은 꿈도 못 꾸고, 웬만한 귀족들조차 애지중지하며 찔끔찔끔 쓴다고 하는 것이다.

이것만 있으면 병마에 시달리는 작은 아들이 자리를 훌훌 털고 일어날 것이다.

아들을 신관에게 데려가 치료하기 위해 이번 용병행을 맡았다. 목숨을 걸었지만 아직 돈이 부족하다.

그런데 현수가 준 회복 포션이면 그 모든 것이 필요없어진다.

비싼 돈을 치르고 신관에게 치료를 받으면서도 알랑방귀를 뀌어야 하는 일도 하지 않아도 된다.

그렇기에 격동하고 있었다. 일반적인 친분관계로 받을 수 있는 것이 아니기 때문이다.

이쯤해서 적절한 출처를 대야 하기에 입을 열었다.

"집안 대대로 내려오던 건데 딱 한 병 반 남았습니다. 나머지 반은 줄리앙에게 줬지요. B급 용병 하시쿤이 자리를 털고 일어났으면 해서요."

"이보게, 하인스……!"

랄프는 잠시 말을 잇지 못했다.

"그리고 이거……!"

현수가 또 하나의 주머니를 내밀자 의아한 표정을 짓는다.

"엘리시아 아가씨를 구해줬다고 나후엘 자작께서 20골드를 하사하셨습니다."

"20골드나……?"

이번 용병행으로 받은 보수가 8골드이다.

A급 용병이 목숨을 걸어야 했던 일이다. 그런데 그것의 두 배 반이나 상금으로 받았다니 놀란 것이다.

나후엘 자작이 현수에게 이런 거금을 넘긴 이유는 쏘러리스로부터 구해준 것에 대한 보수이다.

대신 구함 받은 것을 깨끗이 청산한 것으로 여긴 것이다.

어쨌거나 금화가 든 주머니를 랄프가 받자 현수가 입을 열었다.

"그거 테일러네 집에 전해주세요."

"테일러……? 테일러의 몫은 받았네. 자작께서 넉넉히 주셨네."

C급 용병이 임무 도중 죽었다.

보통의 경우 아무런 보수도 주어지지 않는다. 받을 사람이 죽었기 때문이다. 하지만 나후엘 자작은 후하게도 임무를 완수한 다른 용병들과 같이 3골드를 지급했다.

뿐만 아니라 2골드를 추가로 더 주었다.

유족에게 전해주라는 돈이다. 그런데 그에 몇 배나 되는 돈을 건네주라니 의아한 표정을 지은 것이다.

"저야 홀몸이라 돈이 별반 필요치 않습니다. 하지만 테일러의 가족은 가장을 잃었잖아요."

"자, 자네……! 고맙네."

랄프는 진심으로 고맙다는 표정을 짓고 있었다. 이는 평범한 동료애를 뛰어넘는 파격이기 때문이다.

"조심해서 가세요."

"그래, 그래야지. 어쨌든 내가 필요한 일이 있거든 언제든 연락하게. 만사를 제쳐 놓겠네."

"네, 그럴게요."

용병들은 차례로 현수와 작별인사를 나눴다.

언제 어떻게 또 만날지 모른다. 가다가 죽을 수도 있다. 그렇기에 마지막으로 헤어지는 것 같은 인사를 주고받은 것이다.

용병들 대부분 현수가 해주던 음식이 그리울 것이라 하였다. 하긴 어디에서 그런 음식을 맛보겠는가!

어쨌거나 모두가 떠나고 나니 조금은 허전했다.

하여 천천히 나후엘 자작가를 거닐었다. 점심을 먹고 난 후에 보자는 전갈이 있었으니 그때까지는 자유인 셈이다.

전에도 느낀 거지만 율리안 영지 사람들은 유난히도 병자가 많아 보인다. 발걸음에 힘이 없고, 간혹 구토하는 사람이 보인다.

이는 술을 마셔서가 아니다.

'흐음, 이상하군!'

뭔가 이상하지만 눈으로만 보고 어찌 알겠는가!

영지를 둘러보던 중 눈에 번쩍 뜨이는 대장간 하나가 보인다.

케린도 빌모아 대장간!

누가 쓴 글씨인지는 모르지만 아르센 대륙에 와서 본 것 가운데 가장 잘 쓴 글씨인 것 같다. 물론 현대인인 현수의 관점에서이다.

이 간판이 현수의 눈에 번쩍 뜨인 이유는 글자 옆에 그려진 그림 때문이다. 누가 봐도 드워프라 할 수 있는 인물이 그려져 있다.

도끼와 망치를 든 난장이이다.

"흐음, 드워프라……."

영화 '반지의 제왕'에서 보았던 김리를 떠올린 현수는 대장간 문을 열고 들어섰다.

삐이꺽—!

경첩에 녹이 슬었는지 자그마한 소리가 난다.

땅, 땅, 땅, 땅—!

규칙적으로 망치를 내려치는 소리가 들린다. 시선을 돌려보니 예상대로 드워프가 모루 위에 놓인 붉은 쇳덩이를 내려치고 있다.

보아하니 쟁기 같은 것을 만들던 중인 듯싶다.

땅, 땅, 땅, 땅—!

치이이익—!

땅, 땅, 땅, 땅—!

치이이익—!

담금질을 하면서도 시선조차 돌리지 않는다. 완벽한 집중상태인 듯하다. 이를 방해하기 싫었기에 시선을 돌려 진열된 것들을 살폈다.

쟁기, 낫, 쇠스랑, 곡괭이, 망치 등이 보인다.

지구에서의 규격화된 것들을 보다 제각기 크기가 다른 것을 보니 묘한 이질감이 느껴진다.

그래도 천천히 발걸음을 옮겨 물건들을 살폈다.

"자넨, 누군가? 용병이군. 병장기는 만들지 않네. 나가주게."

부르는 소리에 몸을 돌리자 연달아 말을 하고는 시선을 돌린다. 제멋대로 사람을 평가하는 모양이다.

"나도 여기서 만드는 병장기는 사고 싶은 마음이 없네요."

"무어라……? 네가 감히 내 솜씨를 의심해?"

불같이 화를 내며 씩씩거린다. 성격 한번 급한 모양이다.

허리에 손을 얹고는 성난 얼굴로 말을 잇는다.

"네가 감히 나 케린도 빌모아의 명예를 더럽혀? 말하거라. 절대 만들어주지 않을 거지만 무슨 근거로 내가 만든 병장기를 사지 않겠다는 것이냐?"

"말해도 화를 내지 않을 겁니까?"

"오냐, 말을 해라. 들어봐서 근거가 없으면 경을 칠 줄 알아라."

씩씩거리는 드워프의 얼굴을 보니 100살은 족히 넘은 것 같다.

"실례지만 올해 연세가 어찌 되셨습니까?"

"그런 왜 물어?"

"연장자 대접을 할 건지 말 건지 결정해야 하니까요."

"좋아, 올해 내 나이 213살이다."

"흐음……! 좋습니다. 그럼 연장자 대접을 해드리죠."

"그딴 건 필요 없고 왜 안 산다고 했는지부터 말해라."

케린도 빌모아는 어서 대답하라는 듯 눈을 부라렸다.

"입구의 문을 여는데 소리가 나더군요."

"소리가……?"

"장인이 게으르다는 뜻이지요. 게으른 사람이 만든 걸 어찌 쓴답니까? 검 같은 병장기는 한 번에 고련해서 만들어야 균일한 강도가 나오는 것으로 알고 있습니다. 안 그렇습니까?"

"그, 그래. 그건 그렇지. 근데 경첩에서 소리가 난다니?"

"한번 들어보시겠습니까?"

현수가 입구로 가서 문을 열었다 닫았다.

삐이꺽—!

그리 크지 않은 소리이다.

"이놈, 무슨 소리가 난다는 것이냐? 내 귀엔 아무 소리도 들리지 않는다."

기차 화통이라도 삶아먹은 모양이다.

'흐음, 망치질 소리 때문에 가는귀를 먹은 모양이구나.'

어찌 된 영문인지를 알았지만 현수는 물러나지 않았다. 성난 황소처럼 씩씩거리는 드워프 영감님을 놀려먹을 찬스이기 때문이다.

하여 개구쟁이의 웃음을 지었다.

"그럼 지나가는 사람을 불러서 들어보라고 할까요?"

"그래, 좋다! 만일 소리가 난다면 네가 했던 말을 용서하지. 하지만 그게 아니라면 네놈은 이곳에서 최소 10년은 무보수로 일해야 할 것이다. 그래도 좋으냐?"

"물론이죠. 근데 그것 가지곤 부족한데요?"

"뭐가 부족해?"

"나는 10년간 노예처럼 일해야 하지만 영감님은 아무것도 손해 보는 게 없잖아요."

"뭐야? 좋아, 뭘 원해?"

"먼저 뭐 하나 물어볼게요."

"말해!"

"영감님 혹시 곡괭이하고 쇠스랑 같은 건 잘 만들지만 검 같은 건 못 만드는 거 아닙니까?"

"뭐야? 드워프를 뭐로 보고……! 야, 이놈아. 내가 이래 봬도 한때는 우리 빌모아 가문의 대를 이을 뻔한 장인 중의 장인이야. 근데 뭐라고……? 검을 못 만들어?"

"아! 뭐 그렇게 성질까지 내십니까? 그냥 만들 수 있어, 이렇게 말씀하시면 되죠."

"좋아, 검 만들 수 있다. 뭘 원해?"

드워프는 예상보다 빨리 감정을 다독이는 능력이 있는 듯하다.

"이번 내기에서 제가 이기면 검 한 자루 만들어주십시오."

"뭐야? 그건……!"

케린도 빌모아는 잠시 말을 멈췄다. 하지만 이내 정색을 한다.

"좋아, 만들어주지. 단, 네가 이겼을 때야."

"물론입니다. 제가 지면 영감님 밑에서 10년 동안 노예처럼 일해 드리지요."

"내기 성립이다."

케린도 빌모아 영감은 이길 자신이 있다는 듯 팔짱을 끼며 고개를 끄덕였다. 자신이 있다는 표정이다.

현수는 대답 대신 문을 열었다. 그리곤 지나치는 사람들을 불러들였다. 공정하게 하기 위함이다. 그들이 보는 앞에서 문을 열었다 닫으며 물었다.

소리가 나느냐는 것이다.

열이면 열 모두 작지만 소리가 난다고 했다.

드워프 영감은 이맛살을 찌푸렸다. 반박할 말이 없기 때문이다.

"이런 젠장! 그럼 내 귀가 먹었단 말인데……. 제기랄!"

영감은 투덜대며 자신의 귀를 후벼팠다. 하나 내기는 이미 졌다.

"좋아, 검을 만들어주지. 대신 조건이 있다."

"조금 전에는 아무런 조건 없었는데요?"

"여기선 검을 만들지 않겠다고 맹세한 때문이다."

"그래요? 좋아요, 한번 들어보죠."

"검은 만들어주되 저기 저 산맥 안의 우리 일족의 작업장에서 만들어주겠다. 그러니 원하는 검을 이야기해라."

현수는 말로만 듣던 드워프제 검을 얻게 된다는 생각에 기분이 좋아졌다. 또한 호기심이 돋았다.

"잠시만요."

밖으로 나온 현수는 골목 안으로 들어가 아공간을 뒤졌다.

잠시 후, 원하던 놈을 꺼냈다. 콩고민주공화국에서 체이탁으로 천지건설 직원과 군인들을 공격하던 지나 놈들에게서 회수한 것이다.

"영감님, 이런 모양의 검을 만들어주십시오. 크기는 평범한 롱 소드 정도면 됩니다."

"좋아, 그거 이리 내놔 봐."

현수가 건넨 것은 미국 해병대에서 제식용으로 사용 중인 OKC—3S 대검이다. 이것을 만든 제조업체에서는 다이아몬드 탄소강으로 만들었다고 발표했다. 매우 단단하다는 뜻이다.

"흐음……!"

드워프 영감은 칼날을 쓰다듬어 보며 대체 이게 무엇으로 만들어진 건지를 가늠했다. 인산염 비반사 처리로 블레이드를 검게 태웠으니 쉽게 구별해 낼 수 없었던 것이다.

잠시 고개를 갸웃거리는 것을 본 현수는 나직이 웃었다. 이런 반응이 나올 것이라 짐작했던 때문이다.

"설마 못 만든다고 하는 건 아니겠지요?"

"다, 당연하지……! 하지만 시간은 좀 줘야겠다. 내가 하던 일이 있으니 그걸 마저 하고 난 뒤에 만들어주지."

"좋습니다. 근데 못 만들면 어떻게 하겠습니까?"

"못 만들어? 내가……? 좋아, 내가 못 만든다면 네가 원하는 어떤 거라도 들어주지. 되었냐?"

"좋습니다. 영감님을 믿죠."

현수는 자신감없는 표정이 된 드워프 영감을 뒤로하고 대장간을 빠져나왔다.

아마 못 만들 것이다. 아르센 대륙에 와서 본 여러 병장기 가운데 스테인리스는 없었다.

이런 상황이니 다이아몬드 탄소강이라 표현할 정도로 단단한 금속은 아마도 없을 것이다.

'쳇, 티타늄 합금강으로 만든 게 있었으면 더 확실했을 텐데.'

현수는 자신이 빌모아 일족 드워프들에게 절망감을 안겨주는 행위를 했다는 것도 모른 채 영지를 돌아다녔다.

그래서 다음과 같은 것을 파악할 수 있었다.

율리안 영지는 든든한 석벽으로 에워싸여 있다.

높이는 7m 정도이고, 네 개의 성문이 있다. 성문의 두께는 60㎝ 정도 된다. 성벽의 바깥엔 폭 15m, 깊이 5m짜리 해자가 있다.

하지만 물로 채워져 있지는 않다. 해자가 절반 정도만 완성된 상태이기 때문이다.

성벽 위에는 경계 근무 중인 병사들이 돌아다니고 있었다.

그들의 손에는 활 또는 쇠뇌가 들려 있었다.

한편, 영지의 중심부에 위치한 내성은 약간 높은 지대에 세워져 있다. 10m 높이의 성벽으로 둘러싸여 있으며, 두 개의 든든한 문이 있다. 해자는 파여 있지 않다.

가히 난공불락의 성이라 불려도 과언이 아니다.

"흐음, 성벽을 만들면서 치(雉)들을 조성했다면 더 효과적으로 방어할 수 있을 텐데."

치란 고구려가 쌓은 성벽에서 볼 수 있는 것이다.

성벽의 일부를 돌출시켜 궁수로 하여금 삼면에서 공격할 수 있도록 하는 방어시설이다.

"이왕이면 여장(女墻)도 쌓으면 더 나을 텐데."

여장이란 성벽 위에 설치하는 낮은 담장이다. 성벽 위의 병사들을 보호하는 한편 효과적으로 공격하기 위한 시설이다. 이를 여담 또는 여첩(女堞), 타(垜), 성가퀴 등으로 다양하게 부른다.

"하인스님!"

"아! 아델."

숙소로 돌아오자 기다리고 있던 것은 현수가 구해준 아델이었다.

"아가씨께서 전에 드셨던 음식을 먹고 싶으시대요. 주방으로 가서서 요리해 주셨으면 좋겠다고 말씀하셨어요."

"그래요? 그럼 그럽시다."

어차피 할 일도 없는 판이니 요리 연습이라도 해야겠다는 생각에 흔쾌히 따라 나섰다.

내성의 주방은 다른 곳과 달리 환해서 좋았다.

"네가 하인스냐?"

"……?"

다짜고짜 인상 쓰며 묻는 이는 나이 50쯤 된 뚱뚱한 사내였다. 기분이 상해 현수가 대꾸를 하지 않자 아델이 나선다.

"내성의 주방장이신 루갈 아저씨에요."

"그래요? 제가 하인스 맞습니다."

"……! 어떤 음식으로 아가씨를 꼬여냈는지 모르지만 주방 사용을 허락한다."

말을 마친 루갈이 몸을 돌려 나간다. 자신의 영역을 침범 당했다 여기는 듯하다. 그러거나 말거나이다!

현수가 시선을 돌리자 주방에 배속된 하녀들이 일제히 고개를 숙인다. 주방에 있으면서도 잘 먹지 못해 그러는지 초췌하다.

방금 전에 나간 뚱뚱보 루갈과 너무 비교된다.

"새로 오신 주방장님이신가요?"

버짐 핀 얼굴로 조심스럽게 묻는 하녀는 현수의 표정을 살폈다. 루갈 같은 독재자가 아니길 기원하는 눈빛이다.

현수는 대답 대신 아델을 바라보았다.

"아델, 내가 주방장이 된 거야?"

"글쎄요? 그건 모르겠고, 아가씨께서 하인스님이 만든 음식을 먹고 싶다고 주방에서 요리해 주셨으면 좋겠다는 말씀만 있었어요. 그래서 신임 주방장님이 되신 건지는 알 수 없어요."

"흐음, 그래? 일단 오늘 저녁에 먹을 요리를 나더러 하라는 거지?"

"네, 영주님과 가족 분들이 드실 요리를 부탁하셨어요."

"인원은?"

"먼저 영주님과 대부인 마님, 그리고 작은 부인 두 분이 계세요. 그리고 아드님이 여섯, 따님이 다섯 분 계세요."

"그럼 전부해서 15인분인가?"

"거기에 몇몇 귀족 분들과 그분들의 가족들이 초대되었어요. 그래서 전체 인원은 70명분 정도 될 거예요."

"좋아, 70인분! 식재료는 어디에 있지?"

"주방장님, 식재료는 저쪽 창고에 있습니다."

조금 전 현수에게 주방장이냐고 물었던 하녀이다.

"아가씨 이름은 뭐지?"

"저, 저는 루시아라고 해요."

눈빛만 받아도 몹시 두렵다는 표정이다.

"좋아, 루시아. 식재료 창고로 안내 좀 부탁해도 될까?"

"네에, 따라오세요."

현수가 루시아의 뒤를 따라 나가자 지금껏 숨죽이고 있던 주방 하녀들이 안도의 한숨을 내쉰다.

새로운 권력자가 될지도 모르는 사람이 루갈보다는 훨씬 나긋나긋하다. 하여 '이제는 안심이다!' 라는 표정들이다.

그러는 한편 기대에 찬 표정이기도 하다.

루갈은 50대 뚱뚱보, 하인스는 20대 중반의 잘생긴 미남이다.

루갈의 강요에 의해 그의 욕정을 풀어주는 것보다는 젊은 청년과 함께하는 편이 낫다. 그렇기에 묘한 표정을 짓고 있는 것이다.

"흐으음……!"

예상했던 대로이다.

명색이 영주성인지라 보존 마법이 걸린 식재료 창고가 있다.

그런데 마법사의 써클이 낮아서 그런지, 수확한 지 오래되어 그런지 알 수는 없지만 채소들이 싱싱하지 못하다. 다만 고기들은 싱싱한 편이다. 필요할 때마다 새로 도축해서 보관하기 때문일 것이다.

"루시아! 가서 하녀들을 불러오겠소?"

"네, 주방장님."

이유는 없다. 위에서 시키면 무조건 따라야 한다.

사실 루시아는 현수를 안내하면서 식재료 창고에서 몸을 줘야 할 상황을 상상했다. 실제로 루갈 주방장은 대낮에도 하녀들을 식재료 창고로 데리고 가곤 했다.

그렇기에 루시아의 이런 상상은 전혀 발칙하지 않다. 그게 율리안 영지 주방의 관행이며, 법도이기 때문이다.

"흐음, 내가 만드는 요리를 이런 재료로 만들 수는 없지."

현수는 아공간에 담겨 있던 채소들을 꺼냈다. 그리곤 적당히 섞어두었다. 쉽게 눈치채지 못하게 하기 위함이다.

잠시 후, 현수가 꺼냈던 식재료는 모두 주방으로 옮겨졌다.

"깨끗하게 세척해."

"네, 주방장님!"

현수의 말 한마디에 일곱 명의 주방 하녀의 움직임이 분주하다. 자칫 눈 밖에 나면 큰일이라는 듯 정말 열심이다.

모든 재료가 준비되는 동안 현수는 조리기구들을 살펴보았다. 현대의 그것과 별반 다르지 않다. 한 가지 문제는 화력이다.

주방 밖으로 나가 화력이 좋은 숯을 꺼냈다.

다음엔 주방의 화덕을 약간 개조했다. 모든 준비를 갖추곤 흐뭇하다는 미소를 지었다. 요리할 마음이 생긴 것이다.

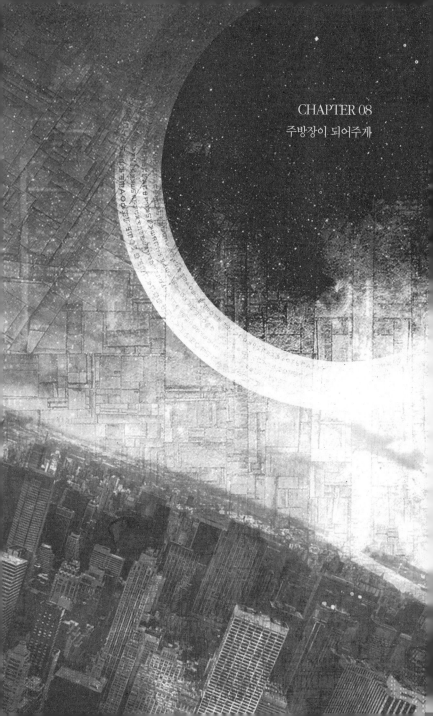

CHAPTER 08
주방장이 되어주께

"흐음, 이제 되었군. 슬슬 시작해 볼까?"

요리할 음식들은 이미 구상되었다. 양념 불고기, 잡채, 샤실릭, 뻴메니, 샤우르마, 블린, 보르쉬, 솔랸카 등이다.

하녀들의 시중을 받아가며 만드는 요리는 즐거웠다.

'이걸 저어' 그러면 젓고, '이걸 살살 뒤집어' 라고 하면 마음에 꼭 들게 뒤집었다.

한편, 하녀들은 생전 듣도 보도 못한 요리들이 만들어지는 과정을 지켜보면서 깜짝 놀랐다.

냄새가 상상을 초월했던 때문이다.

하여 시중드는 동안 수없이 많은 침을 삼켰다. 하지만 자신들의 뱃속으로 들어가는 것은 없을 것이라 체념했다.

지금껏 루갈은 하녀들에게 음식을 주지 않았다.

남아서 버릴 때에도 그랬다. 하늘같은 영주님과 하녀가 같은 음식을 먹을 수는 없다는 생각 때문이다.

이윽고 현란한 솜씨의 결과 모든 요리가 만들어졌다.

그야말로 지지고, 볶고, 끓이고, 데치고, 삶고, 조리고 등등 거의 모든 조리 행위가 있었던 것이다.

하녀들은 그런 움직임을 보며 멍한 표정이 되었다. 너무도 현란한 움직임이기에 하나의 예술 작품을 감상하는 마음이 든 때문이다.

아무튼 내어 가는 순서에 따라 음식들을 담기 시작했다.

"루시아! 이걸 식탁으로······. 조금 전에 말했던 그 순서대로 서빙해야 하는 거 알지?"

"네, 주방장님."

루갈은 하녀들이 조금만 실수해도 욕을 하거나 걷어찼다. 그런데 신임 주방장은 실수를 많이 해도 너그럽게 용서해 주었다.

그래서 그런지 생긋 미소까지 짓는다. 무섭지 않다는 것을 파악했다는 뜻이다.

서빙을 하고도 음식은 많이 남는다. 족히 50인분은 된다.

현수는 하녀들이 분주히 주방을 떠나자 중앙의 조리 탁자 위의 물건들을 모두 치웠다. 그리곤 아공간에서 홑이불을 꺼내 펼쳤다.

레이스 달린 식탁보도 있지만 크기가 너무 작아서이다.

어쨌거나 화사한 꽃무늬가 그려진 홑이불은 식탁보 역할을 훌륭하게 수행했다.

다음엔 보기 좋은 접시에 나머지 음식들을 세팅했다. 하녀들이 앉을 만한 의자 역할을 할 것들도 끌어다 놓았다.

아공간에서 포크와 나이프, 그리고 숟가락도 꺼내 놓았다. 이계의 물건이라는 것을 알 리 없기 때문이다.

"어머나, 세상에……! 주방장님……!"

서빙을 마치고 돌아온 루시아의 입에서 감탄사가 터져 나온다.

나후엘 자작의 식탁보다 훨씬 나은 상차림이 차려져 있었던 때문이다. 하긴 그릇 자체가 다르다.

한국도자기에서 만든 도자기이니 아르센 대륙의 투박한 질 그릇은 명함도 못 내밀 상황이다.

게다가 자작의 식탁에도 깔지 않는 화사한 식탁보는 또 뭐란 말인가! 여기에 반짝이는 포크와 나이프, 그리고 숟가락도 있다.

한 번도 보지 못한 진귀한 물건들이다.

"자자, 여기 앉아요."

"네? 저요……?"

루시아의 눈이 휘둥그레진다.

하녀 따위가 저 대단한 식탁에 어찌 앉는단 말인가!

공주님이나 앉아야 할 호화찬란한 식탁이다. 거기에 음식들은……!

루시아는 제 허벅지를 꼬집어보았다. 너무 세게 꼬집어 저절로 이맛살이 찌푸려진다.

이런 모습을 본 현수가 빙그레 웃었다.

"자, 레이디 루시아! 여기 앉아요."

현수가 의자까지 빼준다.

'신임 주방장님은 내가 마음에 든 건가?'

루시아는 현수의 눈치를 살폈다. 여전히 부드러운 미소를 짓고 있다. 저러다 변태처럼 돌변하는 것은 아니겠지 하는 마음이 든다.

"루시아, 음식 식어! 어서 앉아서 먹자. 나도 시장하거든."

"저, 정말이세요?"

"그래, 음식 많이 남았잖아. 자, 어서 앉아."

"……! 네에."

왠지 믿어지지 않는 상황이지만 루시아는 의자에 앉았다. 냄새만으로도 침을 삼키게 했던 음식을 먹고 싶었기 때문이다.

"어머, 루시아!"

서빙을 마치고 온 또 다른 시녀가 화들짝 놀라는 표정을 짓는다. 주방의 상황이 믿어지지 않기 때문이다.

"아가씨도 여기 앉아요."

"네? 방금 뭐라 하셨어요?"

"우리도 먹어야 하지 않나요? 어서 앉아요."

"저, 정말이세요?"

하녀는 정말 믿을 수 없다는 표정이다. 조금 전의 루시아처럼 제 허벅지라도 꼬집었는지 아픈 표정을 짓는다.

현수는 부드러운 미소를 지었다.

"루시아도 앉아 있는데. 보면 몰라요?"

"아! 네에."

나머지 하녀들도 모두 돌아왔다. 서빙은 주방 하녀들의 몫이고 식사하는 동안의 시중은 시종들이 맡는다고 한다.

음식이 모자라면 시종들이 가지러 올 것이다.

어쨌거나 하녀들이 음식을 먹기 시작했다. 생전 처음 보는 음식이지만 정말 맛있게들 먹는다.

그렇게 식사를 하고 있는데 시종 가운데 하나가 왔다. 그런데 눈으로 보고 있으면서도 도저히 믿을 수 없는 광경에 놀란 모양이다.

"세상에 맙소사……! 어떻게 이런 일이……!"

"음식이 더 필요한가요?"

"아! 네에, 하인스님이시죠? 아가씨께서 이 음식을 더 달라고 하십니다."

예상대로 양념 불고기이다. 현수는 두말 않고 새 접시에 수북하게 담아주었다.

"또 음식이 필요하면 와도 좋아요. 배가 고프면 여기서 조금 먹어도 되고요."

"저, 정말이요? 정말이십니까?"

젊은 시종은 말까지 더듬는다. 자작 일가와 귀족들이 먹는 모습을 보면서 얼마나 먹고 싶었는지 모른다.

특히 양념 불고기와 잡채 냄새 때문에 환장할 지경이었던 것이다.

"보고도 몰라요? 자, 어서 갔다가 와요."

"네? 네에."

시종이 서둘러 간다. 그리고 얼마 지나지 않아 또 왔다. 이번엔 샤실릭을 추가로 달라고 한다.

현수는 기다란 쇠꼬챙이에 절인 고기와 야채 등을 꽂아서 숯불에 구웠다. 그러는 동안 시종은 허겁지겁 음식의 맛을 보았다.

"자, 여기……!"

"고맙습니다. 주방장님!"

시종이 깊숙이 고개 숙여 감사의 뜻을 표한다. 세상에 태어난 이래 가장 맛있는 음식을 맛보게 해준 대가이다.

"고맙긴……! 배고프면 또 와요."

"네에."

시종이 갈 즈음 하녀들의 식사가 끝났다. 모두 부른 배를 쓰다듬으며 만족했다는 미소를 짓는다.

이보다 조금 앞선 순간, 자작 일가가 식사를 하는 홀에선 연신 감탄사가 터져 나온다.

접시에 담겨 나오는 음식마다 그야말로 맛이 끝내준 때문이다.

"세상에……! 이게 뭐기에 이런 맛이……!"

"우와! 이건 진짜……! 이걸 어떻게 말로 표현하죠?"

"어머나! 이 맛은……! 대체 어떻게 요리하기에 이런 맛이 나죠?"

"세상에나 맙소사나! 정말 맛이 있습니다."

"자작님! 오늘의 초대 영원히 잊지 못할 겁니다. 고맙습니다."

"자작님! 주방장이 바뀐 건가요?"

"정말 맛이 있어요. 셋이 먹다 둘이 죽어도 모를 맛이에요."

……

감탄사는 계속해서 이어졌다.

나후엘 자작 역시 환상적인 맛에 눈을 크게 떴다. 귀족의 자식으로 태어나 현재에 이르기까지 상당히 많은 연회에 참석한 바 있다.

부친이 사고사 한 후 후계를 이으러 왕궁에 갔을 때에도 여러 번 연회 음식들을 먹어보았다.

오래토록 율리안 영지를 건사하기 위해 거의 모든 고위 귀족에게 인사를 했다. 그때마다 음식을 먹었다.

백작, 후작은 물론이고, 공작과 대공가까지 방문했었다.

하지만 오늘 먹은 이 음식보다 더 먹음직스럽고, 더 맛있는 음식은 맹세코 단 한 번도 없었다.

하여 놀라고 있는데 귀족들의 찬사가 계속해서 이어진다. 모두 칭찬 일색이다. 그것도 평범하고 의례적인 칭찬이 아니다.

모두가 진심 어린 감탄을 하고 있다.

연회의 주최자로서 당연히 기분 좋은 일이다. 이때 곁에 앉아 있던 엘리시아가 나직이 속삭인다.

"거봐요, 아버지! 하인스를 고용하게 한 거 잘한 거죠?"

"……! 그래, 정말 대단한 요리사구나."

나후엘 자작은 고개를 끄덕이지 않을 수 없었다.

엘리시아로부터 하인스가 요리를 잘한다는 소리를 들은 바 있다. 하지만 굳이 고용할 생각까진 없었다.

루갈도 한 요리 하는 요리사이기 때문이다.

하지만 이처럼 대단할 것이란 상상조차 못하고 있었기에 마치 강편치로 한 대 맞은 듯 놀란 상황이다.

"그럼 고용하는 걸로 하는 거예요. 전 하인스님이 만들어준 요리 아니면 못 먹으니까요. 아셨죠?"

"그, 그래!"

귀족들의 계속된 감탄사가 나후엘 자작을 세뇌라도 했나 보다.

나후엘 자작은 저도 모르게 허락한다는 말을 하고 말았다.

한편, 주방에선 허겁지겁 음식을 먹는 시종들로 북적이고 있다. 맨 처음 왔던 시종이 다른 시종들에게 말한 결과이다.

하녀들은 비워지는 접시를 닦으며 감탄사를 터뜨린다.

너무도 화려하고 유려한 무늬!

그리고 단 한 치도 다르지 않은 크기에 놀란 것이다. 물론 회수되었고, 모두 아공간에 담겼다.

"하인스!"

"네, 자작님!"

귀족들이 모두 물러간 후 현수는 자작에게 불려갔다.

"음식 맛있었네."

"입맛에 맞으신 모양이군요. 감사합니다."

음식을 만든 요리사로서 맛있게 먹어준 사람에게 사의를 표했다.

"엘리시아로부터 요리를 잘 한다는 소리는 들었지만 이 정도인지는 몰랐네. 자네에게 내성의 주방을 맡기고 싶네."

"네……?"

"엘리시아로부터 이곳에 당도하면 따로 고용하겠다는 이야길 듣지 못했나? 자넬 용병이 아닌 주방장으로 고용하겠다는 뜻이네."

"저어, 자작님!"

"말하게."

"엘리시아 아가씨로부터 그런 이야긴 들었지만 주방장으로 고용되고 싶지는 않습니다."

평범한 C급 용병보다는 자작가의 주방장이 되는 편이 훨씬 안전하고 벌이도 좋다. 그렇기에 당연히 '앞으로 열심히 하겠습니다' 라는 말을 들을 줄 알았던 나후엘 자작이 놀라는 표정을 짓는다.

"왜……? 그게 아니라면 왜 일행과 떨어져 여기에 남았지?"

"세상에 호기심이 많아서입니다."

"호기심이라니?"

"조만간 라수스 협곡으로 들어가 볼 생각입니다."

"뭐어? 라수스 협곡으로 들어간다고? 죽을 생각인가?"

"아닙니다. 그 너머엔 어떤 동네가 있을지 궁금한 것뿐입니다."

"미쳤군······!"

나후엘 자작은 말도 안 된다는 표정을 짓는다.

자랑거리인 검은 철퇴 기사단 전원을 이끌고 들어가도 생존율이 0%일 것이라 확신한다.

50여 년 전, 왕명으로 1,000명으로 구성된 기사단이 길을 뚫겠다며 라수스 협곡으로 진입한 바 있다. 전원 소드 익스퍼트 초급 이상이었다.

결과는 전멸이다. 레드 드래곤과 드래고니안들의 공격을 받아 모조리 시체가 되었다.

원정대에 왕자가 포함되어 있었기에 시신이라도 거둘 목적으로 기사와 용병 1,500여 명이 재차 진입했다. 최하가 소드 익스퍼트 중급 이상이었다.

그 결과도 전멸이다.

이후론 어느 누구도 라수스 협곡으로 들어가지 않았다. 아니, 못했다. 죽을 것이 뻔하기 때문이다.

"더 하실 말씀 없으시면 이만 돌아가겠습니다."

"······!"

눈앞의 젊은이는 음식 솜씨가 환상적이다. 그런데 미친놈이다. 그렇기에 나후엘 자작은 잠시 아무런 말도 하지 않았다.

"여기 머무는 동안엔 언제든 불러주십시오. 졸렬한 솜씨지만 영주님께 음식을 만들어 드리겠습니다."

"좋네, 그렇게 하게. 이곳을 떠나는 날까지 자네는 내성의 주방장이네. 그에 합당한 보수는 지급하겠네."

"네, 열심히 해보겠습니다."

현수는 다음날 아침부터 나후엘 자작의 심기를 불편하게 했다. 물론 음식 맛이 너무 좋아서이다.

아침 메뉴는 카레라이스였다. 독특하지만 환상적인 맛이라는 표현을 들었다.

점심 땐 국물 맛이 끝내주는 부대찌개를 선보였다.

왜 더 만들지 않았느냐는 말이 나왔다. 나후엘 자작은 다 먹고도 숟가락을 빨았다. 더 없는 게 아쉬웠던 모양이다.

저녁식사를 할 때가 되자 음식이 만들어지기도 전에 자작 일가가 식탁에 앉아 대기했다.

현수는 갈비찜으로 이들 모두를 넉 다운시켰다.

물론 이 모든 요리를 주방 하녀와 시종들도 맛보았다. 심지어 심기 불편한 루갈까지 먹어봤다.

루갈은 내내 침통한 표정을 지었다. 속이야 어떤지 모르지만 깊은 반성의 시간이었을 것이다.

영주에게 저녁을 만들어준 현수는 빌모아 대장간으로 향했다.

"영감님! 다 되었습니까?"

"어? 너, 너는……. 아, 아직 안 되었어."

"에이, 장인이라면서 뭐 그래요? 설마 그까짓 걸 못 만들어서 그러는 건 아니겠죠?"

"그, 그럼! 아암, 아니지. 전에도 말했지? 나는 빌모아 가문

의 대통을 이을 뻔한 장인이야. 당연히 만들 수 있지. 근데 주
문이 너무 밀려서……. 시간이 조금 더 필요하네."

"좋아요. 그럴 수도 있죠. 그럼 한 이틀이면 되죠?"

"그, 그럼. 이, 이틀 뒤에 오게."

대장간을 나서는 현수는 빙긋 웃었다. 당황하는 케린도 빌
모아의 표정 때문이다.

이날도 음식으로 자작 일가를 초토화시켰다.

아침엔 평범한 스테이크를 구워서 주었다. 물론 각종 소스
는 아공간에서 꺼낸 것이다. 저녁엔 탕수육을 만들었다.

오늘 점심은 루갈의 강력한 요청에 따라 그가 만들었다. 나
름대로 최상의 재료를 동원하여 있는 솜씨 없는 솜씨를 모두
부렸다.

결과는 낙제이다.

루갈은 3분의 2 이상 남은 채 되돌아 온 접시들을 보고 고개
를 떨구었다. 요리 인생 35년이 허무하게 스러진 느낌이 든 때
문이다.

결국 다시 한 번 불러 들어갔다.

"정녕 본 가의 주방장이 될 마음이 없는가?"

"네, 준비가 갖춰지는 대로 라수스 협곡으로 들어갈 생각입
니다."

"끄으응……!"

나후엘 자작은 침음을 냈다. 하인스가 떠나고 다시 루갈의
음식을 먹을 생각을 하니 앞이 깜깜했다.

"자네, 엘리시아와 헤어질 생각인가?"

"네……?"

나후엘 자작이 저도 모르게 한 말이다. 어떻게든 하인스를 붙잡고 싶다. 마침 막내딸이 좋아하는 모양이다.

비록 평민이지만 음식 솜씨가 끝내준다. 그렇기에 엘리시아를 줄 생각까지 한 것이다.

현수는 처음엔 무슨 말인지 몰라 반문했다.

그러다 이내 속마음을 깨달았다. 귀여워하는 막내딸까지 주면서 자신을 잡으려는 것을 알게 된 것이다.

"자작님! 저는 평민입니다. 어찌 감히 엘리시아 아가씨처럼 고귀한 분을 넘보겠습니까? 추호도 그런 마음 없으니 말씀 거두십시오."

"그, 그러게."

자신의 말실수라는 것을 깨닫고 후회하던 차이기에 얼른 주워 담는 자작이다. 하지만 여전히 아쉽다는 표정이다.

다음 날 아침, 현수는 또 다시 아침식사를 준비했다. 루갈은 스스로 주방보조가 되겠다며 가르침을 청했다.

하녀들은 좋았던 시간이 끝났다는 표정을 짓는다. 하지만 어쩌겠는가! 이곳의 원래 주인은 루갈이다.

현수는 아침식사로 햄버거를 만들었다. 루갈은 빵 사이에 고기와 야채를 끼워 먹는다는 말에 놀라는 표정이다.

이 같은 음식 조합을 상상조차 해본 적이 없기 때문이다.

점심식사도 준비했다. 닭볶음탕이다. 다만 매운 맛을 조금

덜하게 만들었다.

루갈은 본 적도 없는 식재료를 대체 어디서 구해오느냐고 물었다. 이에 현수는 가까운 숲에서 얻었다고 둘러댔다.

점심을 마치고 저녁은 무엇으로 만들까를 고심하고 있는데 요란한 종소리가 들린다.

땡, 땡, 땡, 땡, 땡, 땡……!

"몬스터다! 몬스터가 공격해 온다!"

땡, 땡, 땡, 땡, 땡, 땡……!

"몬스터가 공격해 온다고! 병사들은 어서 성벽 위로……."

창밖으로 내다보니 병사들이 분주하게 움직인다.

"……?"

"여긴 봄만 되면 몬스터들이 공격해 와요."

현수의 궁금증을 풀어준 것은 루시아였다. 신임 주방장이 온 이후 한결 일하기 편하다. 고함도 치지 않고, 욕도 하지 않는다.

때리지도 않고, 몸을 요구하지도 않는다.

음식을 만들면 자신들도 먹을 수 있게 해주고, 남은 것은 가족들과 먹으라며 싸준다.

신임 주방장은 신이 보낸 선물이다. 그렇기에 루시아를 비롯한 일곱 하녀는 하인스를 신처럼 떠받든다.

루갈처럼 몸을 요구했다면 모두가 기꺼이 옷을 벗었을 것이다.

그렇기에 그가 궁금해하는 표정을 짓자 얼른 설명해 준 것이다.

"매해 봄마다?"

"네, 이때쯤이면 숲에도 먹을 게 없어서 산 밑으로 내려온
대요."

"그럼 성 밖에 사는 사람들은?"

"벌써 며칠 전에 전부 성안으로 들어와서 살아요. 안 그럼
몬스터에게 먹히거든요."

나후엘 자작은 욕심만 많고 못된 귀족이 아니다. 이곳 나후
엘 영지는 라수스 협곡 인근인지라 몬스터의 출몰이 잦은 지
역이다.

이런 곳의 영지를 유지하려면 영지민들의 숫자가 일정 수
이상이어야 한다. 그렇기에 영지민들에게 비교적 유(柔)하게
대하고 있다.

"그럼 병사들만의 힘으로 몬스터들을 막아내는 거야?"

"네, 검은 철퇴 기사단의 지휘를 받아 병사들이 막아내지요."

"으음……!"

현수는 이맛살을 찌푸렸다. 루시아의 말이 믿기지 않아서이
다. 산에서 쏟아져 오는 몬스터들의 숫자가 상당히 많다.

그런데 그간 파악한 바에 의하면 검은 철퇴 기사단은 총원
이 35명뿐이다. 이들 하나하나가 병사들 20명씩을 지휘한다
해도 735명이다.

그런데 몬스터의 숫자는 10,000이 넘는 것처럼 보인다.

땡, 땡, 땡, 땡, 땡, 땡……!

"몬스터다! 몬스터가 공격해 온다!"

요란한 경종 소리는 계속되고 있었다. 병사들은 성벽 위에 준비해 놓았던 화살이며 창 등을 계속해서 끄집어내고 있다.

다른 쪽을 살피던 중 누각 위에 올라선 나후엘 자작의 모습이 보인다. 몬스터의 침입을 살피는 모양이다.

표정이 밝지 못하다. 하긴 몬스터들이 다가오고 있는데 웃고 있으면 이상할 것이다. 하지만 늘 있었던 일이라면 저 정도는 아니어야 한다. 심각하다는 표정이었던 것이다.

"으음……!"

집히는 바가 있기에 시선을 외성 쪽으로 돌렸다.

"안 되겠군."

주방을 빠져나온 현수는 외성 성벽으로 올라갔다.

영지민들이 병사들을 위해 각종 병장기들을 운반하는 상황이기에 올라서는 것은 쉬웠다.

"오크들이군! 근데 엄청나게 많군."

적게 잡아도 일만 이상이다.

우와우와 꿰에엑! 꿰에에! 우와우와……!

소리를 지르며 쇄도하는 오크 무리를 본 병사의 눈에 긴장의 빛이 아닌 공포의 빛이 떠돈다.

마치 시커먼 물결이 다가오는 것 같기 때문이다.

현수는 자신의 생각이 맞았음에 고개를 끄덕였다. 오늘의 몬스터 침공은 이전의 그것에 비해 숫자가 훨씬 많은 것이다.

"모두 들어라! 놈들은 오크들이다. 우리의 힘만으로도 능히 물리칠 수 있다. 우리에겐 성벽이라는 아군이 있다. 안 그런가?"

검은 철퇴 기사단의 단장 라임하르트 남작의 말에 병사들이 고함을 지른다.

"와아아아! 우린 할 수 있다! 할 수 있다! 와아아아……!"

"모두 제자리를 지켜라! 평상시 훈련한 대로만 하면 물리칠 수 있다. 겁을 먹고 물러나면 그 자리로 몬스터들이 들어온다. 그러면 너와 네 가족들이 놈들의 먹이가 된다. 그러길 바라는가!"

"아닙니다."

"그럼 죽을 각오로 현 위치를 고수해라. 우리는 해낼 것이다. 몬스터들을 물리치고 행복하게 살 수 있다는 말이다. 알겠는가?"

"네, 알겠습니다!"

병사들이 소리치지만 현수의 눈에는 위태로움이 보인다. 다가오는 홍수를 창호지로 막으려는 것처럼 보였기 때문이다.

"으으음……!"

꿰에엑! 췌에에엑! 꿰에에엑!

오크들이 성벽을 기어오르기 시작한다.

"돌을 던져라! 단 한 놈도 허용해선 안 된다. 놈들의 먹을 따라."

"와아아아! 죽어라. 이 빌어먹을 오크 놈아!"

드디어 전투가 시작되었다. 현수가 있는 곳으로도 오크들이 기어오른다.

"제기랄……! 할 수 없군."

현수 역시 칼을 뽑아 들었다. 그리곤 오르려는 놈들의 발목을 베어버렸다.

꿰에에엑! 쿵! 케엑! 꿰에에엑! 쿠당탕! 꿰엑!

높이가 있다 보니 떨어지면 절반은 충격 때문에 죽는 모양이다.

죽지 않았다 하더라도 손 역할을 하던 발목이 베어져 더 이상 기어오르진 못한다.

"야앗! 죽어라. 이 괴물아!"

퍼억—! 꿰에에엑!

"아악! 아아아악!"

흘깃 바라보니 옆에 있던 병사의 어깨가 뭉개져 있다. 강력한 일격에 맞은 탓이다.

그러는 사이에 성벽에 올라선 오크가 병사의 머리를 짓밟는다.

빠지직—!

"케엑!"

병사의 두개골이 깨지면서 허연 뇌수가 흘러나온다.

"이런 빌어먹을……! 죽어랏!"

현수가 검을 휘둘러 오크를 베어버렸다.

쒜에에엑—! 파직!

꿰에에엑!

병사를 죽였던 오크의 대가리가 허공으로 솟는가 싶더니 초록색 피가 사방으로 흩어진다.

"아아악……!"

또 비명 소리가 들려 시선을 돌려보니 병사 하나에 오크 세 마리가 달라붙어 공격하고 있다.

죽었는지 축 늘어진 병사의 사체를 성벽 아래로 떨군다. 곧 오크들이 달라붙어 마구 뜯어먹는다.

가히 목불인견(目不忍見)이다.

그러고 보니 성벽 아래 곳곳에서 같은 일이 벌어지고 있다. 굶주린 오크들이 병사들의 시체를 먹고 있는 것이다.

"이런 빌어먹을……! 죽어랏!"

분기탱천한 현수가 검을 휘둘러 오크들을 베어냈다.

워낙 숫자의 차이가 많아서인지 성벽 곳곳에서 이런 상황이 빚어지고 있다. 하지만 지원군은 없다.

율리안 영지는 고립된 지역이나 다름없는 곳에 위치해 있기 때문이다. 흘깃 바라보니 외성에 있던 사람들이 내성으로 소개(疏開)되고 있다.

외성만으론 버텨낼 수 없다는 판단을 내린 듯하다.

이때였다.

뿌우우우웅! 뿌우우우웅!

"모두 후퇴하라! 모두 후퇴하라!"

오크들이 워낙 시끄럽게 소리를 지르고 있기에 라임하르트 남작의 음성인지 구분되지 않는다.

꿰에엑! 꿰에에엑!

오크들은 자신들이 승기를 잡았다 판단하는지 괴성을 지르며 일제히 달려들었다.

　같은 순간, 시선을 돌려본 현수는 자신과 병사 셋이 고립되었다는 것을 알았다.

　인근에 있던 병사들이 죽으면서 오크들이 난입한 때문이다.

　"모두 이쪽으로……!"

　현수의 말에 병사들이 얼른 다가온다. 혼자서 여러 마리를 상대하는 것을 본 모양이다.

　"후퇴하라는 명이 떨어졌소. 내가 후미를 맡을 테니 여러분들은 내성으로 가는 길을 뚫으시오."

　"알겠습니다. 고맙습니다."

　후퇴할 때 가장 위험한 곳이 바로 후미이다. 적에게 등을 보여야 하기 때문이다.

　병사 셋이 길을 뚫는 동안 현수는 달려드는 오크들을 베었다.

　샤프니스와 스트랭스가 인챈트되어 있기에 놈들의 몸을 무베듯 벨 수 있었다.

　"블로우 업 파워! 헤이스트!"

　현수가 나직이 중얼거리자 병사들이 움직임이 빨라진다.

　꿰에엑!

　"인간, 죽어라! 케엑!"

　어눌한 말투의 오크를 베어내자 초록색 피가 튄다.

　그러거나 말거나 계속해서 달려드는 오크들을 베어냈다.

　"바디 리프레쉬!"

　현수의 입술이 다시 한 번 달싹이자 현저히 느려졌던 병사들의 움직임이 되살아난다. 피로가 단번에 사라진 결과이다.

하지만 병사들은 모른다. 지금은 언제 죽을지 모를 위기 상황이기 때문이다. 하여 혼신의 힘을 다해 베고 찔렀다.

평상시 훈련이 고되었었는지 병사들은 예상 이상의 실력이었다. 최소 D급은 되어 보이는 솜씨였다.

그러나 워낙 많은 오크를 상대해야 했기에 전신에서 선혈이 솟는다. 많은 상처를 입은 것이다.

어쨌거나 병사 셋과 현수가 혈로를 뚫는 사이에 내성의 문은 거의 닫히고 있었다.

한편, 오크들은 외성의 성문을 활짝 열어 제쳤다. 그 결과 엄청난 수가 안으로 난입하고 있다.

"이런 제기랄……! 조금 더 힘내시오."

고개를 돌렸던 병사의 얼굴이 하얗게 질린다. 최소 5천 마리 이상의 오크가 쫓아오고 있다는 사실을 알게 된 때문이다.

사람이란 위기의 순간이 되면 본래 가졌던 힘의 몇 배를 보인다고 했던가! 지금의 병사들이 그렇다.

혼신의 힘을 다해 다가오는 오크들을 베고 또 베었다.

"성문을 닫아라!"

끼이이이이—!

누군가의 명에 따라 내성의 성문이 조금씩 닫힌다. 워낙 육중하기에 금방 닫히지는 않을 것이다.

현수는 닫히는 성문과의 거리를 계산했다. 지금의 속도라면 문이 닫힌 뒤에나 당도한다.

그럼 병사들 셋은 오크의 먹이가 된다.

"이런 빌어먹을……! 우리는 보이지도 않나? 제기랄……!"

한편, 명을 내린 라임하르트 남작은 현수네 팀 이외의 네 팀이 고전하는 모습을 보고 있었다.

말은 안 하지만 이들 네 팀 모두 오크에게 당할 것이라 생각했다. 전진 속도는 느리고, 놈들의 숫자는 점점 많아진다.

그렇다면 결과는 뻔하다. 이들을 살리기 위해 성문을 늦게 닫으면 오크들이 난입하게 된다. 그럼 더 많은 사람들이 죽을 것이다.

그렇기에 눈물을 머금고 문을 닫으라 명한 것이다.

"안 되겠습니다. 내가 선두에 설 터이니 여러분들이 뒤를 맡아주십시오. 이 속도로는 문이 닫히기 전에 당도할 수 없습니다."

"알겠습니다. 앞을 맡아주십시오."

현수는 실력을 감추고 있을 때가 아니라는 판단을 내렸다.

그렇기에 선두를 맡자마자 검기를 뿜어냈다. 시퍼런 오러가 쭉 뿜어져 나가자 흉악한 표정으로 쇄도하던 오크들이 주춤거린다.

"야아아압!"

쒜에에엑!

퍼억! 쉬릭! 싸악! 파직……!

페엑! 꾸아악! 케엑! 컥! 끄아악……!

단 한 번의 칼질에 여섯 마리 오크가 반 토막이 되었다.

뒤따르던 병사들은 시퍼런 오러를 뿜어내는 현수는 보고는 놀라는 표정을 짓는다. 라임하르트 남작보다도 월등하기 때문이다.

"차아앗! 죽엇!"

쑤아아앙ㅡ!

요란한 파공음에 이러 파육음이 들린다. 오크들의 살과 뼈가 베어지는 소리이다.

퍽! 파직! 스윽! 퍼억! 퍽! 파직! 스윽! 쉬릭! 파곽……!

펙! 켁! 커컥! 끄악! 케엑! 끄아악! 퀘엑! 끄윽! 컥! 커컥……!

단 한 번 칼질에 열 마리 오크가 죽어 자빠진다.

현수는 계속해서 전진하며 베고 또 베었다. 그렇게 10분쯤 지났을 무렵 고전하던 병사와 기사를 만나게 되었다.

기사 하나에 병사가 여섯이다. 모두가 선혈 범벅이다. 너무 지쳐 헉헉대는 숨소리가 가쁘다.

"헉, 헉! 고, 고맙소! 헉, 헉……!"

장검을 늘어뜨린 기사가 고맙다고 고개를 숙인다. 방금 죽을 뻔한 위기를 현수가 구해준 때문이다.

CHAPTER 09
혈로, 그리고 드러난 신위!

　"자, 이러고 있을 시간 없습니다. 제가 앞장설 테니 뒤를 맡아주십시오."

　말을 마친 현수는 대답을 기다릴 필요가 없다는 듯 앞서 나아가기 시작했다. 오크들이 앞을 가로막았지만 현수에겐 상대되지 않는다.

　이들 일만과 맞붙어도 결코 당하지 않는다. 바디 리프레쉬라는 마법 하나만으로도 감당해 낼 수 있다.

　하지만 뒤에는 열 명이 있다. 현수가 사라지면 이들은 금방 오크의 먹이가 된다. 그렇기에 검을 휘두르고 또 휘둘렀다.

　잠시 후, 또 다른 사람들을 구해냈다. 이번엔 기사 셋에 병사 넷이다. 지칠 대로 지친 표정이다.

그야말로 악전고투를 한 때문이다.

한편, 내성 성벽 위에서 밑을 내려다보던 라임하르트 남작은 경악했다는 표정을 짓고 있었다.

아무리 낮춰 잡아도 소드 익스퍼트 최상급에 이른 검사가 병사들을 이끌고 성문 쪽으로 오고 있었기 때문이다.

수많은 오크들이 둘러싼 채 공격했지만 선두의 인물 때문에 번번이 뜻을 이루지 못하는 상황이다.

현수가 길만 뚫는 것이 아니라 위기에 처한 기사와 병사까지 구하고 있었다.

현수 일행이 성문과 불과 30m를 남겼을 때 성문이 닫혔다.

"이런 젠장……! 성문을 여시오! 여기 병사들이 있소."

힘껏 소리를 질렀지만 라임하르트 남작은 문을 열라는 명을 내리지 못했다. 오크들이 너무 많았기 때문이다.

"성문을 열란 말이오. 우리가 보이지 않소?"

연신 검을 휘두르며 소리쳤지만 성문은 열릴 기색이 없다.

'이런 빌어먹을……!'

오크 무리에 둘러싸인 현수는 라임하르트 남작이 어떤 생각인지 알기에 욕은 하지 않았다.

자신들을 구하기 위해 문을 여는 순간 오크들이 들어간다. 최소 백 마리는 넘을 것이다. 그러면 많은 희생이 있을 수 있다.

내성에는 병사뿐만 아니라 어린아이와 여자들도 많기 때문이다.

"일단 성문 앞까지 갑시다. 내가 여러분을 보호하겠소. 힘내시오."

현수는 병사들의 대답을 기다리지 않고 검을 휘둘렀다. 이번에도 시퍼런 검기가 쭉 뻗어 있다.

비록 검강은 아니지만 닿는 것은 무엇이든 베어낼 기세이다.

쒜에에에엑ー!

퍽! 파직! 스윽! 퍼억! 퍽! 파직! 스윽! 쉬릭! 파팍……!

퀙! 퀙! 커컥! 끄악! 케엑! 끄아악! 퀘엑! 끄윽! 퀙! 커컥……!

이번엔 이십여 마리가 한꺼번에 쓰러진다. 놀란 오크들이 주춤하는 사이에 일행은 성문 앞까지 당도하는 데 성공했다.

"반원을 만드시오. 결코 놈들의 공격을 허용하지 마시오."

현수의 말이 떨어지기 무섭게 기사와 병사들이 자리를 잡는다. 기사가 앞쪽 병사가 그 뒤에 있다.

현수는 반원의 정점에 서서 검을 고쳐 잡았다.

오크들이 다시 쇄도한다.

"야아아아아압ー!"

향후 200년간 나후엘 자작가의 전설로 남을 역사적인 전투가 시작되었다.

현수의 검끝에서 솟은 오러는 오크들을 모조리 베어버릴 기세로 뿜어졌다. 피와 살로 이루어진 오크들이 어찌 당해내겠는가!

성문 앞에는 금방 오크들의 사체가 수북해졌다.

그렇게 20여 분간 피와 살이 튀는 전투가 벌어졌다. 그러던 어느 순간이다.

슈슉! 슈슈슈슉!

"와아아아……!"

"성문을 열어라!"

라임하르트 남작의 명이 떨어지자 지금껏 숨죽이고 있던 병사들이 온 힘을 다해 거대한 막대를 밀었다.

끼이이이이—!

나직한 마찰음에 이어 문이 조금씩 열린다.

라임하르트 남작의 명령이 늦었던 것은 병사들을 공격하는 오크들을 막아낼 화살이 없었기 때문이다.

성벽 위에 준비해 놓았던 화살은 진즉에 소진되었다. 그렇기에 창고에 있던 것을 꺼내오느라 시간이 걸린 것이다.

남작의 명에 따라 궁수들이 일제히 성문 앞 오크들에게 화살을 쏘았다. 가히 화살의 비라 해도 과언이 아닐 정도로 쏟아졌다.

그러는 사이에 성문이 열렸고, 일행은 안으로 들어섰다.

"성문을 닫아라!"

끼이이이이익—!

문이 닫히는 동안에도 화살비는 오크들의 전신을 노리고 쏟아졌다.

"휴우……!"

"헉, 헉! 고, 고맙습니다. 헉, 헉!"

투구에 붉은 수실을 매단 기사가 고개 숙여 인사한다. 목숨을 주해준 자신보다 강자에게 바치는 예의이다.

"애쓰셨습니다. 그리고 잘 견뎌주셨습니다."

"헉, 헉! 감사합니다. 헉, 헉, 헉!"

현수 덕에 목숨을 구한 기사와 병사들 전체가 고개 숙여 감사의 뜻을 전했다.

이때 병사 하나가 다가왔다.

"펠릭스 기사님! 남작님께서 하인스님과 같이 성벽으로 오시라 합니다."

"알겠네. 하인스님! 같이 가주시겠습니까?"

절대 강요하는 어투가 아니다.

"그러죠."

현수가 내성 성벽 위로 오르는 순간 병사와 기사, 그리고 모든 영지민들이 박수를 쳤다.

"와와와와와! 하인스님 만세! 만세! 만세! 와아아아……!"

"고맙습니다. 기사와 병사들을 구해주셔서……."

라임하르트 남작이 고개 숙여 사의를 표한다.

하인스가 평민이라는 것은 알지만 검의 길을 검사로서 자신보다 강자에게 고개를 숙이는 것은 당연하다는 생각 때문이다.

"다행히 구할 수 있었을 뿐입니다."

"소드 익스퍼트 최상급이시지요?"

"어쩌다 보니 그렇게 되었습니다."

"정말 대단하십니다. 연치가 이제 겨우 스물다섯으로 보이는데."

"스물아홉입니다."

"그래도 정말 대단한 겁니다."

라임하르트는 새삼 현수를 바라보았다. 그러고 보니 체형이 장난이 아니다. 쓸데없는 살과 근육이라곤 하나도 없는 쪽 뻗은 몸이다.

피나는 수련의 결과라 생각하였기에 다시 한 번 고개를 숙였다.

"언제고 가르침을 한번 주시겠습니까?"

"일단 이놈들을 쫓아내는 게 우선 아니겠습니까?"

"그렇습니다. 하지만 내성은 외성보다 훨씬 높습니다. 이번엔 우리가 유리합니다. 화살도 넉넉하고요."

영지민들은 연신 돌과 화살 등을 성벽 위로 운반하고 있었다.

"마법사들은 안 나섭니까?"

"그렇지 않아도 기별하러 갔습니다. 몬스터 침공은 늘 있었던 일이고 우리들만의 힘으로도 가능했기에 조금 전갈이 늦었습니다."

"네에."

현수가 고개를 끄덕일 때 약간 떨어진 곳에 있던 엘리시아가 입술을 연다.

"거봐요. 제가 검술도 대단하다고 했잖아요. 우리가 와이번에게 잡아먹힐 뻔했을 때 하인스님이 우릴 구했단 말이에요."

"그, 그래!"

나후엘 자작은 말을 제대로 잇지 못하고 있었다.

현수가 요리만 기막히게 잘하는 사람인 줄 알았는데 라임하르트 남작이 고개를 숙일 정도인 줄은 꿈에도 상상하지 못했기 때문이다.

"아버지! 저 사람 어떻게든 붙잡아야 해요."

"그래! 그렇구나. 널 주고라도 붙잡고 싶다."

"네……?"

나후엘 자작은 반쯤 정신이 나간 상태에서 대꾸한 것이다.

하긴 일 검에 오크 이십여 마리가 반쪽으로 갈라지는 장면을 목도하였다. 꿈에도 그리던 경지이다. 그렇기에 현재 제정신이 아닌 상태이다.

하지만 엘리시아는 멀쩡한 정신이다. 그렇기에 자신을 주고라도 하인스를 붙잡는다는 말의 뜻을 정확히 알아들었다.

"저, 정말이세요? 저, 하인스님에게 시집가도 돼요?"

"뭐라고?"

문득 정신을 차린 나후엘 자작이 물었다.

"저 시집가고 싶다고요."

"너는 이 상황에 결혼 얘기를 꼭 해야 하느냐?"

자신이 무슨 말을 했는지 모른다는 뜻이다.

"엥? 무슨 소리예요? 저를 하인스님에게 시집보내서라도 잡고 싶다고 하신 건 아버지잖아요."

"내, 내가……?"

"쳇……! 그럼 제가 말을 지어내요? 아버지! 저, 저 사람에게 시집가고 싶어요. 보내주실 거죠?"

엘리시아는 품고 있던 마음을 드러내 버렸다. 귀족이 평민과 결혼하는 건 상상도 못할 일이라 생각하던 아버지이다.

따라서 허락받지 못하면 하인스에게 불상사가 생길 수도 있다. 그럼에도 이런 말을 한 것은 정말로 시집을 가고 싶었기 때문이다.

"그, 그래! 나도 그랬으면 좋겠다."

"우와! 아버지, 사랑해요. 헤헷! 저 정말 좋아요. 하인스님이……!"

딸이 팔짝팔짝 뛰면서 좋아하지만 정작 나후엘 자작은 아직도 멍한 상태이다. 검끝에서 쭉 뻗어나오는 검기를 본 게 얼마만인가!

본인도 검사이기에 늘 높은 수준을 동경했다.

하여 지금도 매일 검술 연마를 한다. 하지만 소드 익스퍼트 초급에서 멈춘 게 벌써 이십 년째이다. 그런데 중급, 고급을 넘어 아예 최상급에 이른 검사를 보니 얼떨떨한 것이다.

"와와와와! 오크들이 물러간다. 와아아아……!"

병사들의 함성에 정신을 차려보니 진짜로 물러가고 있다.

마법사들이 총동원되어 함께 공격한 결과이다. 현수가 살펴보니 3써클 마법사 세 명에 2써클이 열한 명, 1써클은 스무 명이다.

아무튼 올 때는 일만 마리 이상이었다.

그런데 지금 보니 많아야 3,000마리가 후퇴하고 있다. 그중에서도 상당수는 부상을 당한 듯 절뚝이고 있다.

병사들의 환호성에 영지민들까지 성벽에 올라 밖을 살폈다.

수많은 오크들의 사체가 널브러져 있다.

"와와와와! 만세! 만세! 만세! 와아아아아!"

병사들은 죽어 있는 7,000여 마리 중 최소 3,000여 마리가 현수의 검에 죽었다는 것을 안다. 그만큼 어마어마한 혈로를 뚫은 것이다.

이 사실은 삽시간에 입소문으로 번졌다.

"와와아아! 하인스님! 만세! 만세! 만세! 와아아아아……!"

환호성은 끝없이 이어졌다.

상황이 끝난 뒤 나후엘 자작이 불렀다.

"수고했네."

"네에."

"실력이 대단하더군. 왜 숨겼나?"

"숨긴 게 아니라 발휘할 기회가 없었던 겁니다."

나후엘 자작이 고개를 끄덕인다.

"그렇군. 자네에게 묻겠네. 엘리시아를 준다면 이곳에 남겠는가?"

현수는 잠깐 동안 대답하지 못했다.

엘리시아에게 상처를 줄 수 있다는 것을 알기 때문이다. 하나 대답은 해야 한다. 그렇기에 지극히 송구스럽다는 표정을 지었다.

"……! 죄송합니다."

"으으음……!"

예상대로인지라 나후엘 자작은 놀라는 표정 대신 침음만 냈다.

나후엘 자작이 본 하인스는 결코 평범한 인물이 아니다. 지금껏 읽었던 수많은 영웅전기에 등장했던 그런 인물이다. 이들의 대부분은 나중에 왕이 되거나 황제가 되었다. 그렇기에 훗날을 생각하여 보다 정중히 말했다.

"어찌 되었든 오늘 본성을 위기로부터 구해주어 고맙네."

"이곳에 머무는 동안엔 저도 이곳 사람입니다. 따라서 당연한 일이었습니다. 자작님!"

"그리 말해주니 고맙군."

"네, 이만 물러가겠습니다."

엘리시아는 자작과 면담을 마치고 나온 현수를 납치하듯 제방으로 끌고 들어갔다.

보는 눈이 있기에 뿌리칠 수도 없어 따라 들어갔다.

아델이 다과를 내오곤 스르르 물러선다. 그러자 기다렸다는 듯 엘리시아가 묻는다.

"아버지는 만나본 거예요?"

"네."

"뭐라고 말씀하셨어요?"

"그게……!"

현수가 말끝을 흐리자 엘리시아가 눈빛을 빛낸다.

"하인스님!"

"네?"

"설마 거절하신 건 아니죠? 그죠? 어서 아니라고 말해주세요."

"……!"

"설마…… 흐흑! 흐흐흐흑!"

"죄송합니다."

현수는 눈물짓는 엘리시아를 뒤로 하고 밖으로 나갔다.

'으음, 여길 떠날 때가 되었군.'

며칠 더 머물면서 라수스 협곡에 대한 정보를 수집하려던 계획은 접어야 했다.

현수는 주방으로 들어갔다. 떠날 땐 떠나더라도 먹을 음식은 만들어주고 싶었기 때문이다. 그게 자신을 조건 없이 좋아해 주는 엘리시아에 대한 마지막 예의라 생각한 것이다.

부드러운 식빵을 구워냈다. 그리곤 각종 재료를 넣어 샌드위치를 만들었다. 아울러 초콜릿 음료도 만들었다.

영주와 귀족, 그리고 고생한 기사와 병사들을 위한 것이다.

다음엔 내성에 피신해 있는 영지민들을 위한 빵을 구웠다. 모카크림빵과 소보로빵이다.

물론 안에는 달콤함 슈크림 내지는 버터크림을 넣었다. 평생 다시는 못 볼 별미를 만들어준 것이다.

일련의 작업을 마치고는 산책에 나섰다. 모두가 분주하게 복구 작업을 하는 중이었다. 현수는 고개를 갸웃거렸다.

일을 하다 말고 구토하는 사람들이 제법 많았던 것이다.

"흐음 이게 대체 뭐 때문이지?"

나직이 중얼거리고는 사람들의 안색 등을 살폈다. 그러던 중 문득 떠오르는 상념이 있었다.

"혹시 그건가?"

현수는 일하는 사람들에게 다가가서 머리카락을 뽑아달라고 청했다. 오늘 위기에서 구한 인물이라는 것을 알아서인지 두말 않고 뽑아준다. 어디에 쓰려는 것인지는 묻지도 않았다.

숙소로 돌아오던 현수는 복구 작업이 진행 중인 외성의 성벽 위로 올라갔다.

"아! 하인스님, 어서 오십시오."

라임하르트 남작이 반색한다.

"복구 작업이 잘 진행되고 있네요."

"네, 이번이 가장 많은 숫자가 내려온 건데 희생자는 가장 적었습니다. 부상자도 적었구요. 그래서 작업 진척이 빠른 겁니다."

"그거 다행입니다."

"그나저나 언제 한번 가르침을 주십시오."

"에구, 남작님이 그러시니 쑥스럽습니다."

"아닙니다. 저는 이곳에서 태어나 지금껏 이곳을 떠나본 적이 없습니다. 하인스님은 지금껏 제가 본 사람 중 가장 강한 분입니다. 그러니 꼭 가르침을 내려주십시오."

진심 어린 표정이다. 현수는 머리를 긁적이며 대꾸했다.

"네에. 시간을 한번 내보지요."

"감사합니다."

잠시 현수 곁에 있던 라임하르트 남작은 작업 지시를 내리기 위해 다른 곳으로 이동해 갔다.

"흐음! 놈들이 다시 몰려오거나 하는 건 아니겠지?"

와이드 센스 마법으로 살피기엔 숲이 너무 멀다. 그러던 중 오크들의 사체를 치우는 병사들을 보았다.

그냥 놔두면 악취가 나기에 마법사들의 도움을 받고 있었다. 디그 마법으로 땅을 파면 사체를 굴려놓고 흙으로 덮는 작업이다.

성벽에서 내려온 현수는 성문을 지나 바깥으로 나갔다.

정말 눈에 보이는 곳마다 오크의 사체들이 널려 있다.

벌써부터 악취가 나기에 이맛살을 찌푸렸다. 그러면서 가장 멀리서 작업하는 곳까지 다가갔다.

"마나의 힘이여, 눈앞의 땅을 깊숙이 퍼 올려라. 디그!"

퍼퍽―!

마법사가 영창을 하니 오크 하나를 묻을 정도로 땅이 파인다.

"흐음, 그냥 저렇게 묻으면 나중에 수질오염의 문제가 생기는데……. 사체에서 나온 침출수에 오염되면……. 끄응! 일손이 딸려 지금은 방법이 없구나."

가장 좋은 방법은 사체들을 한곳에 모아놓고 불에 태우는 것이다. 그러려면 엄청난 장작이 필요하다.

그렇기에 고개를 절레절레 흔들며 조금 먼 곳까지 나가보았다.

"와이드 센스!"

모든 감각이 예민해지는가 싶더니 멀지 않은 곳에서 뭔가의 움직임이 발견되었다.

개체수가 그리 많지는 않다. 따라서 고블린이나 오크는 아니다.

놈들은 늘 떼로 공격하는 습관이 있기 때문이다.

"뭐지?"

현수는 고개를 갸웃거렸다. 그러면서 주변을 살피니 모두 작업하느라 여념이 없다.

"퍼펙트 트랜스페어런시! 플라이!"

순식간에 현수의 신형이 시야에서 사라졌다.

하늘로 오른 현수는 조금 전 기척을 느꼈던 곳으로 날아갔다.

"이런……!"

무엇인지를 확인한 현수는 즉시 작업자들 인근으로 되돌아왔다.

"매직 캔슬!"

신형을 드러낸 현수는 모든 작업자들이 들을 수 있도록 소리쳤다.

"여러분! 트롤이 나타났습니다. 모두 피하세요. 트롤입니다. 모두 피해야 합니다. 빨리 성으로 돌아가십시오!"

현수의 고함에 시선을 돌렸던 사람들은 그리 멀지 않은 곳에서 다가오고 있는 무리들을 보곤 대경실색한다.

그도 그럴 것이 많아야 세 마리 정도씩 몰려다니는 트롤이 무려 삼십여 마리나 다가오고 있었던 것이다.

사람들이 걸음아 나 살려라 하면서 뛰어가는 모습을 본 현수는 싱긋 웃었다.

"그렇지 않아도 네놈들이 필요했는데 잘 되었군."

현수는 칼을 뽑아 들고 트롤 쪽으로 움직였다. 먼 곳으로부터 이런 모습을 지켜보던 라임하르트는 고개를 끄덕이고 있었다.

사람들에게 도망갈 시간을 벌어주기 위해 하인스가 트롤의 전진을 막으려는 것으로 오인한 것이다.

"야아압!"

현수가 일부러 소리를 지르며 달려가자 트롤들의 시선이 일제히 쏠린다. 그와 동시에 괴성을 지르며 다가왔다.

크릉! 크르르르릉! 꽈르르! 키케쿠쿠! 크르릉!

트롤들은 다가오는 현수를 단숨에 잡아먹겠다는 듯 쿵쾅거리면서 모여들었다. 하지만 이에 잡힐 현수가 아니다.

잽싸게 방향을 바꿔 숲 쪽으로 달렸다. 그러자 트롤들이 일제히 현수의 뒤를 따르기 시작했다.

"일단 작전 성공!"

라임하르트 등 사람들의 시선으로부터 먼 곳까지 가야 마법을 쓸 수 있다. 아무리 소드 익스퍼트 최상급이 되었다지만 트롤 삼십여 마리의 합공을 당해낼 수는 없기 때문이다.

"흐음, 이놈들의 피가 필요하니 빙계 마법을 써야 해."

어느덧 숲속 깊숙한 곳까지 당도한 현수는 미친 듯이 다가오는 트롤들을 바라보고 있었다.

그중 선두에 있던 놈이 몇 발짝 앞까지 다가왔을 때이다.

"아이스 스피어!"

쒜에에엑—!

퍼억—!

"오토믹 붐!"

쐐에엑—! 꽈당—!

머리에 박힌 창이 작은 폭발을 일으키자 운동중추가 얼어버린 트롤이 그대로 쓰러진다.

다음 순간 또 다른 아이스 스피어가 목표에 명중하고 있었다. 그 녀석 역시 육중한 동체를 뉘였다.

"매스 아이스 스피어!"

쐐에에엑—! 쑤아앙! 쐐에에엑! 쉬이익—!

퍼억—! 퍽—! 퍼퍽—!

"오토믹 붐! 오토믹 붐! 오토믹 붐! 오토믹 붐!"

쐐에엑—! 케엑! 끄악! 크억!

꽈당—! 와당탕! 꽈당탕! 쿠웅—!

삽시간에 네 마리가 이승을 떠난다.

이쯤 되면 겁을 먹고 도주해야 한다. 하지만 눈앞의 먹이에 눈이 멀어버린 트롤들은 현수를 잡아먹겠다고 계속해서 달려들었다.

하지만 7써클 마스터가 이에 잡히겠는가!

아무튼 세 마리가 또 달려든다. 이때 번뜩이는 상념이 있다.

"참, 일부는 보존해야지? 홀드! 블리자드!"

쐐에에에엑—!

주변의 공기가 급속도로 냉각되는가 싶더니 달려들다 멈춘 채 어리둥절해하는 트롤들을 덮친다. 그와 동시에 고요해졌다.

전신이 얼어붙은 때문이다.

"좋아, 효과가 있어! 아공간 오픈!"

세 놈을 아공간에 넣고는 달려드는 트롤들을 바라보았다.

검만 가지고 상대해야 했다면 고전을 면치 못했을 것이다. 하지만 현수는 7써클 마스터인 대 마법사이다.

마법으로 상대한다면 보다 쉽게 처리할 수 있다. 그렇기에 자신만만한 표정을 지었다.

그러거나 말거나 트롤들이 달려들고 있다.

"좋아, 이놈들아! 한번 해보자고, 누가 이기는지……! 홀드, 홀드, 홀드! 블리자드!"

쒸에에엥—!

"아공간 오픈!"

이번에도 단번에 세 마리를 잡아넣었다.

순식간에 얼어붙었다 하여 반드시 죽었다고만은 할 수 없다. 하지만 아공간에 든 이상 생명 유지가 곤란하다.

공기도 중력도 없는 곳이기 때문이다.

현수는 다가오는 놈들을 모두 마법으로 처리했다.

결국 서른두 마리 모두 목숨을 잃은 것이다.

이놈들 중에서 아이스 스피어에 목숨을 잃은 놈들의 선혈을 받아냈다. 죽은 지 얼마 되지 않아 신선한 피이다.

이 작업은 꽤 시간이 걸렸다. 정제만 하면 귀한 약이 되기에 마지막 한 방울까지 뽑아내느라 그런 것이다.

아무튼 회복 포션을 만들 재료가 충분해지자 현수의 입가에 미소가 어린다.

"고맙군! 적시에 나타나줘서. 게다가 떼로 몰려와서 더 좋았다. 참! 이것들도 쓸모가 있을지 모르겠군."

흐뭇한 표정으로 트롤의 사체들을 보던 현수는 혹시나 하는 생각에 모두 아공간에 담았다.

이 녀석들의 피는 상처 치료에 그야말로 특효이다.

이걸 잘 정제하여 회복 포션으로 만들면 이상이 생겼던 부위가 원래대로 복원되는 기능이 생기기 때문이다.

그런데 트롤의 피는 어디에서 만들어지는가?

사람의 경우엔 조혈작용이 일어나는 곳이 간(肝)이다.

트롤도 간이 있는지 알 수는 없지만 나중에 시간 날 때 해부해 볼 생각으로 나머지 사체들까지 아공간에 저장한 것이다.

또한 사람들이 볼 수 없도록 하기 위해서이기도 하다.

소드 익스퍼트 최상급이라 할지라도 서른두 마리나 되는 트롤을 단신으로 처리할 수는 없다.

누군가 사체를 발견하면 현수의 무위가 그 이상이라는 소문이 번진다. 그럼 문제가 되겠기에 거둔 것이다.

한편, 현수가 트롤을 숲속으로 유인해 간 지 한참이 지나도록 감감무소식이라는 것이 엘리시아에게 전해졌다.

숙소에서 오늘은 어떤 음식을 먹게 될까 행복한 상상을 하던 엘리시아가 화들짝 놀라 외성의 성벽까지 올라왔다.

"라임하르트 단장님! 구조대는 출발한 거예요?"

"네? 그, 그게……."

"설마 아무도 나가보지 않은 거예요?"

"아, 아가씨! 트롤 한두 마리라면 모를까 삼십 마리가 넘습니다. 검은 철퇴 기사단 전원이 나가도 상대할 수 없습니다."

"그럼 하인스님 혼자서는요? 그러다 죽으라고요?"

"끄으응……! 죄송합니다."

라임하르트는 입이 열 개가 있어도 할 말이 없다는 표정이다. 하긴 율리안 영지를 절체절명의 상황에서 구원해 준 사람이다.

그리고 작업 중이던 병사와 마법사들을 위해 스스로 트롤에게 달려간 영웅이다. 그런데 아무런 도움도 줄 수 없는 상황이다. 능력이 부족하기 때문이다.

"어서요! 어서 하인스님을 구하러 사람을 내보내세요."

"아가씨! 병사들의 힘으론 트롤을 상대할 수 없습니다. 기사단이 나간다 하더라도 개죽음밖에 되지 않아요."

"……!"

"기사단이 다 죽은 뒤에는요? 율리안 영지는 누가 지킵니까?"

"그래도요."

엘리시아도 비로소 상황을 파악한 듯 힘없는 음성으로 반문한다.

"하인스님은 강합니다. 그리고 혼자서 감당할 수 없다는 것도 잘 알 겁니다. 트롤들을 숲으로 유인한 뒤 다시 돌아올 겁니다."

"정말이요?"

"네, 저는 그렇게 믿습니다."

엘리시아는 이때부터 초조한 눈빛으로 숲을 두 시간이나 바라보았다.

그러던 어느 순간 눈이 커진다.

"아아……!"

엘리시아 입에서 탄성이 터져 나올 때 영지민들의 입에서 환호성이 쏟아져 나왔다.

"와아……! 하인스님이 돌아오신다. 와와와와……!"

"트롤은 보이지도 않는다. 하인스님 만세! 만세!"

트롤이 공격했다면 분명 피해를 입었을 것이다. 트롤에게 있던 외성의 성벽은 난공불락이 아니기 때문이다.

그런 트롤들을 숲으로 유인하고 되돌아온 하인스는 영지민들의 열렬한 환호를 받으면 귀환했다.

"하인스님!"

엘리시아가 눈물 그렁그렁한 눈으로 현수를 바라본다. 현수의 의복 곳곳엔 초록빛 선혈이 묻어 있다. 분명 트롤의 것이다.

피를 받아내다 실수로 묻은 것이지만 엘리시아가 볼 때 그것은 악전고투의 흔적이다. 하여 감격에 찬 눈빛을 보인 것이다.

한편, 현수는 심상치 않은 분위기를 느꼈다.

라임하르트 남작은 물론이고, 어느새 나온 나후엘 자작과 기사들, 그리고 영지민 전체가 둘을 바라보고 있었던 것이다.

'이런……!'

엘리시아는 와락 달려들 기세이다. 그럼 안아주지 않을 수 없다. 수많은 사람들이 지켜보는 가운데 포옹을 하면 발목 잡히는 일이다.

그렇기에 침음을 삼키며 머리를 굴렸다.

이때 라임하르트 남작이 구원이 되었다.

"하인스님! 트롤들은 어찌 되었습니까?"

"놈들은 숲으로 되돌아갔습니다. 상당히 먼 곳까지 유인했는지라 다시 돌아오진 않을 겁니다."

"아! 다행입니다."

"와아아아! 하인스님, 만세! 만세! 만세! 와아아아……!"

영지민들이 일제히 환호하자 현수는 쓴웃음을 지었다. 이러려고 간 게 아니기 때문이다.

그래도 어쩌겠는가!

"영주님! 그래도 모르니 오크들의 시신 치우는 일은 하루쯤 미뤄주십시오."

"흐음, 알겠네. 그리하지. 라임하르트 남작! 오늘은 성내의 복구 작업만 지시하게."

"네, 나의 영주님!"

라임하르트가 주먹을 가슴에 대며 고개를 숙인다.

현수는 씻어야겠다면서 얼른 숙소 쪽으로 이동했다. 엘리시아는 그런 그의 뒷모습을 몽롱한 시선으로 바라보고 있었다.

그러면서 전설에나 등장하는 영웅의 뒷모습 같다는 생각을 했다.

모두가 잠든 깊은 밤, 현수는 적당한 곳을 물색하여 앱솔루트 배리어를 쳤다. 그리곤 마나 집적진을 깔고 앉아 마나를 모았다.

지구로의 차원이동을 하기 위함이다.

새벽 무렵, 마나가 충진되자 곧장 마법을 구현시켰다.

"마나여, 나를 지구로……! 트랜스퍼 디멘션!"

전능의 팔찌로부터 마나가 폭발적으로 뿜어지는가 싶더니 다시 갈무리된다.

샤르르르르르릉—!

현수의 신형이 안개처럼 스러졌다.

                    *   *   *

"여긴……? 그렇군."

계룡산임을 인지한 현수는 날짜를 확인했다.

예상대로 2013년 8월 23일 오후이다.

"흐음, 조금 후텁지근하구나."

입고 있던 옷을 서둘러 갈아입었다.

비가 왔는지 잎사귀들이 젖어 있다.

하산하려 하는데 눈에 익은 인물이 보인다.

"어라! 저 사람은……?"

현수에게 도술을 가르쳐 달라던 정승준이다.

"어라! 사장님……! 사장님이 여기에 어떻게……?"

"그러게요. 에서 또 뵙네요."

"엥? 그럼 전에 여기서 만났던 분이……?"

아주 잠깐 만났는지라 현수의 얼굴을 정확히 기억하지 못해 긴가민가하던 참이었던 모양이다.

"맞아요. 근데 여긴 웬일이세요?"

"출국에 앞서 여기서 교분을 나누던 분들과 인사하려고 왔습니다. 내일 출국해야 하거든요. 참, 저 취직시켜 주셔서 고맙습니다."

"에구, 고맙기는요. 열심히 일해주시면 됩니다."

"그건 걱정 마십시오. 정말 열심히 일할 겁니다."

"네에. 그럼 이만⋯⋯."

"아! 하산하시는 길이군요. 그럼 살펴 가십시오."

"네에."

산을 내려와 곧장 서울로 향했다.

CHAPTER 10
다시 나타난 성자

"저어! 이 머리카락으로 납중독 여부를 확인할 수 있습니까?"

"물론 가능합니다. 그런데 누구의 것인가요?"

의사가 의심의 눈초리를 보인다.

"우리 가족 것입니다. 자꾸 토하고 이러는 거로 봐서 아무래도 납중독 같아서요. 확인해 주실 수 있습니까?"

"비용이 제법 듭니다."

"네, 감수하겠습니다."

현수가 머리카락을 내밀자 꼼꼼하게 가족관계를 묻는다.

하여 이미 돌아가신 할아버지와 할머니, 있지도 않은 고모와 이모, 그리고 사촌들이라 하였다.

결과가 나오려면 닷새는 걸린다 하여 다시 들리기로 하였다.

역삼동 이실리프 빌딩에 가보니 곽인겸 씨가 근무 중이다.

"아! 오셨습니까?"

"몸은 괜찮으신 거죠?"

"네, 사장님 덕분에 정말 많이 좋아졌습니다."

"다행입니다. 그리고 12층에 그분들은 들어오셨나요?"

"아뇨. 아직은 안 들어오셨는데 아침에 오셨다 가셨습니다. 오늘 밤부터 주무신다고 하더군요."

"불편함이 없도록 배려해 주세요. 그리고 제가 이쪽으로 의약품들을 배송시켰는데 도착했나요?"

"아이고, 그럼요. 그분들은 걱정하지 마십시오. 제가 잘 모시겠습니다. 그리고 의약품들은 한쪽에 잘 보관해 두었습죠."

곽인겸은 지나치게 굽신대고 있었다. 하긴 죽을 날만 기다렸는데 말끔하게 치료해 주었다. 그리곤 취직자리까지 만들어 준 사람이다.

머리카락을 뽑아 신을 만들어주어도 모자랄 은혜를 입었다 생각하기에 굽신대는 것이다. 지금은 만류해 봐야 소용없을 것이다. 하여 대답 대신 엘리베이터를 탔다.

"저 혼자 내려가도 되니 안 오셔도 됩니다."

"아이고, 네에."

문이 닫히려는데 이마가 땅에 닿을 정도로 고개를 숙인다.

주차장에는 현수가 요구했던 콜레라와 홍역 백신, 그리고 주사기가 포장된 채 놓여 있었다.

이밖에도 일반 의약품이 상당수 있었다.

보는 눈이 있기에 용달차를 불렀다. 그리곤 이것들을 실어 이실리프 무역상사가 있는 곳까지 운반했다. 지하 주차장에 모두 내려놓고 용달차가 가자 모두 아공간에 담았다.

"사장님! 오셨어요?"

"네, 별일 없죠?"

"그럼요. 차 드릴까요?"

이은정 실장이 살갑게 웃는다. 현수를 배반하고 주영에게 마음이 간 것이 미안해서일 것이다.

"좋죠. 제 사무실로 주세요."

"네에."

현수는 사무실에서 전투복에 달 단추를 어떤 식으로 한 건지를 구상했다. 그런데 심각한 문제가 있다.

전투복의 단추는 중앙부에 네 개의 구멍이 있다. 실이 지나갈 자리이다. 마법진은 조금만 변형되거나 손상되어도 못쓰게 된다.

따라서 단추에 적용하는 것이 어려워진 것이다.

"흐음, 그럼 어떻게 하지?"

단추가 아니라면 눈치채기 쉬울 것이다. 하여 여러 가지를 구상해 보았다. 그런데 마땅하지 않다.

고심 끝에 고안해 낸 것은 깃의 안쪽이다.

와이셔츠의 경우엔 깃이 둥글게 말리지 않게 하기 위해 옷 감과 옷감 사이에 플라스틱으로 만든 심지 같은 것을 넣는다.

요즘엔 세탁할 때마다 뺐다가 나중에 다시 끼우는 것도 있지만 예전의 것은 옷감의 안쪽에 고정시켰었다.

이렇게 만들면 일부러 빼기도 힘들다. 재봉한 실밥을 일일이 터야 하기 때문이다.

플라스틱으로 만든 것을 좌우 양쪽에 동일하게 넣되 한쪽에만 항온 마법진이 들어가도록 하면 될 것 같다.

물론 반대쪽에도 똑같은 것을 넣어야 쉽게 알아내지 못할 것이다. 이것은 마법진이 새겨지지 않은 것이다.

세탁할 때 세게 문지르더라도 플라스틱으로 코팅되면 별 문제 없을 것이다.

현수는 시험용으로 아무것도 새기지 않은 SUS 304 0.3t 철판을 문방구에서 코팅해 왔다.

얇은 것부터 두꺼운 것까지 코팅해서 구부렸다 폈다를 하면서 변화를 살폈다. 그 결과 0.7t 정도는 되어야 한다는 결론을 내렸다.

그리고 세탁 상황을 고려하여 연질 플라스틱으로 코팅해야 한다. 그에 따라 마법진을 새긴 철판 역시 쉽게 구부러질 수 있어야 한다.

그러려면 철판 자체가 유연해지는 플렉시빌러티(Flexibility) 마법을 추가로 새겨야 한다.

현수는 한참을 망설이던 끝에 인비저블 마법진까지 새기기로 했다.

군복을 납품하면 보나마나 비밀을 캐기 위한 작업이 진행될 것이다. 상상조차 할 수 없는 획기적인 물건이 아니던가!

따라서 국내뿐만 아니라 외국에서도 조사가 진행될 것이다.

외국에 사대[7]하는 인간들이 워낙 많지 않던가!

누구인지는 알 수 없지만 제 손으로 신형 전투복을 가져다 바치며 알랑방귀를 뀌는 놈들이 있을 것이다.

어쨌든 제일 먼저 미국이 전투복을 완전 해부할 것이다. 다음은 일본이고, 그 다음은 지나가 될 것이다.

이들에 의해 비밀을 캐기 위한 작업이 진행될 것이다. 그러다 보면 깃에 있는 심지 또한 의심받을 것이다.

이때 눈에 특이한 문양이 보이면 샅샅이 뒤질 것이다. 따라서 보이지 않게 하는 것이 최선이다.

인라지 마법으로 가로 세로 50㎝ 크기로 확대한 상태에서 작업하는 것인지라 마법진 두 개를 추가로 그리는 것은 가능하다.

다만 그리는 것이 까다로울 뿐이다.

현수는 기왕에 그려놓았던 마법진들을 꺼내 모두 두 개의 마법을 추가로 그렸다. 그러자 그냥 평범한 철판으로 보인다.

이걸 축소 마법으로 적당히 줄인 뒤 코팅하면 눈치채기 힘들 것이다. 이렇게 하더라도 결국엔 비밀이 깃에 있다는 것을 알게 된다.

미국과 일본, 그리고 지나 놈들이 어떤 놈들이던가!

그들은 아무것도 보이지 않기에 금속 자체에 기능이 있는

---

7) 사대(事大):약자가 강자를 섬기는 일

것으로 결론을 내릴 것이다. 그래 봐야 평범한 SUS 304이다.

수명이 한없이 길다면 이걸 뽑아서 다른 용도로 써도 된다.

하지만 전투복에 들어가는 것은 평균 사용 연한을 물어 그에 맞도록 만들 생각이다. 아마 2~3년 정도일 것이다.

이 마법진은 마나석의 수명이 다하면 아무런 능력도 없어진다. 그러면 감춰졌던 마법진이 드러난다는 단점이 있다.

"그럼, 일리머네이션까지 추가해야 하나?"

그려놓은 마법진이 삭제되게 하는 마법이다.

"근데 이 마법이 마나석의 수명이 끝나는 순간 작동되게 하려면 타임 리미트 마법도 연계해 놓아야 하는군."

쉽게 생각했던 항온 전투복의 마법진은 보안 때문에 점점 더 복잡해지고 있었다.

그래도 일일이 새기지 않아도 되니 얼마나 다행한 일인가!

현수는 갖가지 상황을 고려하여 마법진을 개조하는 작업을 진행했다. 두 시간이 지난 후 최종 완성본이 결정되었다.

눈에 보이지도 않고, 일정한 시간이 지나면 저절로 지워지며, 늘 같은 온도를 유지하도록 하는 마법진이 완성된 것이다.

이 마법진은 플라스틱으로 코팅되지 않더라도 물속에서도 작동된다. 따라서 찬물에 넣고 세탁을 해도 그 물의 온도가 체온과 비슷한 정도가 될 것이다. 때가 잘 빠지는 온도이다.

플라스틱을 코팅하는 이유는 세탁 과정 등에서 마나석이 빠져나가는 것을 막기 위함이다.

전투복 문제를 해결한 현수는 우미내의 집으로 텔레포트했다.

어머니 몰래 지하실로 들어가서는 트롤의 피를 정제하여 회복 포션을 만들기 시작했다.

논 노이즈 마법을 구현시킨 상태였기에 어머니는 현수가 있음을 전혀 눈치채지 못했다.

아이스 스피어에 당한 두 마리의 트롤로부터 얻은 선혈을 정제하여 회복 포션 240병 분량을 제조해 냈다.

지구인에겐 너무 과하기에 이것을 나눠 720개의 병에 담았다.

언제 또 정제 작업을 해야 할지 몰라 지하실에 있던 기구들까지 모두 아공간에 넣어두었다.

일련의 작업이 마쳐진 직후 텔레포트 마법으로 이동하기 시작했다. 콩고민주공화국으로 되돌아가야 하기 때문이다.

여러 거점을 거쳐 아디스아바바에 다시 당도하였다. 하지만 곧장 킨샤사로 가지는 않았다.

코리안 빌리지에는 아직도 치료받아야 할 환자들이 많기 때문이다.

"어머! 오셨어요?"

"네, 할아버지는 좀 어떠세요?"

화들짝 놀라며 반색하는 여자는 리야 아스토우이다. 현수에게 가장 먼저 치료를 받은 바샤 아스토우 할아버지의 손녀이다.

처음엔 약간 까칠하게 굴었다. 하나 현수의 손에 의해 할아버지가 기력을 되찾는 모습을 보곤 사흘을 따라다녔다.

다른 환자들을 살피는 동안 간호사 역할을 해준 것이다.

빈손으로 왔기에 마땅한 약품이 없어 약을 가지러 가겠다는 말에 현수를 붙잡으려는 군중들을 설득해 준 여인이기도 하다.

"많이 좋아지셨어요. 오늘은 자리에서 일어나 걷기도 하셨고요. 정말 고마워요."

"다행입니다."

"그런데 약은 가져오셨나요?"

"네, 필요한 만큼은 가져왔어요. 그리고 요즘 에티오피아에 콜레라와 홍역이 전염되고 있다고 들어서 백신도 조금 가져왔어요."

"……!"

리야는 눈물을 글썽인다.

현수는 치료를 시작하면 밀려드는 환자를 보느라 끼니도 제대로 때우지 못했다. 떠나던 날엔 아침에 한 끼, 그것도 인제라[8]를 먹은 게 전부였다. 그나마 입에 맞지 않는지 조금밖에 먹지 못했다.

그런 현수가 자신들을 생각하여 백신까지 준비해서 다시 왔다니 감격의 눈물을 보인 것이다.

"오늘은 이곳 코리안 빌리지 사람들에게 콜레라 백신부터 주사할게요. 혹시 간호사 경력이 있는 사람들이 있을까요?"

"그런 사람은 없어요. 하지만 가르쳐 주시면 제가 할게요."

"아닙니다. 그럼, 제가 해야 해요."

자칫 잘못되면 봉사를 하고도 욕을 먹을 수 있기 때문이다.

"네에."

---

8) 인제라(Injera):테프(Teff)라는 곡식을 발효시켜 만든 에티오피아의 전통음식.

"리야! 사람들을 모아주시겠어요? 현재 아픈 사람들은 빼고 모이도록 해주세요. 그리고 마을 바깥에 약품들을 내려놓았으니 그것 좀 가져다주시고요."

"네, 그렇게 할게요."

에티오피아 처녀 리야가 나간 후 현수는 집 안으로 들어갔다.

"바샤 아스토우 할아버지! 안에 계십니까?"

"누구……?"

"한국에서 온 의료봉사대원입니다."

"아, 어서 오시오."

목소리에 한결 힘이 실린 느낌이다.

"몸은 좀 어떠세요?"

"덕분에 많이 좋아졌다우. 고마우이."

"에이, 고맙기는요. 예전에 우리나라를 위해 목숨 걸고 싸워주신 할아버지가 오히려 더 고맙습니다."

"한국……! 정말 좋은 나라이네. 예전의 일을 잊지도 않고 이렇게……. 정말 도와줄 만한 가치가 있는 나라였어."

할아버지는 환한 웃음을 지으며 좋아했다.

현수는 오늘 하루 종일 주사만 놔도 하나도 피곤하지 않을 것이란 생각을 했다. 아스토우 할아버지의 말 때문이다.

그리고 정말 보람찬 일이기 때문이기도 하다.

"미스터 킴! 약품 다 가져왔어요."

"리야, 고마워요. 이제 콜레라 예방 접종할 사람들을 모아주세요."

"네, 그건 걱정 마세요. 벌써 줄 서 있어요."

한국에서 온 성자가 전염병을 막아줄 약을 가지고 왔다는 소문이 번지자 너도 나도 모여든 것이다.

밖에 나가보니 누군가 천막을 치고 있다.

"좋습니다. 그럼 시작해 보죠."

포장을 풀어 백신을 꺼낸 현수는 한 사람 한 사람 건강 상태를 보아가며 백신을 주사했다.

허약해 보이거나 영양실조로 판별되면 일단 뒤로 미뤘다.

예방 주사를 맞으려는 행렬은 꼬리가 보이지 않을 정도로 길었다. 하지만 모든 일은 언젠가는 끝나는 법이다.

드디어 맨 마지막 사람까지 주사를 맞았다.

"휴우! 이제 끝이군요."

"미스터 킴! 식사를 해야지요."

"네, 배가 조금 고프네요."

"제가 음식을 준비했어요. 따라오세요."

리야의 인도를 받아 간 곳은 코리안 빌리지에서 가장 잘 사는 사람의 집인 듯하다. 한국에 비교하자면 시골의 자그마한 집일 뿐이다.

문을 열고 들어가니 고소한 냄새가 풍긴다.

"흠흠! 이거 무슨 냄새죠? 커피 냄새 같은데……."

"맞아요, 커피 냄새! 에티오피아에서는 커피 볶을 때 나는 연기와 향내로 훈증을 하면 병균을 소독한다고 믿어요. 그래서 아픈 사람이 있는 집마다 이런 냄새가 나죠."

그러고 보니 에티오피아는 커피의 발원지이다.

하라(Harrar), 이르가체페(Yirgacheffe), 시다모(Sidamo), 짐마(Djimmah) 등의 주요 산지이며 아라비카(Arabica) 커피의 고향이다.

이밖에도 12종이나 되는 커피들을 생산하는 국가이다.

"커피 냄새가 좋군요."

"식사 하시면 제가 한잔 드릴게요."

"네에."

안으로 들어서니 집주인 부부가 반색하며 고개를 숙인다. 그리고 보니 이 집 주인의 아버지 역시 현수에게 치료를 받은 사람이다.

간경병으로 복수가 차서 임산부처럼 배가 불렀었다. 하지만 현수의 치료를 받은 후 정상인에 가깝게 되었다.

부친을 사지로부터 생환시켜 준 은인이기에 집주인은 여러 음식을 준비했다. 물론 에티오피아의 전통음식들이 대부분이다.

인젤라도 보이고 띱스(Tibes)도 보인다.

먹어보니 우리나라의 양념 없는 불고기와 비슷한 맛이다. 현수는 띱스를 인젤라에 싸서 먹었다. 약간 쌉쌀한 맛이 났다.

이밖에 말카라는 보리와 버터로 만든 죽이 있었다. 먹어보니 죽보다는 찰떡 비슷한 맛이 났고 상당히 맛이 있다.

다른 것들도 있었지만 가장 현수의 입맛을 당긴 것은 역시 치킨과 맥주였다.

리야의 시중을 받으면서 식사를 마친 현수는 고맙다고 인사를 했다. 그러자 집주인을 비롯하여 모든 사람들이 엎드려 절을 한다.

오히려 내가 더 고맙다는 뜻이라 한다.

리야는 디저트로 커피를 내왔다.

시다마 지방(Sidama Region) 아마로(Amaro) 산 인근에서 생산된 커피라 한다.

맛을 보니 블루베리나 블랙베리류 같은 딸기 맛이 느껴졌다. 책에서만 보던 딸기 향과 맛이 나는 커피였던 것이다.

현수는 리야로부터 커피 수업을 받았다. 알고 보니 리야는 커피 농장에서 일한다고 한다. 평범한 일꾼이 아니라 관리직이라는데 그래서인지 해박한 지식이 있었다.

밖에 나와보니 어느새 긴 줄이 형성되어 있다. 한국에서 온 성자의 치료를 받으려 대기하고 있었던 것이다.

리야가 나서서 하루 종일 예방 접종하느라 피곤한 사람을 쉬지도 못하게 하냐면서 소리쳤지만 소용없었다.

가족의 목숨이 오가는데 어찌 이런 소리가 들리겠는가!

현수는 환히 웃으며 불을 밝혀달라고 했다. 그리곤 진료를 시작했다.

대부분 못 먹어서 생긴 병이다. 또한 초기에 진료를 받지 못해 중증이 된 상태였다.

현수는 침술을 시전하는 척하면서 큐어와 힐, 그리고 컴플리트 힐을 적절히 사용했다.

회복 포션은 심한 경우에만 투여했는데 한 병씩 다 먹인 게 아니라 적당량만 복용시켰다.

그것만으로도 눈에 뜨이는 효력을 보였다. 사람들은 가느다란 침 하나로 이곳저곳을 쿡쿡 찌르기만 하는데도 병자들이 좋아지는 모습에 환호성을 터뜨리곤 했다.

진료는 밤 12시가 넘도록 계속되었다. 현수가 줄을 섰던 모든 사람들을 치료하겠다고 했기 때문이다.

사람들은 더 이상의 줄은 용납하지 않겠다는 결의라도 한 듯 새로운 환자의 줄 서기를 허용하지 않았다. 그러자 누군 치료받고 누구는 못 받게 하느냐는 실랑이가 벌어졌다.

너무도 시끄러웠기에 현수는 진료를 하던 중 밖으로 나갔다.

그리곤 오늘 치료받지 못한 환자들은 내일 진료를 받을 수 있을 것이란 약속을 했다.

그들에겐 리야가 황급히 만든 번호표를 주었다. 그제야 소란을 멈추고 고개 숙여 사과를 한다.

현수는 그들의 마음을 짐작하기에 환한 웃음만 보여줬을 뿐이다.

결국 이날의 진료는 새벽 3시를 넘기고야 끝났다.

짧은 시간 동안 무려 84명이나 되는 환자를 치료했다. 대부분 시간이 지나면 완치될 것이다. 포션과 마법의 위대한 효력 때문이다.

죽음의 문턱에 있던 가족을 되찾게 된 사람들은 코리아라는 나라에 대해 다시 한 번 생각하게 되었다.

60여 년 전엔 전쟁으로 폐허가 되었던 나라이다. 그런데 지금은 세계 9위의 경제대국이 되었다.

또한 오래 전의 은혜를 갚기 위해 성자를 보내준 나라이다.

처음엔 왜 한 명만 왔는지 이해할 수 없었다. 그런데 그 한 명은 평범한 의사 100명에 버금간다.

뿐만 아니라 못 고치는 병이 없다.

내과, 외과, 정형외과, 안과, 이비인후과, 피부과, 비뇨기과, 소아과, 심지어는 산부인과까지 망라한다.

딱 한 가지 부족한 것이 치과이다.

썩은 이빨을 뽑는 주지만 새 이빨을 만들어주지는 못했다.

현수가 잠든 사이에 아디스아바바는 난리가 벌어졌다. 아침 신문에 대서특필된, 한국에서 온 성자에 관한 기사 때문이다.

"끄으응!"

모처럼 숙면을 취한 현수가 기지개를 켰다. 그러다 움직임을 멈췄다. 리야가 양치와 세수할 물을 떠 가지고 들어왔기 때문이다.

"일어나셨어요? 피곤하시죠?"

"리야……!"

"여기서 세수하세요."

리야가 내민 세숫대야엔 맑은 물이 찰랑이고 있었다.

"고마워요."

"고맙기는요. 이 정도는 당연한 거죠."

리야가 생긋 웃는다. 그러고 보니 에티오피아에 와서 본 아가씨들 가운데 가장 예쁘다. 고등학교 때까지 공부를 아주 잘했는데 가정 형편이 어려워 대학 진학을 포기했다고 한다.

까무잡잡한 미녀가 보는 앞에서 세수하고 나니 수건을 내민다. 향수라도 뿌린 듯 향내가 난다.

"고마워요."

"아니라니까요. 자, 이제 양치하세요."

내민 칫솔을 받아 이빨을 닦았다.

"아침식사 준비해 놨어요. 가세요."

리야가 이끄는 대로 가니 코리안 빌리지의 촌장을 비롯한 참전용사들이 예복을 입고 도열해 있다.

"차렷! 성자께 대하여 경계!"

구호 없이 일제히 경례를 붙인다. 느닷없이 당한 현수는 저도 모르게 경계를 했다.

"바로!"

모두가 손을 내리기에 현수도 손을 내렸다.

"우리 코리안 빌리지를 방문하여 분에 넘치는 은혜를 베풀어준 성자께 깊은 감사를 드립니다. 이건 우리가 마련한 선물입니다."

촌장이 내민 것은 누런 봉투에 싸인 것이다.

선물이라지만 포장도 되어 있지 않고, 심지어 봉투의 윗부분은 열려 있다. 들여다보니 커피 원두가 들어 있다.

로스팅을 하지 않은 생두인지 옅은 쑥색이다.

커피 농장을 계획하고 있지만 아직 전문적인 지식이 없기에 이건 뭔가 하는 표정을 지었다.

이때 눈치 빠른 리야가 입을 연다.

"그건 게이샤(Geisha) 품종의 씨예요. 아라비카 중 하나이지요. 커피 중의 커피라 불리는 겁니다."

"아! 그렇군요. 감사합니다."

현수가 허리 숙여 감사의 뜻을 표하자 노병들 역시 고개를 숙여준다. 한국식으로 표현하자면 맞절을 한 것이다.

곧이어 단체 아침식사가 시작되었다.

모두가 노병이고 현수만 젊은이다. 쑥스러웠으나 어쩌겠는가! 현수는 리야의 시중을 받으며 식사를 마쳤다.

"리야! 오늘도 어제 그 천막이지?"

"네! 그런데 소문이 나서 그런지 사람들이 상당히 많아요."

"흐음, 사람들에게 말해주세요. 내일까지만 진료를 한다고."

"그럼 다시 안 오시나요?"

"아니요, 조만간 다시 올 겁니다."

"네에. 알겠어요."

또 다시 진료가 시작되었다. 그리고 오늘도 점심은 굶었다.

현수는 자신이 할 수 있는 최선을 다해 코리안 빌리지의 환자 및 다른 곳에서 온 환자들을 보살폈다.

어제와 마찬가지로 침 몇 방에 고질병들이 시료된다. 점심나절엔 방송국에서 왔는지 촬영하려고 한다.

일단 저지했다.

왜 그러느냐는 리포터의 물음에 자신이 드러나는 것이 싫다고 하였다. 결국 치료된 환자들만 촬영하는 것으로 합의했다.

대신 취재에 응해달라고 하였다.

리야는 하루 종일 진료만 했으므로 휴식을 취할 겸 커피 한 잔 하면서 취재에 응하라 하였다.

결국 자리를 바꿔 리포터와의 대담을 시작했다.

"먼저 여쭙겠습니다. 어떻게 해서 이곳까지 온 겁니까?"

"1950년에 동양의 작은 나라 코리아에선 전쟁이 벌어졌습니다. 그때 에티오피아는 군대를 파견하여 우리나라를 도왔습니다."

"네, 그랬었지요."

"수십 년의 세월이 흐르는 동안 대한민국은 폐허 속에서 한강의 기적을 일으켰습니다."

리포터는 알고 있다는 듯 크게 고개를 끄덕였다.

"우리는 나라를 재건하느라 곁을 돌아볼 겨를이 없었습니다. 하지만 에티오피아가 우리에게 베풀었던 호의를 잊은 것은 아닙니다."

"그랬군요."

"그래서 제가 이곳에 왔습니다. 한국을 도왔던 노병들이 어려운 형편 때문에 제대로 된 치료를 받지 못한다는 소식을 들었던 겁니다."

"아! 네에."

"할 수 있는 최선을 다해 어르신들을 도우려는 마음뿐입니다."

"그런데 왜 얼굴 촬영을 거부하신 거죠?"

"속담에 오른손이 한 일을 왼손이 모르게 하라는 말이 있습니다. 제가 여기 와서 진료 행위를 했다고 드러내면 그건 생색을 내는 것과 다름없습니다. 그래서 촬영을 하지 말라고 부탁드린 겁니다."

"지금 아디스아바바에는 성자가 출현했다는 소문이 무성한 것은 아십니까?"

"물론 모릅니다. 그리고 전 성자가 아닙니다. 그냥 의술을 아는 평범한 사람일 뿐입니다. 너무 과한 칭찬이니 거둬주었으면 합니다."

"아까 촬영을 하면서 보니 다 죽어가던 환자가 뾰족한 침 몇 방에 활기를 찾는 모습을 보았습니다. 그건 무어라 설명하시겠습니까?"

"동양의, 특히 대한민국의 침술입니다. 저는 진료를 하면서 성심을 다해 환자가 쾌유하길 비는 마음으로 치료를 합니다. 그러다 보니 다른 한의사들보다 치유 효과가 조금 빠른 것 같습니다."

이 대목에서 리포터는 강하게 고개를 저었다.

"그건 아닌 것 같습니다. 제 자랑은 아니지만 저도 의과대학을 나온 사람입니다. 지금껏 성자의 치료만큼 획기적이고 즉효 있는 것은 본적이 없습니다."

"그것에 대해선 뭐라 드릴 말씀이 없군요. 저는 그저 최선을 다한다는 것뿐입니다."

"그것만 가지고는 납득하기 어렵습니다. 가히 기적이라 불려도 좋은 상황이 여러 번 있었다고 합니다."

"죄송합니다. 환자들이 밀려 있어서……. 치료를 하고 시간이 나면 그때 다시 말씀 나눴으면 합니다."

"아! 네에."

리포터가 어정쩡한 표정을 짓는다. 질문을 더 할 수 없는 상황이기 때문이다.

현수는 얼른 자리에서 일어나 천막으로 되돌아갔다. 그리곤 다시 진료를 시작했다.

리포터는 진료 받고 나가는 환자와 그 가족들을 붙잡고 계속해서 취재를 하고 있었다.

다행인 것은 외부에선 천막 안의 현수를 촬영할 수 없다는 것이다. 그렇기에 마음 편히 환자들을 돌보았다.

저녁을 먹은 시간은 밤 10시경이다. 끝없이 늘어선 환자들 때문에 차마 밥을 먹겠다는 소리를 할 수 없었던 것이다. 그나마 리야가 먹을 건 먹고 하라고 채근하지 않았으면 굶었을 것이다.

밤 11시경, 진료를 재개하고 얼마 지나지 않았을 때 바깥이 소란스러워졌다.

"리야! 밖에 무슨 일인지 알아볼래요?"

"네, 성자님!"

"에구, 제발 그 성자라는 소리는 좀 빼세요."

현수의 짜증 아닌 짜증에 리야가 생긋 웃는다.

"그럼 성함을 알려주세요. 성함도 모르니 그렇게 부를 수밖에 없잖아요. 안 그래요, 성자님!"

"끄으응!"

"성자님은 성함은 뭐죠?"

"에구, 그냥 그렇게 부르세요."

"차암, 이상하시다. 다른 사람들은 자기 이름을 알리지 못해 안달인데 성자님은 진짜 성자님이신가 봐요."

"에구, 어서 바깥의 상황이나 알아보세요. 심상치 않으니!"

"네에, 성자님!"

리야는 약이라도 올리려는 듯 말꼬리를 올리곤 밖으로 나갔다.

잠시 후, 천막을 걷고 누군가 들어선다. 제복을 입었는데 군인인지 경찰인지, 아니면 공무원인지 가늠되지 않았다.

"어디가 아파서 오셨습니까?"

"……!"

환자 가운데 하나라 생각하고 물었는데 대답하지 않는다.

"환자 아니십니까?"

"당신, 의사 면허는 있나?"

"네?"

현수의 반문에 그럴 줄 알았다는 표정을 짓는다.

"에티오피아가 가난한 나라이기는 하지만 법까지 없는 나라는 아니오. 당신은 지금 우리 국내법을 위반하고 있소. 그러니 당장 진료를 멈추시오."

"······!"

대체 왜 이러나 싶은 마음이다. 돈을 받는 것도 아니고, 약을 선전하는 것도 아니다. 그럼에도 훈계하듯 하니 어이가 없다.

"에티오피아는 의사 면허가 없는 사람은 일체의 진료 행위를 할 수 없는 나라이오. 그러니 그만하라는 말이오. 알아들었소?"

"그건 알겠는데 에티오피아가 아닌 나라의 의사 면허는 허용이 안 된다는 겁니까?"

현수는 뭐라 하는지 들어보자는 표정이다.

에티오피아는 분명 의료 후진국이다. 이런 나라에서 미국, 영국 등 선진국의 의사 면허에 대한 의견을 알고 싶은 것이다.

참고로, 에티오피아에서는 여전히 과학적으로 입증되지 않은 주술사들이 활동하고 있다는 것을 안다. 돌보았던 환자들 가운데 주술사를 찾아갔다가 질병이 악화되어 온 사람들이 많았던 것이다.

"물론 다른 나라에서 면허를 받았다면 인정이 되지. 다만 입국할 때 신고가 되었어야 하네."

"콩고민주공화국의 면허는 어떻습니까?"

사내는 동양인인 현수가 콩고민주공화국의 면허가 있을 것이라곤 전혀 상상치 못하는 모양이다.

"그 나라의 면허는 당연히 허용되지. 그건 그렇고 면허증이나 내놔봐. 없으면 즉시 여길 떠나라고."

이 사내는 아디스아바바 시내에 소재한 병원에서 파견한 사람이다.

아침에 신문을 본 환자들이 대거 병원을 빠져나가는 상황이 되자 경찰에 압력을 넣은 것이다.

그리고 이 사내는 아디스아바바에서도 가난하기로 이름난 코리안 빌리지를 관할하는 경찰서의 서장이다.

"그럼 제가 입국하면서 면허를 신고했으면 진료를 계속해도 되는 겁니까?"

"물론! 당연히! 하지만 면허가 없거나 신고가 되어 있지 않았다면 당신은 현행법 위반으로 체포되어 구금될 것이네."

"……!"

"예상대로군! 베켈레, 킬라! 안으로 들어와."

"네!"

대답과 동시에 두 사내가 들어선다.

"이자를 체포하도록!"

"네, 알겠습니다."

덩치 큰 두 경찰이 다가서자 현수가 자리에서 일어났다.

"잠깐!"

"……!"

둘이 멈칫하는 사이에 현수는 신분증을 꺼냈다.

물론 콩고민주공화국이 마련해 준 준외교관 신분증이다. 또한 공항에 입국하면서 직업을 신고한 신고서류도 꺼냈다.

"여기 제 신분증과 의사면허증, 그리고 입국신고 서류입니다."

현수가 내민 것들을 받아든 사내는 그것들을 살피더니 흠칫거린다.

분명한 동양인이면서 콩고민주공화국의 준외교관 신분이라는 것 때문이다.

"흐음, 실례가 많았소."

서장은 트집 잡을 게 없자 살짝 고개를 숙이곤 밖으로 나간다. 모르긴 몰라도 계면쩍어서일 것이다.

잠시 후, 자동차 떠나는 소리가 들린다. 보아하니 대여섯 대는 몰려왔던 모양이다.

CHAPTER 11
과체중이십니다

전능의팔찌
THE OMNIPOTENT
BRACELET

"괘, 괜찮으세요?"

"네, 리아 양은 어때요?"

"저도 괜찮아요."

손목에 수갑이라도 찼었는지 양쪽 손목을 만지작거린다.

"진료 계속합시다."

리야는 어찌 된 영문인지를 묻지 않았다.

이날의 진료 역시 새벽 3시를 넘긴 뒤에야 끝났다.

숙소로 돌아온 현수는 식사를 하곤 잠자리에 들었다. 잠시 후, 리야가 들어온다. 대체 왜 이러나 싶었다.

그런데 잠시 후부터 살랑살랑 바람이 분다. 잠든 현수를 위해 부채질을 하는 것이다.

'이런! 몹시 피곤할 텐데. 흐음, 안 되겠군.'

"슬립!"

입술을 달싹이자 금방 바람이 멈춘다. 피곤에 절은 리야가 깊은 잠에 빠진 것이다. 얼른 들어서 잠자리에 뉘였다.

그리곤 마을 밖으로 나가 앱솔루트 배리어를 쳤다. 하루 종일 진료하느라 거의 소진된 마나를 충전하기 위함이다.

아침, 6시경. 현수는 숙소로 되돌아왔다. 리야가 잠꼬대하며 뒤척인다.

"아아! 성자님! 성자님은……."

뒷말을 웅얼거려서 제대로 들을 수 없었다.

"바디 리프레쉬!"

샤르르르릉―!

마나가 스며들자 웅크렸던 리야의 몸이 펴진다. 그리곤 고른 숨을 내쉰다. 자고 일어나면 모든 피로가 풀린 몸이 될 것이다.

"흐으음!"

밖으로 나와 기지개를 켰다. 저쪽을 보니 벌써 줄을 서 있다.

"하긴……."

돈이 없으면 의사 만나기가 하느님 만나기보다 어려운 곳이다. 그런데 아무런 조건 없이 치료해 주는 성자가 나타났다.

현수는 모르지만 아디스아바바는 물론이고 소문이 번진 짐버, 디레다와, 하레르 등지에서 환자들이 몰려오는 중이다.

"오늘 하루! 딱 하루만 더 있고 떠나자."

레드 마피아가 보낸 컨테이너 통관 작업이 마음에 걸린 것이다.

현수가 진료를 시작하고도 두 시간이나 더 지나서 리야가 왔다.

늦잠 잔 게 부끄러운지 고개도 들지 못한다. 하긴 부채질을 해주러 들어왔다가 현수의 잠자리에서 잠을 잤다.

"리야! 오늘은 컨디션이 좋아 보이네."

"죄송해요."

"괜찮아요. 너무 피곤하면 그럴 수 있어요."

"네에."

이날도 점심은 굶었다. 아침도 못 먹었으니 두 끼를 굶은 것이다. 오후 6시가 되어서야 아점저를 먹기 시작했다. 아점저란 아침 겸 점심 겸 저녁 식사이다. 지금 먹으면 언제 또 먹을 수 있을지 모르기에 저녁까지 겸해진 것이다.

절반쯤 먹었을 때 갑자기 밖이 소란스럽다.

"……!"

"촌장님! 대통령님이 오셨습니다."

"뭐어……?"

식사를 하던 촌장이 대경실색하며 자리에서 일어난다. 그리곤 후다닥 밖으로 나갔다.

잠시 후, 촌장은 몹시 뚱뚱한 기르마 올데 기오르기스(Girma Wolde Giorgis) 대통령을 안으로 모셨다.

"서, 성자님!"

"네?"

"대통령님께서 성자님을 뵙고자 오셨습니다."

현수는 정중히 고개 숙여 인사를 했다.

"네에. 안녕하십니까? 김현수라 합니다."

"반갑습니다. 기오르기스라 하오."

둘은 정중히 악수를 나눴다. 연장자일 뿐더러 에티오피아의 최고 통수권자이니 예의를 갖춘 것이다.

"네, 대통령님!"

"호오! 우리말을 아주 잘하는군요."

"네, 조금 공부했습니다."

에티오피아의 공용어는 암하라어9)와 영어이다. 현재 둘은 암하라어로 대화하는 중이다.

"식사를 하던 모양인데 내가 방해가 되었나요?"

"아닙니다. 거의 다 먹었습니다."

"이런 내가 실례를 한 거군요. 미안합니다."

"괜찮습니다."

"잠시 대화를 나눌 수 있을까요?"

"물론입니다."

곧 안에 있던 사람들이 정리되었다. 촌장을 비롯한 사람들은 모두 나가고 현수와 대통령, 그리고 그의 측근인 듯한 사람만 남았다.

---

9) 암하라어(Amharic language): 에티오피아의 공용어. 13세기경에 발생. 현재 신문과 국영방송에서 쓰인다. 셈어계이지만, 함어의 영향을 많이 받았다. 명칭은 에티오피아의 암하라 지방의 주민 이름으로부터 유래하였다.

"방송을 보고 알았습니다."

"아! 네에."

취재해 간 것이 벌써 방송된 모양이다.

"우리 국민들을 위해 애써 주어 고맙습니다."

"애쓰긴요. 당연한 일입니다."

"언제까지 머물 것인지 알려주시겠습니까?"

"오늘까지만 진료하고 내일은 콩고민주공화국으로 갈 생각입니다."

"그래요? 그곳엔 왜 가는 겁니까?"

콩고민주공화국은 한국전쟁 때 참전하지 않은 국가이기에 물은 것이다.

"그곳에서 조그만 사업을 하고 있습니다."

"흐음, 사업이라……. 그래, 어떤 사업입니까?"

"한국으로부터 의약품을 수입하여 판매하는 겁니다."

"한국 의약품……? 그럼 혹시… 천지약품입니까?"

"어라? 대통령님께서 그걸 어찌 아시는지요?"

국가를 운영하는 사람이 다른 나라에 있는 조그만 약품상의 명칭을 정확히 거론하였기에 현수는 놀란 표정을 지었다.

"역시 그랬군요."

대통령이 고개를 끄덕인다. 그리곤 현수를 찬찬히 바라본다. 현수는 분위기가 어색하여 한마디 했다.

"대통령님께서 알아주시니 황공하네요."

그래도 대통령은 한참 동안 현수를 바라보았다. 그러더니 생각을 정리했다는 듯 입을 연다.

"미스터 킴, 우리나라에서도 그 사업을 해볼 생각 없소?"

"네……?"

"천지약품에 대한 소문을 들었소. 이익의 절반으로 킨샤사의 가난한 주민들을 위해서 무료 급식소를 운영한다는……."

이 소문을 처음 들었을 때 기오르기스 대통령은 신선한 충격을 받았다. 에티오피아에도 많은 외국인들이 들어와 사업을 한다.

하지만 어느 하나 천지약품처럼 이익을 환원시키지 않는다.

그래서 공무원에게 뇌물을 써서라도 어떻게 하면 더 많은 이익을 챙길지만 궁리한다고 생각하고 있다.

실제로도 그렇다.

"소문이 조금 부풀려 난 것 같습니다."

"아니오. 소문을 듣고 가에탄 카구지 내무장관과 통화를 했소. 천지약품에 대한 칭찬이 너무 자자하여 한번 가볼 생각까지 했소."

"아, 네에."

이 대목에서 무어라 하겠는가! 현수는 맞장구만 쳤다.

"에티오피아에서도 그 사업을 한다면 밀어주겠소. 어떻소?"

에티오피아는 현재 의약품과 곡물 등 주요 품목을 정부비축사업으로 지정했다. 그렇기에 공무원들이 이 일에 관여한다.

한국은 물론이고, 미국, 일본, 지나, 영국, 독일, 프랑스 등 많은 나라의 바이어들이 개별적으로 공무원을 접촉하여 납품한다.

이 과정에서 얼마나 많은 부정이 저질러지는지 충분히 짐작하고 있다. 하지만 대통령은 지금껏 이 사업에 태클을 걸지 않았다.

그 돈이 상납되고 있다는 것을 알기 때문이다. 결국 자신의 수족들에게 돈이 가는 일이기에 놔두고 있었다.

하지만 언제까지고 그냥 둘 생각은 없다. 손보지 않으면 점점 비싸지는 약값 때문에 국민들이 죽어갈 것이기 때문이다.

그럴 즈음 천지약품에 대한 이야기를 들었다. 질 좋은 의약품을 수입하여 자격이 있는 사람에게만 소매를 시킨다고 한다.

그리고 발생된 이익의 절반은 빈민 구제를 위해 쓴다.

수족들도 이젠 재산을 모을 만큼 모았을 터이니 이런 시스템을 갖추면 좋겠다는 생각을 했다. 그렇기에 가에칸 카구지 내무장관과 직접 통화까지 해서 사실 확인을 한 것이다.

이렇게 하면 두 가지 이득이 있다.

첫째, 에티오피아의 국민들이 보다 저렴한 의료 혜택을 입을 수 있다는 것이다.

둘째는 자신의 재선가도가 보다 탄탄해진다는 것이다.

하지만 사람이 문제이다. 천지약품의 사장과 같은 사람이 아니라면 더 큰 도둑놈을 만드는 일이 될 수 있다.

사람은 많지만 믿을 만한 이는 드물다는 것을 절감했다. 그러던 차에 현수를 만났기에 대놓고 사업하라는 것이다.

"에티오피아에 천지약품을 개설하라고요?"

"하겠다고 마음만 먹으면 법안을 개정해서라도 돕겠네."

대통령은 만만히 않은 저항이 있겠지만 밀어붙이면 못할 일
도 아니라는 생각을 했다.

"으음……!"

"생각해 볼 시간은 충분히 주겠네. 언제든 말만 하게."

"감사합니다. 대통령님!"

"오늘 자네를 만나 유쾌했네."

대통령이 손을 내밀기에 악수를 했다.

"다음에 또 만나기를……! 언제고 나를 만나고 싶으면 전화
를 하게."

대통령의 말이 떨어지기 무섭게 수행비서가 명함을 내민다.

거기엔 이름과 전화번호만 있다. 러시아의 메드베데프 대통
령의 것과 유사하다.

"대통령님, 잠깐만요."

자리에서 일어서려던 대통령이 시선을 든다.

"오신 김에 진맥이나 한번 해보시지요. 말씀드리기 죄송하
지만 너무 살이 찌셨습니다."

"흐음, 그렇지. 살이 찌긴 많이 쪘지."

현수는 대통령의 손목을 잡고 지그시 눈을 감았다.

예상대로 고혈압이다. 고지혈증도 의심되고, 당뇨도 있는
듯하다. 그리고 심장도 심상치 않다.

관상동맥에 문제가 생긴 것 같다.

"마나 디텍션!"

대통령의 체내로 스며든 마나는 자신의 임무를 잘 안다는

듯 전신 구석구석을 누볐다. 그리곤 이상 부위에 대한 보고를
해온다,

예상대로 관상동맥이 많이 좁아진 상태이다. 조만간 협심증
또는 심근경색이 올 수 있다는 뜻이다.

췌장도 문제가 있다. 혹시나 했더니 역시나이다.

"흐음……!"

"어떤가?"

진맥을 마치자 대통령이 묻는다. 사실 기오르기스는 자신의
병을 알고 있다. 정기적인 진찰을 받고 있으며 의사들의 처방
에 따라 약도 먹고, 식습관 개선을 하는 중이다.

"대통령님은 현재 췌장의 인슐린 분비 이상으로 인한 당뇨
병과 고혈압이십니다. 혈액 속의 지질 농도가 높은 고지혈증
이며, 관상동맥이 상당히 좁아져 있는 상태입니다."

"……!"

"과체중으로 인해 무릎에 이상이 생겨 관절염이 진행되는
중이며, 무엇보다도 협심증과 심근경색의 우려가 매우 높은
상태입니다."

"……!"

대통령은 국빈 자격으로 영국에 갔을 때 런던에 위치한 세
인트조지 병원에서 건강검진을 했다.

그리고 방금 현수가 말한 모든 결과를 통보받았다.

식습관 개선, 체중 감량, 꾸준한 운동, 처방된 약 복용 및 정
기적인 검사를 권유받았다. 하지만 살던 습관이 하루아침에

바꿔지겠는가!

위험하다는 것을 알면서도 실행에 옮기지 못하고 있는 형편이다.

"치료를 받으셔야 할 것 같습니다. 상의를 탈의해 주시겠습니까?"

"그러지."

수행비서의 도움을 얻어 간신히 옷을 벗었다. 그만큼 비대하기 때문이다. 별일도 아니건만 숨까지 거칠어져 있다.

이래 가지곤 오래 못 살 것이 분명하다.

"비서께서는 잠시 나가주시겠습니까?"

"안 됩니다."

단순한 수행비서가 아니라 경호원 역할도 하는 모양이다.

"나가 있게."

"대통령님……!"

"괜찮아."

대통령의 말에 비서는 찍소리 않고 나간다.

"그럼 시작하겠습니다. 조금 따가울 수 있으나 잠깐이니 참으셔야 합니다."

"알겠네."

대통령은 방송에 보도된 성자라는 말을 믿지 않았다.

방송이지만 진실만 보도하는 게 아니라 가끔 헛소문도 진짜처럼 보도했기 때문이다.

그럼에도 현수의 진료를 받는 이유는 왠지 믿고 싶기 때문이다. 진짜 성자라면 자신의 고질을 치료받을 수 있을 것이다.

아니라 해도 크게 해되지는 않을 것이다.

그렇기에 마음 편히 있는 것이다.

"먼저 이것을 복용하십시오."

현수가 내민 것은 회복 포션이다. 기능이 다한 췌장을 살리기 위함이다. 또한 좁아진 관상동맥이 원래대로 되길 바라서이다.

"흐음, 향이 좋군."

꿀꺽, 꿀꺽, 꿀꺽—!

회복 포션은 입안에 들어가는 순간부터 기능을 발휘하기 시작했다. 헐어 있는 상피세포들을 원상으로 복원시키기 시작한 것이다.

대통령이 자리에 눕자 현수는 침을 꺼내 들었다.

"리커버리!"

샤르르르르릉—!

서늘한 푸른빛 마나가 침을 통해 체내로 흘러들어 간다. 그와 동시에 맡겨진 임무가 뭔지 안다는 듯 췌장과 관상동맥 등으로 달려간다.

빠져나가던 마나가 멈추자 침을 꺼내 시침했다.

현수는 이제는 능숙해진 손길로 풍지(風池), 천주(天柱), 견정(肩井), 심수(心腧), 합곡(合谷), 수삼리(手三里), 족삼리(足三里)에 침을 놓았다. 고혈압을 다스리기 위한 시침이다.

약 3분 후 모든 침을 회수했다. 다음엔 무릎 관절 부위에 침을 놓았다. 관절염을 위한 것이다.

그러는 동안 대통령의 체내에서는 망가지거나, 기능이 떨어진 장기들이 서서히 되살아나고 있었다.

회복 포션을 많이 복용시켰다면 단숨에 일어날 일이다. 하지만 성자라 불리는 것이 부담스러웠기에 필요량의 3분의 2만 복용시켰다. 서서히 치료 효과가 나타나게 하기 위함이다.

하지만 현수의 이런 기대는 깨졌다.

회복 포션의 양은 적었지만 리커버리라는 걸출한 마법은 제 역할을 다했기 때문이다. 게다가 시침까지 더해지자 대통령을 괴롭히던 질병들이 하나둘 나가떨어지기 시작했다.

침을 회수하고 보니 코를 골며 잔다. 무척 편안했던 모양이다.

"바디 리프레쉬!"

샤르르르르룽—!

마나가 스며들자 호흡이 고르게 변했다. 뚱뚱한 사람들은 잘잘 때 호흡이 규칙적이기 힘든데 멀쩡해진 것이다.

"이것만으로는 살이 안 빠지지."

현수는 아공간에서 쉐리엔 분말을 꺼냈다. 그리곤 적절한 용기에 담았다.

약 20여 분 후 일련의 작업이 마쳐졌다.

"어웨이크!"

"끄으응……! 후아아암!"

하품을 하며 눈을 뜬 대통령은 자리에서 벌떡 일어났다.

"……!"

"몸이 좀 편해지셨죠? 이제 서서히 혈압도 정상으로 내려갈 겁니다. 당뇨 수치도 정상에 가까워질 거구요."

"……!"

"그리고 이거! 오늘부터 매일 식사 후에 하나씩 복용하십시오. 이걸 복용하시면 살이 몰라보게 빠질 겁니다."

"세상에……! 어떻게 이런……!"

대통령은 한 번도 느껴보지 못한 산뜻한 느낌이 믿을 수 없는 듯하다. 어깨도 돌려보고 다리를 들어보기도 한다.

"편하시죠?"

"미, 미스터 킴! 정말 성자셨소?"

"네? 아, 아닙니다. 성자는 무슨……. 그냥 독특한 의술을 시전하는 것뿐입니다."

대통령 일행이 간 후 촌장을 비롯한 사람들은 일생의 광영이라는 듯 밝은 표정이다. 그리고 희망에 들뜬 모습이다.

코리안 빌리지의 낙후된 환경을 본 대통령이 우선적으로 개선사업을 계획하여 시행하라는 지시를 내리고 간 때문이다.

대통령을 배웅하기 위해 천막 밖으로 나갔을 때 눈에 익은 사내를 볼 수 있었다. 의사 면허가 없으면 당장 꺼지라던 관할 경찰서장이다.

서 있는 자리를 보니 가장 말석이다. 다시 말해 대통령을 수행해 온 사람들의 직위가 경찰서장보다 낮은 이가 없다는 뜻이다.

경찰서장은 현수와 시선이 마주치자 전전긍긍하는 모습이다. 자신과의 일이 알려지면 아주 작살날 것이라 생각한 모양이다.

현수는 피식 웃어주고 말았다. 그제야 안심이 된다는 듯 굳은 표정을 푼다. 그리곤 아주 정중히 고개 숙여 절을 했다.

고맙다는 뜻일 게다. 굳이 원수질 일 없기에 그냥 웃어만 주었다.

*   *   *

"미스터 킴! 어디 갔다 온 거야? 며칠 동안 연락도 없이. 바람난 거야? 응? 나 말고 다른 여자한테 한눈팔면 죽어."

"마투바! 나 바빴어. 할 일 많은 사람인 거 알잖아. 안 그래?"

"하여간 잠은 여기 와서 자! 알았지? 딴 계집 처다보면 안 돼!"

마투바의 한국어 실력은 대단하다. 하여 웃지 않을 수 없었다.

"미스터 킴은 마투바의 어장에 갇힌 고기야. 잡은 고기에겐 미끼를 주지 않는대. 알았지?"

당최 무슨 소린지 알 수는 없다. 하지만 하나는 확실하다. 요즘 마투바가 푹 빠져서 보는 한국 드라마의 악영향이다.

스토리를 보는 게 아니라 이상한 말만 배우고 있다.

"지사장님은 어디 나가셨어?"

"응! 한국에서 컨테이너들이 올 때가 되었다면서 알아본다고 나가셨어."

"그렇구나. 그럼 마타디 항으로 가신 거야?"

"아마도……! 근데 지사장님 나쁘다."

"왜……?"

"미스터 킴 없을 때 막 욕해!"

"그래? 뭐라고 하는데?"

"이 노무 자식은 대체 어딜 싸질러 다니는 거야? 눈에 띄어야 뭔 말을 할 텐데. 바쁜 일은 다 나 시키고……. 제기랄! 맨날 이래."

"하하, 그래? 알았어. 근데 그건 욕이 아니야."

"아닌데? 이 노무 자식도 욕이고 제기랄도 욕이다."

"맞아. 근데 가끔은 욕이 아닐 때도 있어."

"그래? 그런 거야? 언제 그렇지?"

마투바가 고개를 갸웃거린다. 그러면서 아무래도 드라마를 더 봐야겠다는 생각을 한다.

현수는 대답을 하지 않았다. 마투바와 말장난하고 있을 때가 아니기 때문이다.

밖에 나가보니 산타페 한 대가 서 있다. 천지약품에서 쓰는 자동차라는 것을 한눈에 알 수 있었다.

천지약품이라는 글씨가 큼지막하게 써 있었던 것이다.

"마투바, 저 차 키는?"

"여기! 차 조심해."

현수는 마투바가 왜 이런 소리를 하는지 몰랐다. 하여 대답 대신 시동을 걸고는 곧장 출발했다.

마타디 항까지 가기 위함이다. 텔레포트로 가는 것이 훨씬 편하고 빠르지만 일부러 차를 몰았다.

자리를 비운 사이에 어떤 변화가 있는지 알고 싶었던 것이다.

길은 여전했다. 하지만 서스펜션이 충격을 잘 흡수했다.

"자동차 만드는 기술이 일취월장하는 모양이구나."

라디오를 틀었더니 이상한 노래만 나온다.

그렇게 한참을 달리는데 누가 엄지손가락을 치켜들고 서 있다. 말로만 듣던 히치하이킹이다.

끼이이익ㅡ!

"어디까지 가십니까?"

"마타디 항으로 가는 길입니다."

"아! 잘 되었습니다. 가다 내려주시면 안 되겠습니까?"

인상을 보아하니 흉악범은 아닌 것 같다. 또 흉악범이면 어떤가!

7써클 마법사를 어찌할 흉악범은 세상에 없다.

그것도 숨어서 노린다 해도 그렇다. 뛰어난 감각이 있기에 먼저 알고 움직이면 그만이다.

"그럽시다."

"고맙습니다."

조수석에 올라탄 사내가 환한 웃음을 짓는다.

"셀레마니 무암바라 합니다."

"김현수라 하오."

사내는 이제 갓 스무 살을 넘긴 듯 보이기에 편하게 대답했다.

"마타디 항엔 무슨 일로 가십니까?"

"그러는 무암바는 어디까지 갑니까?"

"축구 연습장까지 갑니다."

"축구 연습장이요?"

"네, 저 앞에 있는 축구 연습장이요. 몰라요?"

"미스터 무암바! 난 외국인입니다. 알 리가 없잖아요."

"그럼 혹시 파브리스 무암바는 알아요?"

무암바는 어이없다는 표정을 짓고 있었다.

"파브리스 무암바가 누굽니까? 미스터 무암바의 형제……?"

운전을 하는 중인지라 현수의 말끝은 짧았다.

"네, 우리 형이에요. 근데 진짜 파브리스 무암바가 누군지 몰라요?

"네에. 내가 알아야 하는 사람입니까?"

"끄응……!"

작년에 영국의 볼턴 윈들러스 팀에서 경기하던 중 심장마비로 쓰러져 세계적 관심을 받았던 파브리스 무암바를 모른다는 소리에 셀레마니 무암바는 혈압 오른다는 표정을 지었다.

현수는 그때 파란만장한 시기를 보내고 있었다. 그렇기에 축구 같은 스포츠 경기에 관심 둘 시간적 여유가 없어 모르는 것이다.

"미스터 킴은 축구 별로예요?"

"축구요? 아뇨, 축구 좋아하는데요?"

비포장도로이기에 현수는 시선조차 돌리지 못하고 대답했다. 그러다 문득 비포장도로라는 영어 단어가 생각났다.

고등학교 다닐 때 'Unpaved road'라 배웠다. 포장도로는 'Paved road' 또는 'Pavement'이다. 뜬금없이 왜 이런 단어

가 생각났는지는 모른다. 아마도 주입식 교육의 폐해가 아닌
가 싶다.

이런 생각을 할 때 셀레마니 무암바가 묻는다.

"혹시 축구를 너무 잘해서 그런 겁니까? 아님 축구를 못합
니까?"

현수는 대한민국 육군 출신이다. 어찌 축구를 못하겠는가!

국방과학연구소 소화기 개발팀엔 사병뿐만 아니라 장교들
도 많다. 일과 시간 이후나 일요일엔 글자 그대로 계급장 떼고
공을 찼다.

현수도 마찬가지이다. 마땅히 할 일이 없던 시절인지라 시
간 날 때마다 공을 찼다. 그 결과 소화기 개발팀의 에이스가
되었다.

그런데 축구를 잘 하느냐는 질문을 받았다. 이때 코앞의 도
로 상태가 좋지 못하다. 그러다 보니 대충 대답하게 되었다.

"축구요……? 축구 좋죠."

"근데 진짜 파브리스 무암바를 몰라요?"

콩고민주공화국 축구선수들에게 있어 무암바는 희망이며
롤 모델이다. 동생인 셀레마니에게도 마찬가지이다.

"그 선수는 모르지만 공을 잘 찹니다."

도로 상태가 좋지 않아 건성으로 한 대답이다.

"끄으응! 얼마나 잘 차는지 물어도 되요?"

셀레마니가 물었을 때 차는 요철(凹凸) 부위를 넘던 순간이다.

"글쎄요. 좀 차기는 합니다."

차량의 하체가 닿을까 싶어 조심스럽게 튀어 나온 부위를 넘느라 또 한 번 대강 대답했다.

"정말요? 공 한번 차 보실래요?"

셀레마니의 물음엔 다분히 오기가 실려 있었다.

"그러죠. 뭐!'

현수의 성의없는 대답에 셀레마니 무암바는 화가 잔뜩 났다.

일생을 오로지 축구에만 두고 살았다.

장래 희망은 EPL에서 뛰는 것이다. 그런데 그게 무가치한 것처럼 이야기한다. 도저히 용서할 수 없는 일이다.

"만일 농담이면요?"

현수는 여전히 농담인 것으로 오인하고 있다.

"100달러 내기 어때요?"

"그건 적고 1,000달러 내기로 합시다."

"좋아요."

이번 대답은 길을 건너려는 노인 때문에 속도를 줄이면서 한 것이다. 주의를 기울이느라 상대의 말을 제대로 알아듣지 못했다.

"저기, 저쪽 길로 접어드세요."

현수는 핸들을 틀어 셀레마니 무암바가 지시한 길로 접어 들었다. 오는 동안 콩고민주공화국 축구대표팀 훈련장이란 이정표를 보았지만 자신이 그곳으로 향하는 것인지는 모르고 있었다.

길이 엉망이라 거기에 신경 쓰기에 바빴던 때문이다.

아무튼 꺾어서 들어간 길은 외길이다. 똑바로 쭉 들어가니 탁 트인 공간이 보인다.

"주차장은 저쪽이에요. 고마워요."

"다 온 거예요?"

주차장엔 낡은 버스 하나와 고물이 다 된 지프 두 대가 서 있을 뿐이다.

"자, 이제 내리세요."

오는 내내 자신의 가치관이 묵살되었다 느낀 셀레마니가 채근을 한다. 그러거나 말거나 현수는 호기심 때문에 내렸다.

숲속에 잘 가꿔진 축구장 3면이 있어 대체 이게 뭔가 싶었다. 대표팀 훈련장이란 생각은 이때까지도 전혀 없었다.

간판을 보았다는 것조차 잊은 때문이다.

"미스터 킴 혼자 할래요? 아님 반대편에서 뛸래요?"

"내가요……?"

건성으로 대답했기에 현수는 자신이 뛰어야 한다는 말이 농담처럼 들렸다.

"네, 저하고 내기했잖아요. 선수들끼리 청백전을 하니 저와 반대편에서 뛰면 되겠네요."

"뭐 그럽시다."

운동장에서 뛰고 있는 선수들을 보니 젊기는 하지만 조기축구회 아저씨들처럼 입고 있다. 낡은 티셔츠 위에 붉은 조끼와 푸른 조끼를 걸쳐 어느 편인가를 구분하고 있었다.

"어이, 셀레마니! 너 10분 지각이야. 왜 이렇게 늦었어?"

약간 나이가 든 사내의 호령에 셀레마니가 후다닥 달려간다. 그리곤 꾸벅 고개 숙여 늦은 것에 대한 사죄를 한다.

사내가 무어라 하자 계속해서 고개를 조아린다. 그러더니 몇 마디 말을 한다. 그러자 나이든 사내가 현수를 바라보았다.

이때 현수는 다른 선수들이 공 차는 것을 보고 있었다. 문득 군대 시절의 일이 생각난다.

현수가 있던 부대엔 대학에서 축구선수를 하던 사람이 있었다.

체대 출신인데 ROTC로 임관하여 갓 소위가 된 그 때문에 축구 열풍이 불었다.

그 덕에 현수도 마르세이유 턴과 사포 같은 기술을 배웠다.

그래서 틈나는 대로 연병장에 나아가 공을 찼다. 제대와 동시에 암울해진다는 것을 잊기 위한 몸부림의 하나였다.

어쨌든 그 덕에 제법 공을 찬다는 소리를 들어 몇 안 되는 사병임에도 늘 주전으로 뛰었다.

지금 그때의 기분이 느껴진다. 탁 트인 공간에서 축구공을 차고 싶다는 생각이 들었다.

이때 셀레마니가 부른다.

"미스터 킴!"

"왜?"

"이쪽으로 오세요."

현수가 다가오자 나이든 사내가 위아래를 유심히 살핀다.

"내기를 했다고?"

"네! 어쩌다 보니……."

"1,000달러면 적은 돈이 아니네."

"그 정도는 있습니다. 그리고 잃지도 않을 거구요."

"그래? 자신감 하나는 제법이군. 좋네. 푸른색 조끼를 입게. 먼저 두 골을 넣는 팀이 이기는 걸로 하지."

나이든 사내는 콩고민주공화국 축구대표팀의 코치이다. 전임 대표팀 선수이기도 하다.

이런 사실을 모르는 현수는 나이든 아저씨가 손짓하는 곳에 있는 푸른 조끼를 걸쳤다.

"축구화는 아무거나 골라 신게."

낡은 축구화들이 수북하게 있어 그중에 발에 맞는 것을 골랐다. 그러는 사이에 셀레마니를 비롯한 선수들이 모여 이야기를 주고받았다. 모두들 현수를 보며 웃는다.

"자아, 다섯 명이 한 팀이 되어 뛴다. 아까도 말했지만 두 골을 먼저 넣는 팀이 이기는 거야. 반칙은 허용하지 않는다. 또한 깊숙한 태클도 하지 마라. 알겠나?"

"네에."

편을 갈라섰다. 다섯 명이 한 팀이니 골키퍼 하나를 빼고 나면 필드 플레이어는 네 명이다. 그들과 대면한 현수가 포지션을 물으니 두 명은 수비수, 한 명은 포워드라 한다.

"우리는 전원 공격 전원 수비를 했으면 하는데 니들은 어때?"

모두 현수보다 나이가 어리기에 한 말이다.

"손님이 원하는 대로……."
포진이 완료되자 코치가 휘슬을 분다.
휘이이이익—!

CHAPTER 12
마법사의 내기 축구

선공은 현수네 팀이다.

현수와 팀원들은 공을 돌리면서 틈을 노렸다. 상대는 중원에서부터 압박했으나 발재간들이 좋아 빼앗기지 않았다. 그러면서 조금씩 전진한 현수는 팀원에게 안으로 뛰어 들어가라는 눈짓을 했다.

다시 공이 현수에게 오자 지체하지 않고 달리는 팀원의 전방에 찔러 넣었다. 그와 동시에 현수도 질주하기 시작했다.

결계 안에서 길고 긴 세월 동안 체력 단련을 한 결과 현수의 달리기 속도는 축구선수들을 능가했다.

달리는 야생마처럼 뛰어 들어간 현수의 앞으로 공이 튀어온다. 지체하지 않고 논스톱 발리슛을 때렸다.

퍼엉─!

"젠장……!"

공은 휘어지면서 골대 바깥쪽으로 흘러갔다. 상대 골키퍼는 예고 동작 없는 슛에 놀란 듯 눈을 크게 뜨고 있었다.

이번엔 셀레마니네 팀의 공격이다. 현수네와 마찬가지로 발재간이 좋아 좀처럼 공을 빼앗을 수가 없었다.

녀석들도 조금씩 전진하더니 2대 1 패스로 현수네 수비진을 흔들었다. 잘한다는 생각이 들 정도로 컨트롤이 좋았다.

현수가 달려들었지만 공은 빼앗을 수 없었고, 놈들은 페널티 라인 안쪽까지 쇄도한 상태이다. 한 골 먹겠구나 싶었는데 다행히 골키퍼가 먼저 몸을 날려 공을 잡아챈다.

날랜 표범과 같았기에 현수는 박수를 쳤다.

이런 일진일퇴가 계속되었다.

현수는 자신에게 온 공을 빼앗기지 않고 패스를 하면서 공격에 가담했다. 하지만 좀처럼 골은 나지 않았다.

상대팀 골키퍼가 고무공과 같은 탄력을 가졌기 때문이다.

공이 오른쪽 탑 코너[10]로 가면 웬만해선 막지 못한다. 그래서 그 부위엔 야신 존이란 명칭이 붙어 있다.

레프 이바노비치 야신(Lev Ivanovich Yashin)은 구소련의 대표팀 골키퍼이다. 세인들은 그를 역사상 가장 뛰어난 골키퍼라 칭한다.

그런 그도 막을 수 없었던 부위이기에 야신 존이란 명칭이

---

10) 탑 코너(Top Corner):축구 골대 상단 모서리 부분

붙은 부분이 바로 오른쪽 탑 코너이다.

어쨌거나 현수가 감아 찬 공이 야신 존으로 빨려들 듯 들어갔는데 상대 팀 골키퍼가 이를 막아낸 것이다.

"제기랄……!"

공을 빼앗긴 현수네 팀은 곧바로 수비 모드로 돌아갔다. 그런데 상대팀이 엄청난 속도로 쇄도한다.

"어, 어! 막아, 막아!"

누군가 소리쳤지만 이미 늦었다. 현수네 골망이 흔들린 것이다. 골을 넣은 셀레마니가 흰 이를 드러내며 웃는다. 그러면서 손가락 하나를 펴서 보여준다. 이제 한 골만 더 넣으면 끝이라는 뜻이다.

공을 센터서클에 가져다 놓은 현수는 같은 팀원에게 눈짓을 했다. 현수가 공을 차주면 그와 동시에 전방으로 길게 찔러줄 것이다.

상대에게 허를 찔려 한 골을 먹었으니 이쪽에서도 상대의 허를 찌를 계획을 짠 것이다. 관건은 현수의 공 키핑 능력이다.

혼자서 상대팀 수비진들을 뚫고 들어가 골을 넣어야 한다. 같은 팀은 만일을 대비한 수비만 맡기로 한 때문이다.

어쨌든 공이 현수의 발끝을 떠남과 동시에 전력질주를 시작했다. 그와 동시에 공을 차 올리는 소리가 들린다.

현수는 전방을 향해 달려가면서도 시선을 돌려 공을 바라보았다. 상대 팀원들이 당황한 듯 몰려든다. 이때 달리던 속도를 줄여 가슴으로 공을 트래핑한 현수는 곧바로 슛을 날렸다.

퍼엉—! 철렁—!

초고속으로 날아간 공은 골키퍼가 동작하기도 전에 골대 안으로 빨려 들어갔다. 1대 1이 된 것이다.

조금 전까지 이빨을 드러내며 웃던 셀레마니가 멍한 표정이다. 방금 전 현수의 달리는 속도는 100m를 9초대에 뛸 정도로 빨랐다.

그렇기에 수비수들이 따라잡지 못한 것이다.

공이 다시 센터서클로 왔다. 두 팀 모두 상대의 허를 찌르는 작전으로 한 골씩 당했기에 견고한 수비를 했다.

일진일퇴가 계속되던 중 기회가 왔다. 현수네 팀원이 공을 가로챈 것이다. 그 공은 지체없이 현수에게 날아왔다.

현수는 그 공에 앞서 달리기 시작했다. 뒤통수에 눈이라도 달린 듯 보지고 않고 잘도 달린다. 그러던 어느 순간 돌아섰다.

공이 발아래로 떨어지는가 싶더니 튀어 오른다. 이것을 잡아채고는 다시 달리기 시작했다.

수비수가 달려든다. 마르세이유 턴으로 따돌렸다. 돌아서 달리기 시작하는데 또 다른 수비수가 다가온다.

이번엔 사포로 녀석을 따돌렸다. 그게 약이 올랐는지 미친 듯이 따라온다. 하지만 녀석의 주력은 현수를 능가하지 못했다.

드디어 페널티 라인을 넘었다.

골키퍼가 쏜살처럼 튀어 나오며 슈팅 각도를 줄였다. 그 순간 현수의 움직임이 멈춘다. 그리고 골키퍼를 제치곤 툭 차 넣었다.

공은 데굴데굴 굴러가 골대 안으로 들어갔다.

"와아아아아—!"

현수네 팀원들이 환호성을 지른다. 반면 셀레마니는 인상을 잔뜩 찌푸리고 있었다.

휘이이이익—!

코치가 경기 종료를 알리는 휘슬을 불자 셀레마니는 털썩 주저앉는다. 현수는 그를 보며 싱긋 웃어주었다.

"어때, 이 정도면 공 좀 차는 거지?"

"끄으응……!"

셀레마니는 침음만 내뱉었다. 현수는 짓궂은 웃음을 지었다.

"셀레마니! 1,000달러는……?"

"……!"

대답이 없다. 돈이 없다는 뜻이다. 사실 현수는 셀레마니에게 그만한 돈이 없다는 것을 처음부터 알고 있었다.

그렇기에 염장을 지르려 한마디 한 것이다.

"지금은 없습니다. 하지만 언제고 꼭 갚아드릴 겁니다."

"그래……? 그럼 그래."

별말 없이 흔쾌히 고개를 끄덕여 주자 셀레마니가 놀랍다는 표정을 짓는다. 콩고민주공화국에서 1,000달러는 결코 작은 돈이 아니다.

때로는 살인 청부의 대가가 되기도 하는 거금이다. 그런데 너무 쉽게 고개를 끄덕여 주었기에 놀란 것이다.

"셀레마니! 너도 제법 차더군."

"이보게, 청년!"

현수가 시선을 돌리자 콩고민주공화국 축구대표팀 코치가 다가와 있었다.

"절 부르셨습니까?"

"차를 보니 천지약품에서 근무하는 것 같군."

"네. 그렇습니다."

"그럼 한국인?"

"그렇기도 하지만 콩고민주공화국의 국민이기도 합니다. 영주권과 시민권을 모두 가지고 있으니."

"오! 그래? 그, 그렇다면 축구해 볼 생각 없나?"

코치의 얼굴이 갑자기 확 펴진다.

"축구요? 방금 하지 않았나요?

"아니, 그 얘기가 아니라 콩고민주공화국 축구대표팀 소속 선수로 뛰어볼 생각이 없냐는 말이네."

"네에……?"

대체 무슨 소리냐는 표정에 코치가 대꾸했다.

"자넨 이들이 누구라고 생각하는가?"

"설마, 콩고민주공화국의 축구대표팀 선수들인 겁니까?"

"그렇네. 그런 이 녀석들을 상대로 불과 5분 사이에 2골을 뽑았네. 주력도 좋고, 개인기도 좋네. 대표팀 선수가 되게."

"아이고, 아닙니다. 전 너무 바빠서 축구 못합니다."

"빼지 말게. 조금 있다 감독님이 오니 그때 기량을 보여주게. 참, 자네 한국에서 축구선수였나?"

"아뇨, 그냥 평범한 회사원이었습니다."

"끄으응! 그런데 어찌……."

자국 대표팀 선수들을 어린애 다루듯 돌파해서는 골키퍼까지 제치고 침착하게 골을 넣는 사람이 일개 회사원이라는 말에 어이가 없다는 표정이다.

"참, 저 지금 가봐야 합니다. 회사에 급한 일이 있어서요."

"아, 안 되네. 이, 이보게."

코치가 불렀지만 현수는 곧장 차로 가서 시동을 걸었다. 그리곤 창문을 열고 손을 흔들었다.

"오늘 재미있었습니다. 덕분에 오랜만에 공을 차봤습니다. 셀레마니! 너도 나중에 또 보자."

"……!"

콩고민주공화국 축구선수들은 혜성처럼 나타나 대표팀을 휘젓고 간 동양에서 온 사내를 멍한 표정으로 보고 있었다.

그리곤 하나둘 고개를 떨군다. 그동안 알량한 실력이 대단한 줄 알고 기고만장했었다. 그런데 겸손해지려는 것이다.

현수의 등장은 콩고민주공화국 축구선수들이 한 단계 업그레이드 하는 계기가 되고 있었던 것이다.

*　　　*　　　*

"마타디 항! 오랜만이군."

현수는 항구의 전경이 보이는 언덕에 올라 시원한 바닷바람을 맞이했다.

"흐으음, 좋구나."

오랜만에 맡아보는 바다내음을 흠뻑 들이킨 현수는 항구의 이곳저곳을 바라보았다. 그러던 중 컨테이너 적치장이 눈에 뜨인다.

전에 혼났음에도 여전히 부정이 저질러지는지 상당히 많이 쌓여 있다. 이걸 보니 문득 떠오르는 것이 있다.

이춘만 지사장의 화물을 꺼내주려고 이곳에 왔다가 컨테이너 스무 개를 아공간에 담은 적이 있다. 이중 열여덟 개는 나중에 도로 꺼내놓았지만 두 개는 여전히 아공간에 담겨 있다.

문 부위를 완전히 용접해 놓았던 것이다.

"근데 그때 그거 안에 무엇이 들어 있지? 참, 일단 배가 언제 오나 확인부터 하자."

관계자를 찾아 문의해 보니 천지건설 관련 건설 장비 등은 내일 입항 예정이라고 한다.

그런데 노골적으로 싫은 표정을 짓는다. 하긴 내무장관이 특명을 내려 천지건설 관련 화물은 무관세 최우선 통과를 지시한 바 있다.

이전 같으면 적지 않은 뇌물을 챙길 수 있는 절호의 기회이다. 그런데 그럴 기회가 완전히 박탈되었다.

만일 천지건설의 화물을 가지고 장난치다 걸리면 그 즉시 파직 당한다. 뇌물을 받다 걸리면 받은 액수의 1,000배를 벌과금으로 징수하겠다는 엄명도 떨어졌다.

그렇기에 감히 그럴 생각은 못한다. 하지만 골탕을 먹일 방법은 얼마든지 있다.

현재의 마타디 항은 컨테이너로 가득하다.

일부러 조금씩 적체되도록 수를 쓴 때문이다. 다시 말해 반입은 늘리고 반출은 최대한 뒤로 미루었다.

어쨌거나 내일 천지건설의 화물들이 들어오면 오래도록 대기해야 할 것이다. 컨테이너를 내려놓을 장소가 부족하기 때문이다.

뇌물을 못 받으니 골탕 먹이려는 심보이다.

현수가 어찌 이런 상황을 눈치채지 못하겠는가!

그렇기에 내용을 문의했다. 관계자는 적체된 화물의 반출이 늦어서 그런 것이라며 자신들은 책임없다고 말을 한다.

더 말해봐야 소용없기에 관계자의 비웃음을 뒤로 하고 바깥으로 나왔다. 그리곤 인근 바에 들어가 전화를 빌렸다.

공중전화가 있기는 한데 누군가가 계속 통화 중이었기 때문이다.

아무튼 바텐더는 전화 사용을 하락하면서 한 통화에 10달러를 내라고 한다. 외국인이라고 바가지 씌우려는 모양이다.

OK 하고는 보는 앞에서 전화를 걸었다.

"내무부지요? 저는 김현수라 합니다. 가에탄 카구지 내무장관님과 통화하고 싶습니다. 네, 네!"

귀에 익은 이름이 나오자 마른 수건으로 컵을 닦던 바텐더의 귀가 쫑긋한다. 하나 모르는 척하며 잠시 기다렸다.

"아! 장관님. 김현수입니다. 네, 네. 저는 지금 마타디 항에 나와 있습니다. 네, 네! 천지건설의 화물을 실은 컨테이너선은 내일 오전 9시에 입항 예정이라고 합니다."

바텐더가 여전히 힐끔거리고 있다. 긴가민가 하나 보다. 그래도 10달러는 받을 생각이다.

"네, 네! 그런데 여기 와서 보니 컨테이너 야적장에 컨테이너들이 너무 많습니다. 네! 네. 어림짐작으로 헤아려 보니 대략 9,000개 정도 되는 듯합니다. 네, 네. 제가 알기론 20피트형 컨테이너 3,500개를 수용할 능력이 있습니다."

수화기 속에서 흘러나오는 목소리가 갑자기 커진다. 바텐더는 관심있다는 듯 귀를 쫑긋거린다.

"네, 네! 장관님 말씀대로 내일까지는 치워지지 않으면 화물 하역이 어려워 보입니다. 네, 네. 그런 것 같습니다. 그게 가능한가요? 밤새 하역 작업을 해도 힘들 것 같습니다."

한편, 가에탄 카구지는 현수로부터 전화를 받고 화를 냈다. 자신의 지시사항이 지켜지지 않고 있음에 대노한 것이다.

얼마 전, 장관은 천지건설 화물의 입항일자를 확인한 바 있다. 친애하는 현수가 이 일에 관여되어 있기 때문이다.

하여 신속한 하역과 통관이 될 수 있도록 미리 준비하라는 지시를 내렸다. 입항과 동시에 최우선적으로 처리할 일이라는 것도 분명히 했다.

그런데 너무 많은 컨테이너들이 적치되어 있어 아무리 봐도 하역과 통관에 많은 시일이 걸릴 것 같다는 이야길 들었다.

현수는 혹시라도 일이 늦어질까 싶어 걱정된다는 어투로 이야길 했다. 이에 분기탱천한 것이다.

"네, 네. 알겠습니다. 저는 그럼 장관님만 믿겠습니다."

통화가 끝나는 듯하자 바텐더가 슬금슬금 다가온다. 이를 슬쩍 응시한 현수가 한마디 더했다.

"참, 항구 인근에 공중전화가 별로 없더군요. 그래서 바에 들어와 전화를 합니다. 네? 아, 조금 비싸긴 해요. 네, 미화로 10달러를 내라고 하더군요. 네? 여기 상호요? 아닙니다. 괜찮습니다. 네, 전화를 썼으니 당연히 돈을 내야지요. 네. 네."

철커덕—!

현수는 수화기를 내려놓고 뒷주머니에서 지갑을 꺼냈다. 그리곤 10달러짜리 지폐를 꺼냈다.

"여기! 전화 요금입니다."

"아, 아닙니다. 아까는 농담이었습니다. 그냥 넣어두십시오."

바텐더는 아예 사색이 되어 있었다.

실세 중의 실세인 가에탄 카구지 내무장관과 직통으로 통화하는 사람일 것이라곤 상상조차 못했기 때문이다.

"아닙니다. 받을 건 받으셔야죠."

현수가 10달러 지폐를 밀어주자 바텐더가 정색한다.

"조, 좋습니다. 대신 위스키 한잔 하십시오. 아니면 가벼운 음료라도……. 자, 잠깐만 기다리십시오."

바텐더는 눈썹이 휘날리게 냉장고로 가서 콜라 한 병을 꺼내왔다.

"우선 이거라도 드시면서 목을 축이십시오. 금방 구아바 과즙이라도 만들어 오겠습니다."

"……!"

현수는 콜라를 받았다. 어차피 어딘가에는 있어야 하기 때문이다. 목이 마르던 차이기에 빨대로 빨아 마셨다.

한 병을 거의 다 비울 즈음 바텐더가 구아바 과즙을 가져왔다. 달콤하면서도 비타민 함유량이 많은 것이다.

"천지건설 직원이신가 봐요."

"네에."

"근데 차는 천지약품 것이던데. 그 차 혹시 손님께서 타고 오신 겁니까?"

"네, 제가 몰고 왔습니다."

"아, 그렇군요."

바텐더가 대답하는데 갑자기 요란한 소리가 들린다.

삐뽀, 삐뽀, 삐뽀……!

웬일인가 싶어 창밖을 살피던 바텐더의 안색이 확 바뀐다.

약 10여 대의 경찰차가 요란한 경음을 내며 마타디 항 내부로 달려가고 있었기 때문이다.

"소, 손님!"

"네?"

"시원한 음료 더 드릴까요?"

"아뇨. 이거면 됩니다."

현수는 바텐더가 왜 그런지 뻔히 안다. 자신이 없을 때 이곳에 경찰이 들이닥치면 어떤 일을 당할지 알 수 없다.

하지만 자신이 이곳에 있으면 무탈하다는 것을 짐작하고 잡으려는 것이다.

현수는 겁에 질린 바텐더를 뒤로하고 밖으로 나갔다.

예상대로 내무장관이 보낸 경찰들이 항만 직원들을 닦달하는 듯하다.

"짜식들! 그러게 누울 자리를 보고 발을 뻗어야지. 어디서 감히……!"

뇌물을 받지 못해 심통이 난 항만 직원을 떠올린 현수는 그의 이름을 가르쳐 줄 것을 하는 생각을 했다.

그랬다면 아마 조인트가 남아나지 않을 정도로 깨질 것이다. 다음 수순은 해고 아니면 오지 발령이다.

돈 몇 푼 먹으려다 인생을 조지는 것이다.

"그래, 노골적으로 요구하진 않았고, 그게 지금까지의 관행이었을 것이니……."

현수는 이쯤해서 봐준다는 생각을 했다. 아무튼 오늘은 할 일이 없다. 하여 차를 몰고 다시 킨샤사 쪽으로 이동했다.

"참, 컨테이너! 그거 확인해 봐야지. 흐음, 두 개를 꺼내야 하니 공터가 좀 있어야 하는데."

차를 몰면서 이리저리 살펴보던 중 괜찮아 보이는 곳을 발견했다. 울창한 숲 때문에 도로를 달리는 차에서는 잘 보이지 않을 장소이다.

시동을 끄고, 혹시 맹수나 뱀 따위가 없나 확인해 보았다. 다행히 아무것도 없다.

"아공간 오픈! 컨테이너 아웃!"

쿠웅—! 쿠웅—!

제법 무게가 나가는 게 들었는지 육중한 소리가 난다.

"흐음, 뭐가 들었기에."

"제기랄, 꼼꼼히도 용접해 놓았네."

나직이 투덜거린 현수는 어떤 마법을 써야 하나 생각해 보았다. 전기가 있다면 그라인더로 갈아버리면 되지만 정글 한가운데에서 전기를 어찌 공급받겠는가!

"가만, 검기로 어찌 되지 않을까?"

생각이 나자 즉시 검을 뽑았다. 한눈에도 솜씨 좋은 장인이 만든 보검이라는 생각이 들 정도로 괜찮은 검이다.

현수는 마나를 불어 넣었다. 즉시 새파란 오러가 넘실거린다.

"에잇!"

쫘아아아악—!

예상대로 용접 부위가 베어진다. 몇 번의 시도 끝에 문을 열수 있었다.

"대체 뭐가 들은 거지?"

문이 열리자 종이박스들이 빼곡하게 들어차 있다.

하나를 꺼내 열어보았다.

"이건 옷이잖아? 어디 나라 제품이지? 메이드 인 지나? 제길, 쓰레기군."

라벨에 쓰인 'Made in China' 라는 글귀를 보는 순간 흥미가 싹 가신다. 여자들이 입는 원피스 종류인데 한 번만 빨래를 해도 물이 쫙 빠지거나 후줄근해질 것이다.

메이드 인 지나는 전 세계적으로 저품질의 대명사로 인식되어 있기 때문이다.

다음 박스도 역시 지나산이다. 안에 든 것은 티셔츠였다. 그 다음 박스에선 남성용 바지가 나왔다.

그리고 보니 박스 한쪽에 내용물이 무언지가 기록되어 있다.

몽땅 옷이 든 박스들만 있는 것 같다.

"그런데 왜 용접까지 해서 보냈지?"

고개를 갸웃거린 현수는 박스 하나를 계속 끄집어내며 확인해 보았다. 그러던 중 눈에 익은 글씨가 보인다.

"한국산……?"

박스를 개봉해 보니 라벨에 Made in Korea라 선명하게 인쇄된 옷들이 들어 있다.

"짜식들, 이젠 가짜 한국산도 만드나?"

중얼거리며 옷을 꺼내 보았다. 티셔츠이다. 전문가가 아니기에 육안으로는 구별해 낼 수 없었다.

"흐음, 진짠가? 에이, 설마!"

현수는 몇 개의 박스를 더 꺼냈다. 지나산이 절반 정도이고 나머지 절반은 한국산 브랜드 의류이다.

"여기서 옷 장사를 하려고 수입한 건가?"

밖을 보니 박스들이 수북하다. 풀어헤쳐진 것들이 있어 다시 컨테이너에 넣기는 뭐하다.

그리고 보니 거의 모든 상자들을 다 꺼내 놓아 온통 엉망이다. 박스들이 무질서하게 놓여 있었던 때문이다.

"에구, 괜한 짓을 한 거네. 어라! 저건……!"

아공간에 꺼냈던 것들을 모두 집어넣으려던 현수의 눈에 뜨인 것은 바닥이다. 지금껏 바닥인 줄 알았던 것의 아래에 목재로 만든 박스가 보인다.

그 위를 모노륨 같은 것으로 덮어둔 것이다.

"뭐지? 옷은 아닌 것 같고……. 뭐가 들었는지 볼까? 뭐야, 뭔데 이렇게 무거워?"

박스는 그리 크지 않다. 그런데 크기에 비해 무겁다.

아공간에서 장도리를 꺼냈다.

잠시 꿍꿍대니 상자는 이내 형체를 잃었다. 상자 안에는 또 다른 상자가 들어 있다.

"대체 뭐가 든거지? 어라! 이건……."

뚜껑을 열던 현수의 움직임이 멈춘다.

현수의 눈앞에 보이는 것은 반짝이는 금괴였다. 1㎏짜리가 가지런히 놓여 있다. 꺼내서 확인해 보니 스무 개이다.

모노륨을 드러내니 컨테이너 바닥이 전부 같은 박스들로 채워져 있다. 하나하나 꺼내서 확인해 보았다.

모두 금괴가 스무 개씩 든 상자들이다.

"호오! 이건 완전히 횡재군."

현수는 기분이 좋아졌다. 누구의 것인지는 알 수 없지만 절대 합법적인 것이 아니다.

그렇다면 좋은 일에 쓰자는 생각을 한 것이다.

"상자 70개면 1kg짜리 1,400개? 완전 땡 잡았네. 근데 돈으로 환산하면 얼마지? 어라, 근데 이건 왜 이렇게 가벼워?"

이번 것은 이전의 것에 비해 확연하게 가볍다. 하여 고개를 갸웃거리며 뚜껑을 열었다.

"이건……!"

백색 분말이 든 소포장 비닐봉투들이 가지런히 놓여 있다.

척 보는 순간 필로폰(Philopon)이라는 느낌이 온다.

곁의 상자를 열어보니 앰플 속에 담긴 것은 분명 모르핀(Morphine)일 것이다.

다음 상자엔 강력한 환각제인 엑스터시(Ecstasy) 분말이 비닐봉투 속에 담겨져 있다.

모두 확인해 보니 필로폰이 7상자, 모르핀 6상자, 그리고 엑스터시가 7상자이다.

"어떤 개새가 이 못 사는 나라에……."

현수는 욕지기가 치미는 것을 억제할 수 없어 한마디 했다.

누군가 전 세계에서 두 번째로 가난한 나라 국민들을 마약 중독자로 만들 작정을 한 것이다.

그렇지 않다면 이처럼 많은 양을 반입하진 않았을 것이다.

혹시나 하는 생각에 다른 컨테이너도 열었다.

역시 의류들이 들어 있다. 이번 것엔 확실히 한국산이 많았다. 다 꺼내 놓고 확인해 보니 이것에도 나무박스들이 깔려 있다.

1kg짜리 금괴 1,000개와 필로폰 7상자, 모르핀 6상자, 그리고 엑스터시 7상자이다.

"흐으음! 대체 어떤 놈이지?"

현수는 박스들을 살펴보았다. 하지만 화물주는 확인할 수 없었다. 분명한 것은 한국사람 아니면 지나 놈이라는 것이다.

"좋아! 일단 접수해 두지."

현수는 모든 것을 아공간에 담았다. 금괴 2,000㎏이라면 하는 일에 상당히 도움이 될 것이다.

하지만 표정은 밝지 못했다. 누군가 막대한 양의 마약을 반입하려 했다. 그게 풀렸다면 콩고민주공화국 국민의 상당수가 마약 중독자로 전락되었을 것이다.

그런 일을 벌이는 자가 누군지는 반드시 색출해야 한다. 그렇기에 현수는 눈빛을 빛냈다.

꼭 잡아내겠다는 결심을 한 것이다.

현수가 천지약품 사무실로 되돌아온 것은 오후 6시경이다.

"미스터 킴! 아까 손님이 왔었어."

"손님……? 누구?"

"이름을 물어봤더니 드모비치라고 했어."

"아! 그래. 그 사람 지금 어디 있어?"

마투바는 별 관심 없다는 듯 대꾸한다.

"도착하는 대로 그랜드 호텔 라운지로 와 달래."

"알았어."

어차피 해결해야 할 일이기에 두말 않고 차를 몰아 가장 번화가인 곰베 지역으로 갔다.

흰색 대리석 바닥을 격자무늬로 장식한 그랜드 호텔은 5성급이다. 한국의 호텔에 비교해도 뒤지지 않을 정도이다.

인포메이션 데스크로 가서 물었다.

"아가씨, 이 호텔의 라운지가 어디에 있는지 알려줄래요?"

"저쪽 엘리베이터를 타고 10층으로 올라가시면 좌측에 있습니다. 손님!"

"고마워요!"

데스크의 아가씨는 유창한 콩고어로 묻는 외국인 손님은 처음이었는지라 눈을 크게 뜨고 있었다. 눈을 감고 들으면 내국인이라 착각하고도 남을 정도였던 것이다.

땡—!

엘리베이터에서 내린 현수는 라운지로 향했다.

"어라! 미스터 지르코프!"

"하핫! 여기서 만나니 반갑습니다, 미스터 킴!"

"네, 저도 반갑습니다."

뜻밖에도 지르코프와 그의 부하들이 와 있었던 것이다.

현수와 포옹을 한 지르코프는 부하들을 소개해 주었다.

겉보기엔 비즈니스맨처럼 보인다. 그럴듯하게 보이려는지 서류가방을 하나씩 들고 있다.

"여기 커피가 맛이 괜찮더군요."

"네. 저도 커피 한잔을 하죠."

잠시 쏠렸던 사람들의 시선이 제자리를 찾은 것은 현수의 앞에 시원한 아이스커피가 놓인 후였다.

"내일 화물이 당도합니다."

"네, 그렇지 않아도 오늘 마타디 항에 가서 확인했습니다."

"제 임무는 통관된 컨테이너를 이쪽 사람들에게 넘기는 겁니다. 일이 잘 끝나면 한잔합시다."

"좋죠, 이쪽은 제 구역이나 마찬가지이니 제가 쏘겠습니다."

"하하! 누가 내면 어떻겠습니까? 같이 마시는 게 중요한 거죠. 안 그렇습니까?"

"물론입니다."

"통관엔 어려움이 없겠습니까?"

"네, 그럴 것 같습니다."

"우리 쪽 배는 내일 오후 2시경에 입항한다고 합니다."

"통관은 걱정 마시고 트레일러 수배나 해두십시오."

"그건 걱정 마십시오. 이미 다 되어 있습니다."

보아하니 오늘 입국한 것이 아닌 듯하다.

"그런데 통관이 되면 화물을 어떻게 확인시킵니까?"

"계량소에서 총중량을 확인하는 것으로 마무리했습니다."

"……?"

현수가 의아하다는 표정을 지었다. 무게만으로 내용물을 확인시킨다는 게 이상했던 것이다.

지르코프는 왜 그런지 이해한다며 웃는다.

"안에 담긴 내용물은 이쪽 사람들이 노보로시스크에 와서 다 확인했습니다. 혹시 기억날지 모르겠습니다만 그때 뒤쪽에서 따르던 키 작은 사내를 기억하십니까?"

"누구요? 아! 그럼 그때 그 흑인이……."

"네, 그가 반군 지도자 마림바입니다. 미스터 킴이 화물 확인할 때 그 사람도 같이 확인했습니다. 그리고 컨테이너를 봉할 때 봉인을 직접 했지요."

"그랬군요."

현수가 고개를 끄덕인다.

담길 때 내용물을 확인했고, 봉인은 직접 했다.

그 봉인이 파괴되지 않았다면 내용물은 그대로 있는 것이다.

게다가 마림바는 각각의 컨테이너에 번호를 매겨두었고, 각각의 중량을 기록해 두었다.

따라서 컨테이너를 통째로 달아보아 번호와 무게가 일치하면 된다는 뜻이다. 물론 봉인이 완전할 때이다.

"계량소는 어디를 이용하십니까?"

"항만 입구에 알아봐 두었습니다."

"그렇군요. 알겠습니다. 저는 통관까지만 관여하겠습니다. 이후엔 당사자들끼리 알아서 하십시오."

"그러지요. 그나저나 이곳 맥주 맛이 각별하다는데 저녁 먹고 한잔 어떻습니까?"

"하하, 좋죠."

현수는 환한 미소를 지어주었다.

"하지만 제가 할 일이 있어 자리를 잠깐 비워야겠습니다. 몇 시까지 다시 오면 되죠?"

같이 있어봤자 대화할 내용이 별로 없다. 그렇게 앉아 있느니 차라리 서류 작업을 할 생각을 한 것이다.

시간 약속을 하고 헤어진 현수는 천지약품 사무실로 되돌아가 이실리프 농산에 관한 사업계획서를 작성했다.

CHAPTER 13
이 집 어때요?

이실리프 농산의 입지는 오자이르 지역으로서 붐바와 부타, 그리고 비날리아로 둘러싸인 곳이다.

정글도 있지만 황무지도 있는 곳이다.

면적은 일단 1억 평 정도 예상한다. 약 330㎢이다.

불하기간은 100년이며, 그곳까지의 도로는 콩고민주공화국 정부에서 닦아주어야 한다.

대신 이실리프 농산은 생산량의 절반 정도를 생산 원가에 20% 마진을 얹은 가격으로 콩고민주공화국 정부에 납품한다.

작물은 쌀과 옥수수가 우선이며 차츰 다른 작물까지 확대한다. 농사지을 수 있는 것이라면 무엇이든 해볼 생각이다.

여기에 필요한 모든 재원은 전적으로 현수가 부담한다. 아울러 최대한 많은 콩고민주공화국 국민들을 고용한다.

큰 테두리가 그어지자 세세한 부분에 대한 계획을 입안했다.

정글과 황무지는 한국에서 반입할 각종 벌목 기구와 중장비를 이용하여 개간한다.

농업용수는 부지를 감싸며 흐르는 두 개의 강물을 이용할 계획이다. 관계수로를 만들면 해결될 것이다.

만일 이것으로도 부족하다면 이그드라실의 잎을 이용하여 샘을 팔 것이다.

이실리프 농산의 중심지에는 고용인들이 모여서 살 마을이 조성된다. 전통방식의 주거보다는 현대식 주거가 제공될 것이다. 위생이 매우 중요하기 때문이다.

건축 자재는 정글을 개간하면서 취득한 목재를 사용할 계획이다. 갓 벌목한 것은 수분이 많은 상태이기에 타임 패스트 마법으로 해결할 생각이다.

사업계획서를 만들다보니 점점 분량도 늘고, 고려할 일이 한두 가지가 아니다. 하지만 어쩌겠는가! 당장엔 혼자서 북 치고, 장구 치고, 피리 불면서 노래까지 불러야 하는 상황이다.

그러려면 한두 시간 만에 해결되지 않는다.

결국 현수는 묘안을 짜냈다.

적당한 곳을 찾아 앱솔루트 배리어를 치고, 타임 딜레이 마법을 걸었다. 그리곤 마나 집적진을 깔고 앉은 채 각종 서류를 가다듬었다.

외부시간으론 4시간, 결계 안 시간으론 30일이 지났을 무렵 현수는 사업계획서를 완성시켰다.

여러 번 경우의 수까지 따져 허술한 점이 있는지를 확인한 완전한 사업계획서이다.

이번 것은 들어가는 비용 대비 얻어내는 수익까지 계산되어 있다. 결론은 5% 미만의 수익이다.

다시 말해 별 이득이 없다는 뜻이다.

하지만 만족했다. 못사는 나라 콩고민주공화국에 일자리를 만들어주고, 일용할 양식 가운데 일부를 제공한다.

물론 20%라는 이득이 있다.

나머지는 한국 등으로의 수출을 한다. 그런데 국제 곡물가와 대비해 보면 별다른 수익이 없다. 분명 물량 공세와 더불어 덤핑 공세를 펼칠 것이기 때문이다.

그래도 좋았다. 대한민국에 유기농법으로 지은 안전한 먹거리를 제공한다는 것 자체 때문이다.

"나, 언제부터 애국자가 된 거지?"

두툼한 사업계획서를 툭툭 두드리며 현수가 나직이 중얼거린 말이다.

"미스터 지르코프! 오래 기다렸어요?"

"조금 늦었네요."

"네, 긴급히 작성해야 할 서류 작업이 있어서요."

"갑시다. 내가 좋은 델 봐놓았습니다."

현수는 지르코프와 차를 타고 시가지를 구불구불 이동했다.

"내리시죠."

"네."

콩고민주공화국에선 보기 힘든 저택이다.

지르코프는 제집 드나들 듯 거리낌없이 현관문을 열고 들어섰다. 무심코 따라 들어가던 현수가 걸음을 멈췄다.

흰색 드레스로 성장을 한 늘씬한 미녀 때문이다.

"아니……! 이리냐!"

"아아! 미스트르 킴!"

와락 안기는 이리냐를 안은 현수와 시선이 마주친 이는 지르코프이다.

마음에 드느냐는 듯 웃음을 지으며 고개를 끄덕인다. 현수의 속내를 모르기에 이걸 배려라고 한 것이다.

'끄으응……!'

이번 침음은 속으로만 냈다. 안 그러면 이리냐가 마음의 상처를 입기 때문이다.

"미스트르 킴! 이 집 어때요?"

"이 집……? 왜? 좋은데?"

들어오면서 본 이 집은 3층짜리 저택이다. 아무리 적게 잡아도 최소 스무 개 이상의 방이 있을 집이다.

"지르코프 보스가 우리에게 선물하신 집이에요."

"뭐라고……?"

대체 이게 무슨 소리인지를 묻기 위해 시선을 돌리자 지르코프가 만족스런 웃음을 짓고 있다.

"미스터 지르코프. 대체 이게 무슨……!"

"하하, 미스터 킴이 만족해하는 듯하여 기분이 좋습니다. 자, 집 구경이나 해봅시다."

"끄으응!"

현수는 내놓고 침음을 냈다. 이번 것은 마음 상할 사람이 없기 때문이다.

지르코프가 앞장서고 현수와 이리냐가 뒤를 따랐다. 예상대로 방이 스무 개가 넘는다. 정확히는 서른두 개이다. 화장실이 열일곱 개, 자쿠지 딸린 욕실만 여덟 개이다.

이밖에 대형 거실과 주방, 그리고 식당과 서재가 있다.

집 밖엔 수영장이 있으며 널찍한 잔디밭도 있다. 한국에서 이만한 집을 사려면 최소 200억은 있어야 할 집이다.

"미스터 지르코프! 이건 너무 과분한 선물입니다."

"하하, 무슨 말씀을……! 대보스의 귀빈이니 이 정도에선 사셔야지요. 자자, 어쩌나 저쩌나 음식이 준비되어 있을 테니 식당으로 갑시다."

지르코프의 뒤를 따라 식당으로 들어가니 그야말로 진수성찬이 차려져 있다.

원탁엔 딱 세 개의 의자만 있다. 현수와 지르코프, 그리고 현수의 여자인 이리냐를 위한 것이다.

메이드 복장을 한 흑인 아가씨들이 눈짓을 받자 음식을 내오기 시작한다.

와인까지 동원된 제대로 된 프랑스식 만찬이다.

음식 맛은 정갈했고, 맛은 깔끔했다. 좋은 재료를 쓴 듯 뭐 하나 나무랄 데가 없었다.

지르코프는 식사하는 내내 집에 대한 설명을 해줬다.

이 집은 원래 벨기에 귀족이 살던 집이다. 그런데 콩고민주 공화국이 독립하면서 남겨놓고 떠난 것이다.

결국 현수는 지르코프의 선물을 받았다. 다행인 것은 이리냐가 과제 때문에 곧 귀국해야 한다는 것이다.

현수는 부러 만취하도록 술을 먹였다. 책임지지 못할 인연을 맺지 않기 위함이다.

이리냐는 저택을 선물 받은 것이 기뻐 그러는지 계속해서 잔을 비웠다. 물론 현수도 상당히 많이 마셨다.

결국 이리냐가 먼저 떨어졌다. 현수는 그 즉시 페이스 조절을 했다. 바라던 바를 이루었기 때문이다.

이리냐를 침실에 눕혀놓고 온 현수는 지르코프와 새벽 1시가 되도록 마셨다. 끝나지 않는 잔치는 없다,

보드카로 단련된 지르코프도 결국엔 취했다. 하여 부하들의 부축을 받아 그랜드 호텔로 떠났다.

내일 있을 일 때문이다. 현수는 찬물로 샤워를 하고는 침실로 들어갔다. 물론 이리냐와 관계 없는 침실이다.

작성한 서류들을 다시 한 번 살피고는 내일을 위해 잠깐 눈을 붙이려 했다. 그런데 그대로 잠들어 버렸다.

아공간 속에서 30일이나 촉각을 곤두세운 채 서류 작업을 했던 것이 몹시 피곤했던 때문이다. 게다가 주량 이상을 마셨

다. 하여 오랜만에 깊은 잠을 잔 것이다.

쪼옥―!

"으응……?"

괴이한 감촉에 눈을 뜬 현수는 눈앞에서 깜박이는 속눈썹을
보곤 화들짝 놀라 일어났다.

"잘 잤어요? 내 사랑!"

먼저 일어난 이리냐가 모닝 키스를 해준 것이다. 그리고 제
법 능숙한 한국어였다.

"이, 이리냐!"

"미안해요. 어젠 좀 취했어요. 그래도 나빴어요. 술 냄새 난
다고 딴 방에 재우고……. 하긴 저라도 그랬을 거예요. 우리
첫날밤을 취한 상태로 맞이하는 건 좀 그러니까요."

또 떡 줄 사람은 생각지도 않는데 김칫국부터 마시고 있다.
하지만 부정하진 않았다.

아침부터 속상하게 하여 좋을 일 뭐가 있겠는가!

이리냐가 다시 러시아로 돌아가고 현수가 그곳을 방문하지
않으면 자연스럽게 끊어질 인연이다.

그러니 마음 아프게는 하지 말자 생각한 것이다.

"내 사랑, 어서 샤워해요. 전 아침 준비할게요. 오늘 배 들어
온다면서요."

"아! 맞아."

9시면 천지건설에서 보낸 화물선이 들어온다. 그것에 대한
통관작업을 도와야 한다는 생각에 현수는 벌떡 일어났다.

그 순간 이리냐의 눈이 동그래진다.

잘 발달된 대흉근, 빨래판 같은 복근, 그리고 활배근과 승모근 등 조각상 같은 상체를 본 때문이다.

늘 재킷을 걸치고 있어 다소 말랐을 것이라 예상했는데 이건 가히 예술적인 상체이다.

게다가 팬티 아래의 다리 근육도 장난이 아니다. 아르센 대륙을 다니면서 많이 걷고, 뛰고를 한 결과이다.

이리냐는 몽롱한 시선으로 샤워실로 사라지는 현수의 뒷모습을 지켜봤다.

"어쩌면 세상에……! 아! 저 남자는 내 남자야."

이리냐는 새삼 기분이 좋아졌다는 듯 얼른 주방으로 들어갔다. 고용된 하녀들이 있기에 요리는 그들이 하겠지만 안주인으로서 간섭하려 간 것이다.

"미스트르 킴! 이것도 먹어요."

살짝 익힌 토스트 조각 위에 베이컨과 토마토를 얹어서 건넨다.

"웅! 고마워."

생각보다 맛이 있었기에 현수는 주는 대로 받아먹었다. 이리냐는 먹을 생각이 없는지 계속해서 건네기만 한다.

"근데 이리냐는 안 먹어?"

"속이 쓰려요. 그래서 우유만 한 잔 마셨어요."

"그래도 아침은 먹어야지."

"조금 있다가요. 지금은 일하러 나갈 당신이 먹을 시간이에요. 난 안 먹어도 배불러요. 당신 먹는 모습 너무 예뻐요."

어휘 선택에 약간 문제가 있지만 이리냐의 한국어는 정말 일취월장해 있었다. 얼마나 열심히 공부하는지 짐작이 간다.

한국어는 전 세계에서 가장 배우기 어려운 언어 중 3위에 랭크되어 있을 정도로 외국인들에겐 어렵다.

배우기 시작한 지 얼마 안 되었음에도 이 정도면 정말 잘하는 것이다.

이리냐의 시중을 들어 식사를 마친 현수는 재킷을 집어 들었다. 오늘은 하루 종일 마타디 항에 있어야 한다.

계속해서 배가 들어올 것이기 때문이다.

어쨌거나 이리냐는 동행하지 않는다.

할 일이 있다고 한다. 현수는 무엇이냐고 묻지 않았다. 따라와 봐야 신경만 쓰이기 때문이다.

차를 몰고 가려다가 적당한 곳에서 텔레포트 마법을 쓰기로 했다. 그러기엔 늦은 시각이기 때문이다.

시동을 걸고 일단 출발했다. 문득 어제 획득한 황금을 어찌 처분할 것인지 고심하였다.

가에탄 카구지에게 부탁하기엔 너무 많은 양이다. 한국에서 꺼내 놓으면 보나마나 출처를 대라고 할 것이다.

"결국 지르코프나 알렉세이에게 부탁해야 하나?"

레드 마피아가 먼저 접촉해 와서 적지 않은 이득을 보았다. 하지만 자신은 그 일이 성사되도록 해줄 생각이 없다.

많은 사람들의 목숨을 빼앗게 될 무기이기 때문이다.

"내가 좀 이기적인가?"

1억 2,700만 달러나 되는 거금을 세탁 받았다. 여기에 황금의 처분까지 맡기면 뭐라 할지 궁금하다.

생각하는 동안 차는 킨샤사 외곽에 당도했다.

인적이 완전히 끊긴 그곳에서 차를 아공간에 넣었다. 그리곤 곧장 마타디로 텔레포트했다.

시계를 보니 오전 8시 47분이다.

"휴우~! 다행히 늦지 않았군."

현수는 서둘러 항구로 들어갔다. 파견되어 있던 천지건설 직원들의 모습이 보인다.

"아! 어서 오십시오. 김 과장님!"

"네, 배는 들어왔나요?"

"도착은 했는데 아직 접안한 것은 아닙니다."

"통관에 필요한 서류들은 어떻게 되었습니까?"

"네, 모두 접수시켰습니다."

"이쪽 세관에서는 어떤 방법으로 통관시킨다고 합니까?"

"여기 내무장관님의 명이 있어 무관세 통관이며, 화물은 무작위 표본 검사를 하겠다고 합니다."

"X-ray 검사 같은 걸 한다는 거죠?"

"그렇습니다. 형식적으로라도 해야 한다는군요."

"네에."

직원과의 대화를 마친 현수는 문득 허전하다는 느낌이다.

많고 많았던 컨테이너의 절반 정도가 치워진 때문이다.

어찌 된 영문인지를 짐작한 현수는 피식 웃었다. 어제 여기 직원들 거의 모두 퇴근하지 못했을 것이기 때문이다.

본인이 나서서 직접 하역 작업을 하는 것이 아니기에 현수는 구경하기 좋은 자리에 앉아서 기다렸다.

문득 크론 식당에서 만났던 환자가 떠오른다.

현대 의학으로 어쩔 수 없는 사람이었다. 그런데 회복 포션과 리커버리 마법으로 완치에 가깝도록 치유시켰다.

문득 마나가 대체 어떤 작용을 해서 그러는지 궁금했다. 하여 알고 있는 모든 지식을 샅샅이 훑었다.

마법만 사용하거나 포션만 사용하는 것보다는 둘을 병행하는 것이 확실히 효과가 뛰어나다.

뭔가 유기적인 관계가 있지 않나 알고 싶었다. 하여 이 생각 저 생각을 하는데 하역 작업이 시작된다.

장관의 명령 때문인지 하역 작업은 순조롭다.

통관절차는 거의 없었다. 하역하는 즉시 트레일러에 실려 곧장 반출되고 있었던 것이다.

형식적으로 100개당 하나 정도 X—ray 검사를 했다. 문제될 것이 무엇이 있겠는가!

너무도 순탄하여 현수는 하품까지 했다. 졸릴 지경인 것이다. 그렇게 작업은 진행되고 있었다.

마땅히 할 일이 없었던 현수는 자리를 털고 일어났다. 그리곤 수고하라는 말을 하려 가까이 다가갔을 때 사람들이 홀리는 땀을 보았다.

"이런……!"

시원하다 할 수는 없지만 그늘에 있었기에 땡볕에서 일하는 사람들의 고충을 미처 헤아리지 못한 것이다.

"안 되겠군."

현수는 사람들의 시선이 미치기 힘든 곳으로 가 아공간을 열었다. 그리곤 여전히 냉장 보관되고 있는 각종 음료수들을 꺼냈다.

"이 과장님! 이거 드시고 일하세요."

"어라! 이건……."

내려지는 컨테이너의 번호를 일일이 확인하며 기록하고 있던 업무지원팀의 이철수 과장은 얼떨결에 받아 든 시원한 음료수를 보고 화들짝 놀란다.

갈아 만든 배라는 시원한 음료수 캔이었기 때문이다.

"더우시죠?"

"네, 근데 이걸 어디서……? 여기 이런 거 파는 데도 있습니까?"

콩고민주공화국에 온 지 두 달이 넘었지만 한국산 음료는 처음 보는 것이기에 물은 것이다.

아무튼 같은 과장급이지만 나이는 이철수 과장이 열 살쯤 많다. 그럼에도 말은 놓지 않았다. 본래 인품이 그래서인지 알 수는 없지만 조직 사회에선 드문 일이다.

기분이 좋아진 현수는 살짝 웃어주었다.

"하하! 알면 다치십니다. 아무튼 시원하게 쭉 들이키세요. 더 드시고 싶으시면 말씀하시고요."

"하하! 네에. 고맙네요."

"네에."

현수는 캐리어 위에 얹은 아이스박스가 떨어지지 않도록 조심하면서 부두를 누볐다.

"수고 많으십니다. 더운데 이거 한 잔 하시죠."

"......!"

하역 작업을 하던 인부들은 물론이고, 트레일러 운전자 등 눈에 뜨이는 거의 모든 사람들에게 시원한 음료수를 나눠줬다.

대환영을 받은 것은 당연지사!

더운데 잘 되었다는 듯 엄지손가락을 치켜든다. 그로 그럴 것이 너무도 시원했기 때문이다.

아이스박스에 담긴 얼음 덕분이다.

제법 넓은 하역장을 돌아다니다 보니 두 번이나 음료수가 떨어져서 아공간을 더 열어야 했다. 물론 사람들이 눈치채기 어려운 곳에서 꺼냈다.

현수는 음료수를 넉넉히 꺼내 놓고는 점심식사를 하러 나가려 터덜터덜 걸었다.

"이봐요!"

"......?"

"여기요, 여기!"

"아! 네에."

누군가의 부름에 고개를 돌렸던 현수는 항만 관제소의 창을 열고 손을 흔드는 사람을 보았다.

"그거 나도 주면 안 됩니까?"

"네?"

"음료수요. 나도 목마르다고요."

"아! 네에."

현수는 활짝 웃고는 관제소로 올라갔다.

항만 전체가 보이도록 타워 형식으로 만들어진 관제소이다.

안으로 들어서니 10여 명 정도가 분주한 손길을 놀리고 있었다. 누군가 싶어 살피는데 손드는 사람이 있다.

"여깁니다."

"아! 네에."

현수는 아이스박스를 열어 음료수를 꺼내 주었다.

"고맙습니다."

나이가 50은 되어 보이는 사내는 살짝 고개를 숙이고는 캔 뚜껑을 땄다.

따악—!

벌컥 벌컥 벌컥……!

"후와아……!"

캔 하나를 거의 단숨에 비웠다.

"이거 뭡니까? 뭔데 이렇게 맛이 있는 거죠?"

캔의 겉면에 사과가 그려져 있지만 사내는 처음 보는 과일이라는 듯 고개를 갸우뚱거린다.

"그건 사과 주스입니다."

"정말 맛있는데 하나 더 주시면 안 되겠습니까?"

"그러죠."

하나를 더 건네고는 일하고 있는 다른 사람들에게도 하나씩 나눠주었다. 모두들 고맙다는 뜻으로 고개를 살짝 숙인다.

맛을 보고는 '세상에 이런 맛이……!' 라는 표정을 짓는다. 새콤하면서도 달콤한데 시원하기까지 하니 어찌 안 그렇겠는가!

"천지건설 직원이시죠?"

"네, 김현수 과장입니다."

"반갑습니다. 관제탑 센터장인 데니스 은탕가라 합니다."

예상대로 50대 인물이 이곳의 수장이다.

"저희 회사 일 때문에 많이 분주하시죠?"

"네, 솔직히 그렇습니다. 한꺼번에 너무 많이 와서……. 하하, 그래도 괜찮습니다. 시원한 사과 주스를 얻어마셨으니 비긴 셈 칩시다."

센터장은 사실 바쁜 하역 작업에 끼어들어 잠시라도 작업을 멈추게 한 현수에게 한마디 하려 불렀다. 화를 내면 그냥 갈까 싶어 나도 하나 달라는 소리를 한 것이다.

얼굴을 마주보니 상당히 젊은 얼굴이다. 게다가 싹싹하기까지 하다. 그러다 문득 이 사람이 뭔 죄가 있나 싶었다.

어제의 소동은 마타디 항만청장 및 그 휘하들의 조직적인 태만으로 빚어진 일이다. 그 일은 만연되어 있는 뇌물수수 때문이지 현수의 탓은 아니다. 그리고 뇌물을 받는 것이 결코 올

바른 일이 아니라는 것은 안다.

사실 센터장도 눈감아주는 대신 상납을 받아왔다.

그런데 천지건설 또는 천지약품과 관련된 화물로 장난하다 걸리면 그 즉시 파면과 동시에 악명 높은 교도소행이라는 지령이 내려왔다.

일반 과장이나 국장도 아닌 내무장관의 특명서이다. 게다가 대통령 비서실로부터 비슷한 내용의 명령서가 내려왔다.

천지건설 및 천지약품과 관련된 통관은 항상 최우선적으로 처리하라는 내용이다.

가에탄 카구지 장관은 매우 엄격한 사람이다. 따라서 명을 어기다 걸리면 뼈도 못 추릴 것이다.

어쨌거나 어제 군인들에게 조인트가 까여가면서 밤새 컨테이너들을 반출해서 자리를 비웠다. 하여 몹시 피곤한 상태이다. 그렇기에 돌아다니는 현수에게 짜증이 났던 것이다.

"오늘은 하루 종일 천지건설 화물만 취급하게 생겼습니다."

"네에, 화물이 좀 많지요?"

"어마어마하더군요. 공사가 엄청난가 봐요."

"네, 잉가강에 댐을 만들고 수력발전소까지 지어야 하는 공사라 좀 크죠."

"흐으음! 댐이라……. 정글 속에 있어 공사하기 어렵겠네요."

"네, 그곳까지 가는 길을 먼저 닦아야 할 판이에요."

현수는 센터장과 이런저런 이야기를 나누었다. 직원들 손에 들린 서류를 본 때문이다.

이전에 처리한 화물선의 선명과 컨테이너 수, 그리고 각각의 컨테이너의 화물주 등이 기록된 것이다.

"참, 전에 얼핏 들었는데 여기서 컨테이너가 없어진 일도 있다면서요?"

"……! 그건… 천지건설 것은 저희가 확실하게 신경 써서 안 그렇게 될 겁니다."

행여 화물이 사라질까 싶어 우려하는 것으로 받아들인 모양이다.

"네에, 당연히 그렇겠지요. 근데 그 사건은 어떻게 해결되었죠? 잃어버렸던 컨테이너는 찾았나요?"

현수는 시치미를 뚝 떼고 있었다.

"아뇨, 아직 못 찾았습니다. 그때 그것 때문에 한바탕 난리가 벌어졌죠. 덕분에 항만청장이 옷을 벗었습니다. 그리고 간부들 여럿도 사표를 써야 했지요."

센터장은 자신이 당하지 않은 게 다행이라는 생각을 했다. 그 사건으로 간부 거의 전부가 물갈이되었기 때문이다.

느닷없이 들이닥친 군인들에 의해 마타디 항의 관련자 여럿이 작살났다.

뭔지도 모르고 깝죽대거나 반항하다가 얻어터진 것이다. 하여 잃어버린 화물이 몹시 중요한 것이라는 소문이 번졌다.

"그럼 화물주는요?"

"미스터 왕이 여기까지 쫓아와서 노발대발했죠."

"미스터 왕이요?"

"네, 곰베 지역에 있는 화원공사라는 회사의 사장인데 정말 성질 더럽고 끈질긴 놈이었습니다."

"화원공사라면 무역회산가 보죠?"

"그건 잘 모르겠습니다. 하여간 그놈 때문에 여기가 또 한 번 쑥대밭이 되었었습니다."

센터장은 생각만 해도 끔찍하다는 듯 진저리를 친다.

"설마 여기에서 폭력을 행사하거나 한 겁니까?"

"아뇨, 그럴 순 없죠."

고개를 강하게 좌우로 흔든다. 그런 일은 빚어질 수 없다는 뜻일 것이다.

"그런데 쑥대밭이라뇨?"

현수가 의아하다는 표정을 짓자 센터장이 인상을 찌푸린다. 생각만 해도 끔찍하다는 뜻일 것이다.

그때 화원공사의 사장 왕영백은 자신의 화물을 내놓으라며 난리를 쳤다.

그런데 어디에 어떻게 뇌물을 썼는지 마타디 항에 적치되어 있던 모든 컨테이너를 열어봐야 했다.

무려 6,000여 개였다.

그때의 일을 어찌 잊겠는가!

밤샘 작업을 하며 일일이 확인시켜 줬다. 하지만 사라진 컨테이너는 끝내 찾지 못했다.

화원공사의 왕영백은 길길이 뛰며 책임지라고 했다. 결국 마타디 항이 화물의 가치에 버금가는 비용을 물어주었다.

물론 지나와 한국산 의류 가격이다.

안에 담겨 있던 2,000㎏의 황금과 대량의 필로폰, 엑스터시, 그리고 모르핀에 관한 것은 없다.

그걸 알았다면 돈을 물어주는 게 아니라 금괴 밀수와 마약 밀반입을 사유로 즉각 구속 후 사형감이다.

아무튼 현수는 원하던 정보를 얻고는 관제탑을 나섰다.

"그러니까 냄새나는 짱꼴라가 그랬단 말이지?"

엄청난 양의 마약이 통관되었다면 수많은 사람들이 중독의 나락으로 떨어진다.

그건 피폐한 콩고민주공화국을 더 피폐하게 만드는 일이 될 것이다. 물론 짱꼴라 놈들은 거금을 벌게 되었을 것이다.

"하여간 지나 놈들은……!"

자신에게 이익이 된다면 다른 사람은 어떻게 되든 상관없다는 상념의 소유자들이 지나인들이다.

그렇기에 현수는 이맛살을 찌푸렸다. 그러다 문득 잉가강으로 갈 때 공격받았던 생각이 났다.

자신들이 공들인 공사를 다른 나라 회사와 계약했다는 이유로 저격수를 보낸 놈들이다. 그것도 개인이 아니라 국가 기관 소속 저격수들이다. 그래서 여럿이 죽고, 다쳤다.

"흐으음, 그냥은 안 된다는 뜻이군."

현수는 점심을 먹으며 나직이 중얼거렸다.

식사 후, 항만에 들어서니 멀리서 들어오는 배가 보인다. 파나마 선적 30,000톤급 대형화물선인 G호이다.

뒤를 돌아보니 저쪽에 지르코프가 탄 차가 보인다. 시력을 돋구니 노보로시스크에서 본 적이 있는 사내가 있다.

콩고민주공화국 반군 지도자인 마림바이다.

잠시 후 도선사의 지시를 받은 배가 접안을 마쳤다.

"이 과장님! 하루 종일 고생이 많으십니다."

"네! 제가 맡은 일인 걸요."

아침 일찍부터 확인 작업을 하던 이철수 과장은 지친 표정이 역력하다. 그림자 하나 없는 곳에 있으려니 힘든 것이다.

조금 기다리니 서류 작업이 모두 마쳐졌는지 하역 작업이 시작된다.

현수는 자신이 붙여놓은 마법진이 제대로 있는지부터 확인했다. 다행이 모두 제자리에 잘 붙어 있다.

가까이 가서 봐도 어떤 기업을 홍보하는 QR처럼 보이기에 어느 누구도 마법진에 관심을 기울이지 않는다.

내려진 컨테이너는 즉시 트레일러에 실렸다. 그리곤 검사대를 지나쳤다. 직원들은 관심도 없다는 듯 통과 깃발을 든다.

현수는 얼른 트레일러에 올라탔다.

차는 곧장 항만 밖으로 향했다. 그리곤 지르코프가 있는 쪽으로 갔다. 계근장이 그곳일 것이다.

"미스터 지르코프!"

"아! 미스터 킴!"

"이제 시작인가요?"

"네, 여기서 계량만 하면 인수인계가 마쳐지는 겁니다."

"오늘 안에 끝나겠군요."

"아마도요. 이따 저녁 때 한 잔 더 어떻습니까?"

"저야 좋죠."

둘이 말하는 사이에 트레일러가 계근대에 멈춰 선다.

지르코프가 서둘러 그쪽으로 향했다. 그러는 사이에 무암바가 서류를 뒤적이더니 고개를 끄덕인다.

확인되었다는 뜻이다.

둘이 뭔가 이야기를 나누더니 각자 사인이라도 하는 듯 뭔가를 기록한다. 예를 들어 '1번 컨테이너 확실히 인수인게 받았음' 같은 서류일 것이다.

무암바가 손짓을 하자 트레일러가 계근대를 떠나 출발했다. 그 인근엔 음료수를 손에 든 현수가 앉아 있었다.

차가 현수를 스쳐 지날 즈음 현수의 입술이 오물거린다. 하지만 어느 누구도 이에 시선을 준 이는 없다.

두 번째 트레일러가 다가오고 있었기 때문이다.

『전능의 팔찌』 제11권에 계속…

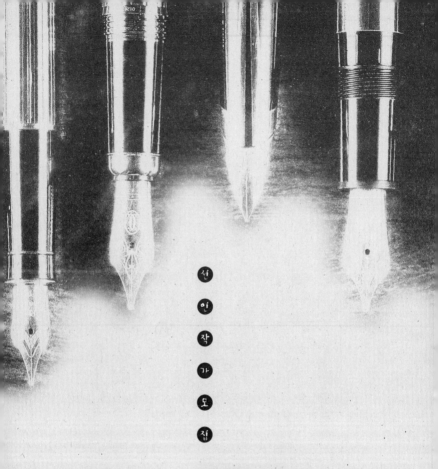

DREAM WALKER
드림워커

김현우 퓨전 판타지 소설

「레드 데스티니」, 「골드 메이지」를 잇는
김현우표 퓨전 판타지 결정판!

『드림 워커』

단지… 꿈이라 생각했다. 그러나 어느날,
그 꿈이 현실을, 그리고 현실이 꿈을, 침범하기 시작했다.

루시드 드림!
힘든 삶 앞에 열린 새로운 세계!

그날 이후 모든 것이 바뀌었다!
기준의 삶도, 유렐의 삶도 모두 내 것이다!

蒼龍魂 창룡혼

매은 新무협 판타지 소설

"살아라… 살아야 이기는 것이니라."

알 수 없는 스승의 유언.
그 후로… 그저 살아야만 했던 남자, 이극.

서신 하나 없이 사라진 오라버니를 찾아
홀로 무림맹에 대항하려는 소녀, 유서현.

어느 날.

두 사람이 운명으로 얽혔을 때,
메마른 무사의 혼이 다시금 불타오른다!

『창룡혼』

어둠으로 물든 하늘을 뚫고 솟아오를
위대한 창룡의 혼이여!
위선을 찢어발기고 천하를 밝히리라!

태클 걸지 마!

무람 장편 소설

우리가 기다려 왔던 신개념 소설!

말년 병장 김성호!
"어이, 김 병장. 놀면 뭐하냐?"

떨어지는 낙엽도 피해야 하는 시기에 삽 한 자루 꼬나쥐고
녀석을 캐는 꼬인 군 생활의 참중인!

『태클 걸지 마!』

낡은 서책과 반지의 기적으로 지금껏 모르던 새로운 힘을 깨달아간다!

불운한 삶은 이제 바뀔 것이다. 내 인생에 더 이상 태클은 없다!